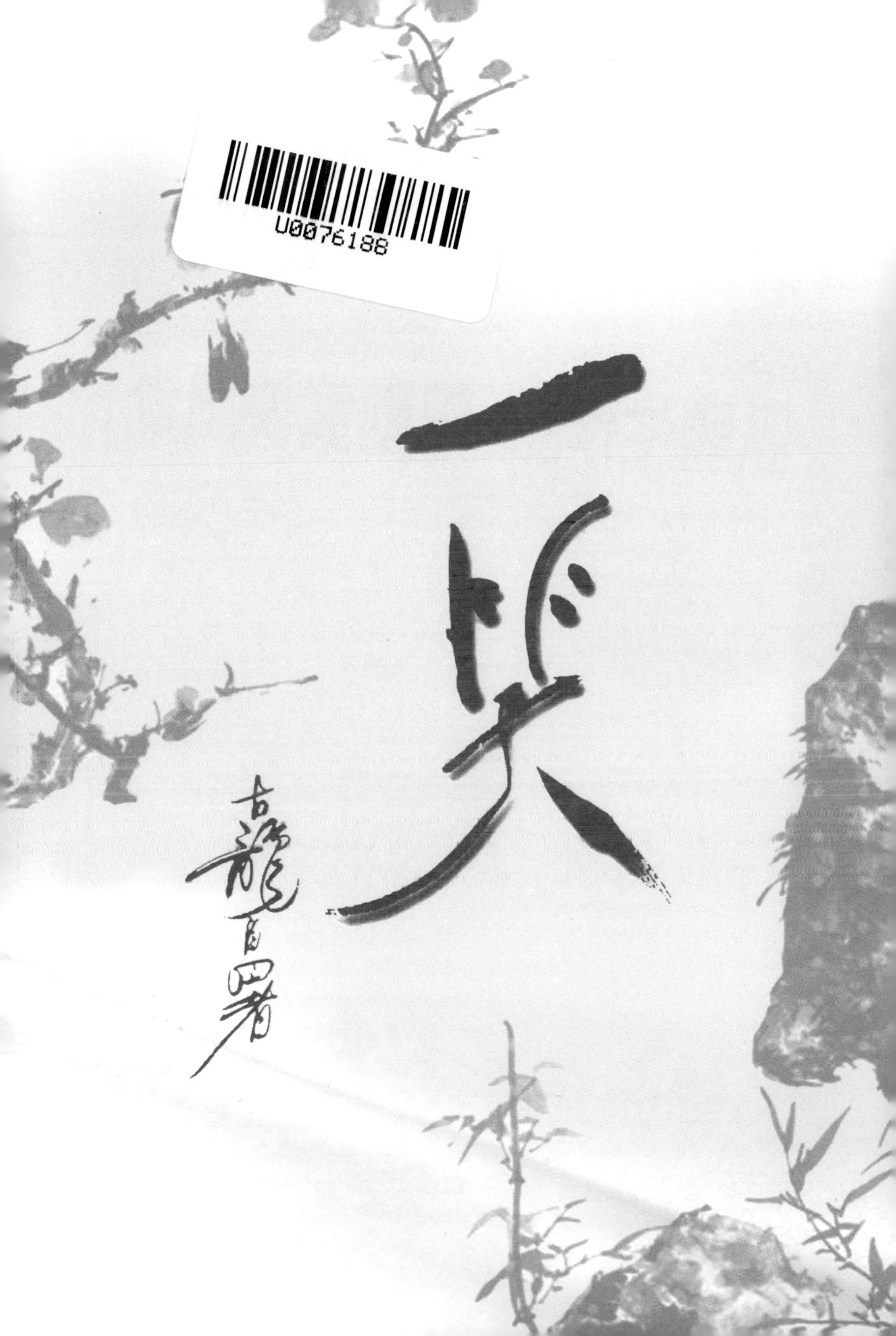

一笑

古龍自署

盛期之風貌

臥龍生作品 帶動武俠風潮

《飛燕驚龍》開一代武俠新風

《飛燕驚龍》(1958)爲臥龍生成名作，共48回，約120萬言。此書承《風塵俠隱》之餘烈，首倡「武林九大門派」及「江湖大一統」之說，更早於香港武俠巨匠金庸撰《笑傲江湖》(1967)所稱「千秋萬世，一統」達九年以上。流風所及，臺、港武俠作家無不效尤；而所謂「武林盟主」、「江湖霸業」等新提法，竟成爲社會大眾耳熟能詳的流行術語了。

《飛燕》一書可讀性高，格局甚大。主要是寫江湖群雄爲覬覦傳說中的武林奇書《歸元秘笈》而引起一連串的明爭暗鬥；再以一部假秘笈和萬年火龜爲餌，交插敘述武林九大門派（代表正派）彼此之間的爾虞我詐，以及天龍幫（代表反方）網羅天下奇人異士而與九大門派的對立衝突。其中崑崙派弟子楊夢寰偕師妹沈霞琳行道江湖，卻如夢似幻地成爲巾幗奇人朱若蘭、趙小蝶之絕世武功技驚天龍幫，而海天一叟李滄瀾復接連敗於沈霞琳、楊夢寰之手；致令其爭霸江湖之雄心盡泯，始化解了一場武林浩劫云。

在故事佈局上，本書以「懷璧其罪」（與真、假《歸元秘笈》有關）的楊夢寰屢遭險難，卻每獲武林紅妝垂青爲書膽(明)，又以金環二郎陶玉之嫉才害能，專與楊夢寰作對(暗)爲反派人物總代表。由是一明一暗交織成章，一波未平，一波又起，極盡波譎雲詭之能事。最後天龍幫冰消瓦解，陶玉帶著偷搶來的《歸元秘笈》跳下萬丈懸崖，生死不明，卻予人留下無窮想像空間。三年後，作者再續寫《風雨燕歸來》以交代陶玉重出江湖，爲惡世間，則力不從心，當屬狗尾續貂之作。

在人物塑造方面，臥龍生寫男主角楊夢寰中看不中用，固然乏善可陳，徹底失敗；但寫其他三名女主角如「天使的化身」沈霞琳聖潔無瑕，至情至性，處處惹人憐愛；「正義的女神」朱若蘭氣質高華，冷若冰霜，凜然不可犯；「無影女」李瑤紅則刁蠻任性，甘爲情死等等，均各擅勝場。乃至寫次要人物如「賓中之主」海天一叟李滄瀾之雄才大略，豪邁氣派；玉簫仙子之放蕩不羈，爲愛痴狂；以及八臂神翁聞公泰之老奸巨猾，天龍幫軍師王寒湘之冷傲自負等，亦多有可觀。

與

摘自 葉洪生、林保淳著《台灣武俠小說發展史》

武俠小說

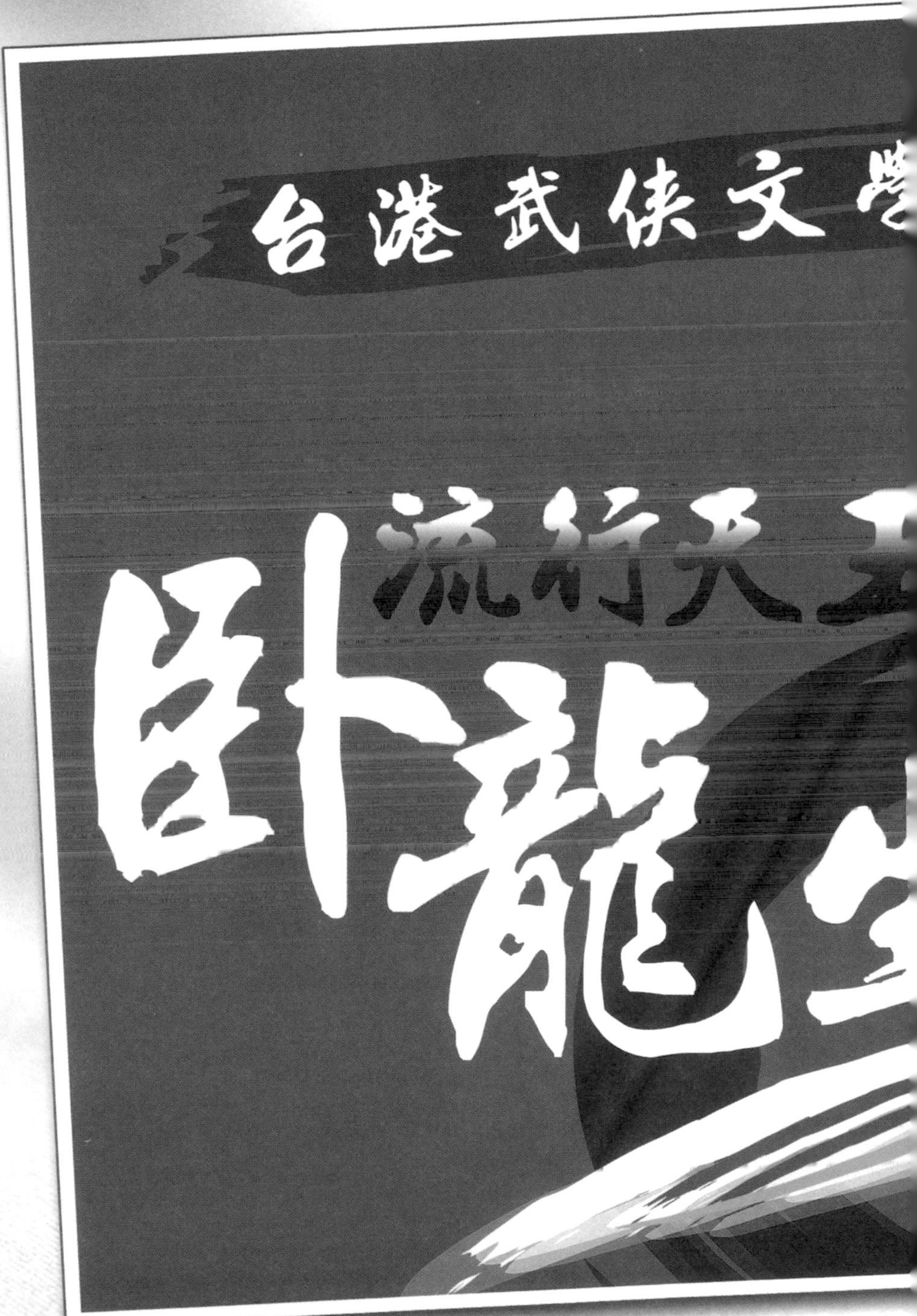
台港武侠文
流行天
臥龍

臥龍生是台灣最著名的武俠小說作家之一，自然也是海外新派武俠小說家中的重要一員。

在台灣武俠小說界，臥龍生曾獨領風騷被稱為「台灣武俠泰斗」。後來司馬翎、諸葛青雲脫穎而出，才與臥龍生並稱台灣俠壇的「三劍客」。那時候古龍還默默無聞。後來古龍名氣漸大，躋身高手之林，與「三劍客」合稱「台灣武俠小說四大家」，但臥龍生仍是深受讀者歡迎的武俠小說作家。

陳墨

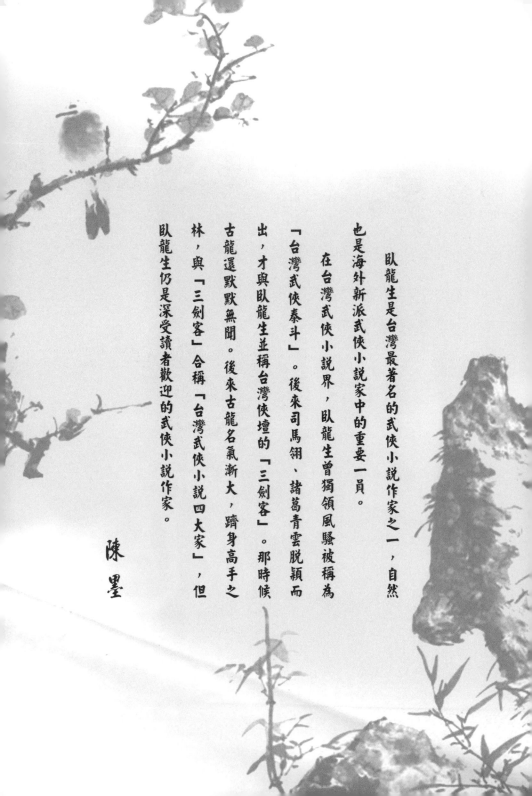

臥龍生精品集 57

劍氣桃花

(一)

臥龍生精品集 57

劍氣桃花(一)

目錄

灼灼如桃花的殺劫——《劍氣桃花》與臥龍生尋求轉型的軌跡

知名文學評論家
秦懷玉

臥龍生的武俠創作生涯，在當年台灣與香港的影視娛樂事業進入黃金時期，且古龍的新派武俠小說逐漸蔚為大觀之際，顯然面臨了相當嚴峻的考驗。為了因應新局，臥龍生不但主動投入了製作和改編電視連續劇的行列，而且武俠創作的題材和風格也有意尋求轉型。《劍氣桃花》即是他在意識到影視劇本普通需要快節奏的呈現，從而將此體認援引到其小說創作中的結果之一。因此，這部作品是臥龍生小說的破格與變奏，代表了他在後期企求重締輝煌的想望。

企求轉型的心理

雖然強烈企求轉型與突破，臥龍生在武俠創作上畢竟已經自我型塑了不捨得完全擱置的題旨與特色，因此，他的轉型軌跡，主要是將先前所擅長的敘事模式和影視改編所帶給他的新因素、新刺激融合起來，嘗試建立一些能吸引人的畫面感與節奏感；同時，強化他當年一些成名作中膾炙人口的對比效應。故而《劍氣桃花》猶如早年經典作品《飛燕驚龍》、《玉釵盟》、《絳雪玄霜》、《天香飆》那般，其女性角色的地位和重要性特別凸顯；但不同的是，江湖殺伐和權力鬥爭的血腥程度劇增，動輒與女性艷麗、柔情、媚惑的場面交替呈現，形成了頗具感官衝擊效應的情節和場景。

為了加快節奏，臥龍生從增添故事情節的複雜度入手。於是，本書的主體結構展現為四個主要勢力的相互角逐，而各個勢力之間又均自有其內在的矛盾或相互的猜忌。

神秘莫測的江湖

首先是詭異的桃花林及隱藏於其間的神秘力量，出面的桃花老人陶林明顯只是僕從，而以稚女藍秀幸蒙桃花林收留來揭開序幕。其次是高深莫測的百花門及其行蹤不定的門主百花仙子，行事似是亦正亦邪，卻擅長洞察人心，操控局面。其三是南劍北刀兩大世家的少主常玉嵐、紀無情，二人功力相當，亦敵亦友，卻均戀慕長成為美女的藍秀，又各自撩撥酷似藍秀的少女南蕙。四是明為白道武林大豪實則圖謀一統江湖的「一劍擎天」司馬長風，及其山莊麾下的三山五嶽之士。而各方勢力的角逐，暗中卻又牽涉到巨大的陰謀、仇怨和野心。

美麗背後的凶險

表面上，藍秀背後的勢力最惹人猜疑，但隨著情節的推展，儼然顯示她反而是最單純的人，因為她的目的只在於查出殺父仇人的身分，報其血海深仇；故她雖利用手段籠絡南劍北刀，窺探各大門派，其實乃屬人之常情。

常玉嵐與紀無情先被藍秀、後又被百花仙子捲入武林傾軋的漩渦，看似偶然，其實兩大世家早已成為野心家覬覦的目標，本就不可能置身事外。百花仙子以用毒、恐嚇、美色控制江湖人，貌似惡性重大，其實卻別有所圖。

正邪是非的逆轉

而司馬長風設計盜取有助高深武功速成的「血魔秘笈」，並詐死以圖掩人耳目，暗中用武力脅迫黑白群豪歸附，否則即予無情殲殺，種種令人髮指的血腥手段，連其子司馬駿都蒙在鼓裡。而司馬駿與常玉嵐、紀無情及關外沙無赦並稱「四大公子」，正可成為司馬長風一手遮蓋天下耳目的幌子。

起初，當百花仙子以各種伎倆脅迫常玉嵐滲透司馬山莊時，常尚以為是邪魔外道企圖殘害白道重鎮，及至他在山莊中目睹一幕又一幕匪夷所思的場景之際，正邪、是非、善惡、真偽之間儼然發生了根本性的逆轉。至此，常玉嵐同意成為桃花令主，以匡助藍秀。

紀無情卻因中毒、情傷及家毀人亡而陷入精神迷亂的困境，從而與常玉嵐漸行漸遠，且不時對常採取敵意行動。沙無赦則因窺破了司馬山莊陰謀宰制武林的若干蛛絲馬跡，遂處處針對司馬駿展開冷嘲熱諷。

冤案引發的風暴

四大公子各有心事，鉤心鬥角，卻也正是百花門、桃花林及司馬山莊爭奪武林霸業之戰的外在表徵。及至情節推展到了瀕近圖窮匕現的階段，深一層的真相才逐漸浮現。桃花林與百花門幾經鬥智鬥力，始發現彼此非但不是仇敵，更是血濃於水的骨肉至親。

原來當代一切武林角逐和爭霸的風波，溯其始源，皆是緣於多年前一場震撼朝廷的冤案：素握重權的大司馬岳撼軍遭到下屬陷害，入獄後慘死，設計陷害者即是其時的親信侍衛司馬長風。慘案發生之後，夫人失蹤，稚女經忠心侍女冒險搭救，後承襲了桃花林衣缽，即是藍秀，而桃花林主人即是她的姨母。至於神出鬼沒的百花仙子，竟是九死一生中僥倖逃出宮禁的岳撼軍夫人，亦即藍秀的生母。

岳夫人、藍秀，乃至司馬長風日後能夠成為武林絕頂高手，均緣於各自得到岳撼軍曾擁有之秘笈。司馬長風機關算盡，將白道各門派、黑道各幫會聚於一堂，準備一網打盡。到了最終攤牌時刻，卻出現大逆轉：百花仙子、桃花令主及少女南蕙的武功聯手之下，竟足以抗衡自認已天下無敵的司馬長風，因為她們的武功絕藝來自與他完全相同的秘笈，而她們也發現，他正是她們長年來苦心孤詣要報復的深仇大敵。

永無休止的波濤

面對這樣矢志復仇的紅粉英烈，以及情急拚命的黑白兩道高手，企圖以暴力與詐術建立「至尊統一教」以控制整個武林，進而圖謀帝王霸業的司馬長風，最終也只落得血濺五尺，身敗名裂。

這樣的敘事模式，誠然仍不離臥龍生武俠一貫的路數；但故事中交互猜忌、窺探、摸底、對抗、顛覆的勢力集團，竟達四個之多，彼此間的內部矛盾亦層出不窮，更遑論作為陪襯的各大門派、幫會，也都有不容小覷的展演。因此，若論熱鬧，此書誠可謂一波接一波，波波相蕩。

鐵血殘酷的畫面

作為轉型軌跡的例證之一，是臥龍生在此書中除了展現他自己的寫作技藝，還分明引入了當時武俠創作界一些具有鮮明特色的作家技法，例如古龍冶現代與古典於一爐的唯美句式，諸葛青雲擅用的詩情畫意式描繪，尤其柳殘陽式的鐵血與殘酷。可見，在影視娛樂事業大量崛起，武俠小說相對沒落萎縮的年代，除了古龍是一心一意想將武俠寫作朝向「文學化」、「經典化」方向推進外，連臥龍生這樣曾經盛極一時的武俠名家，也不得不向通俗的影視文化靠攏，將轉型的重點置於企望能夠抓住讀者眼球的畫面感與節奏感。

關於《劍氣桃花》究竟是否臥龍生親筆著作，當初曾有過爭論。不過，臥龍生本人數次在內地參加武俠小說討論會時均稱確為他的手筆，而按諸其主題基調、敘事模式、情節穿插等均為臥龍作品的底色，且在此底色上尋求尋求轉型的軌跡宛然可見，故本文認為他當年所言非虛。

本書原名《桃花血令》，反映了臥龍生當時力圖向影視風潮中的通俗需求靠攏。今改為本名，據揣測，應是為了與一系列臥龍成名作品均採用「柔美與陽剛」對映的書名相呼應。

一　桃花殺機

桃花輕薄，但卻艷麗。

五里粉紅，十里香。

這裡有成千上萬的桃樹。

暮春三月，鶯飛草長，也正是桃花盛放的時刻。

一樹桃花千朵紅，千株桃樹，盛開成一片花海。

花海深處有人家。

竹籬茅舍，但卻有一個寬大的庭院，庭院之中無桃花，桃花盡在竹籬外。

竹籬內擺著很多大缸，名聞天下的桃花露，就是在這裡釀製而成。

桃花露是美酒。

但釀製美酒的，卻是一個老人。

他獨步天下的手藝，使桃花露名動江湖，酒味的香濃，像它的名字一樣美麗，沒有人知道他的真實姓名，他自號桃花老人。

桃花兩個字，用在老人的身上，實在很不恰當，但他自己這麼說，別人也就這麼稱呼他了。

二十年前，桃花老人推銷他釀製的桃花露時，兩鬢微斑，但過了二十年，他仍然是舊時模樣。

事實上，有人說，他比二十年前更年輕了。

桃花露一經行銷，成了酒中珍品，桃花老人的規矩，也同時在江湖上傳開。

桃花老人的住處，雖然是茅舍竹籬，但卻取個名字叫桃花居。

舍外桃樹環繞，盛開時紅白映輝，取名桃花居，也不能說它不對。

桃花居每年九月開市，初一到十五，半個月的營業期，三百罈桃花露，每日只賣二十罈，每罈五十斤，半月賣完，期前不訂貨，每罈紋銀五十兩，不折不扣，每人只准買一次，過了九月十五，桃花居竹籬掩蔽，任何人不得擅入桃花林一步。

事實上，這片占地千畝的桃花林，每年也只有二十天的開放時間。

除了十五天賣酒交易之外，每年只有桃花最盛開的三月十六到二十，五天之中可以入林賞花。

賞花須及時，桃花老人也不算太不通情理，但桃花居卻不會接待賞花人，看到的只是那輕掩柴扉。

這規矩，在江湖上，就像桃花露一樣有名。

沒有人敢輕易觸犯。

十幾年前，確有很多人，不願守這個規矩，擅自闖入了桃花林。

桃花謝了春紅，花落滿枯枝，自然無人去看。

所以一般人擅闖入桃花林中的時候，都是桃花盛開的季節，他們都會遭遇蜂群的攻擊，入林一步，蜂群立至。

逃得快，還可以保住老命，逃得慢，會被群蜂生生螫死。

但最可怖的是，就算逃過蜂群的追襲，雙目卻立刻失明。

桃花雖豔麗，但總比不上眼睛重要，十幾年來，就沒有人再肯去冒險賞花了。

奇怪的是，三月十六至二十這五天，你可以放心到桃林深處，盡情觀賞那嬌豔欲滴的桃花，不會有一隻毒蜂向你攻擊，眼睛也不會受損。

不少的失明人，求教名醫，但卻沒有一個名醫能說出原因。

也從沒有一個人醫好過失明的雙目。

桃花林的美麗，籠罩了一神秘的外衣。

美麗又可怖的地方。

但卻為桃花林帶來了幽謐的寧靜，每年除了二十天，那裡是人跡罕至。

桃花林中桃花居，是否只有一個釀酒的老人呢？從沒有人證實過這件事。

每年半個月來的買酒人，看到的只是桃花老人一個。

但想想那廣近千畝的桃花林，單就每年要除去那片蔓生的野草，就不是個人人力所能勝任的。

這就又有了很多怪異的傳說。

傳說中，那桃花林中住了一位比桃花還要嬌豔的仙女。那位仙女太美了，美得平常人不能看到。

所以，進入桃花林中的人，都會雙目失明。

也有人說，那桃林中，住有一隻千年狐狸，已然修成人形，所以，不許生人輕近桃林。

除了這兩種傳說外，還有很多更為玄奇的傳說。

傳說紛云，莫衷一是。

桃花露和桃花林，就這樣傳揚江湖。

桃花露酒味香醇。

桃花林充滿著傳奇神秘。

又是一年芳草綠，是桃花盛開的季節。

桃花艷麗勝往昔。

千畝桃花空悵惘，四顧不見賞花人。

今天是三月初十，還未到賞花時間，但卻有兩個人行近了桃花林，一個中年婦人，帶一個十三四歲的孩子。

那孩子面黃肌瘦，似乎是受長時期的飢餓所致。

中年婦人一臉愁苦之色，顯然，內心之中，正有重重憂慮。

愁苦，雖掩不住她秀麗的輪廓，卻使她顯得十分蒼老。

滿臉堆疊的皺紋，一頭灰白的頭髮，一襲淡青的衣服，沾滿了點點油污，至少，這衣服三個月沒換過了。

孩子抬頭望望那一片桃花，低聲道：「娘！我好餓！」

中年婦人黯然一嘆，強忍著湧到眼眶的淚水，道：「孩子，再忍忍吧！娘對不起你，這一年多來，就沒讓你好好吃過一頓飯，今天，今天……」

「娘，今天，咱們會好好吃一頓麼？」

孩子抬起頭來，臉上是一片期待。

長年的半飢餓生活，使她對「飽餐一頓」有著很大的嚮往。

中年婦人笑一笑，那是勉強擠出來的笑容，看上去，比哭還要感傷的笑容。

那是用來表達心中不安的笑容。

「進入這桃林之後，孩子，咱們就可以好好的休息了。」

眨動一下圓圓的大眼睛，孩子緩緩說道：「娘，您是說咱們可以好好的睡一覺？」

「對！好好的睡一覺，而且，也不用再為逃命奔走了。」

「娘！我要好好的吃一頓，好好睡一覺，這些日子裡，我好餓，好累。」

孩子終歸是孩子，飢餓和疲勞，使她消失了察言觀色的能力，她忽略了母親臉上那一種沉痛、傷苦，那種絕望、無奈的悲哀。

桃花林詭異的傳說，使中年婦人忽然間動了埋骨於此的念頭。

也許，能保下她屍體不受損傷。

無辜的是孩子，她從十一歲那年開始跟著母親逃亡，兩年多來，沒有睡過一夜好覺，沒有吃過一餐飽飯。

大部份的時間，她們都藉草葉充飢。

幸好，她們母女都有著很好的內功基礎，如不是那點內功基礎，似這般饑寒交迫的長年逃亡，只怕是早已曝屍荒野了。

但追蹤的鐵蹄如影隨形，長年逃亡生涯，使她已對生命產生了厭倦，終於，還是選擇了死亡。
望著孩子端正秀麗的輪廓，和她死去的父親極為神似，回憶著過去，夫唱婦隨的甜美生活，內心泛升無限的痛苦和愧疚。
淚水如泉奪眶而出。
她雖然是個很堅強的女人，但也無法忍受這長期的折磨。
母親的淚水，滴在了孩子的臉上。
孩子的雙目中也現出淚水，緩緩抬起了猶帶稚氣的臉兒，黯然地說道：「娘，孩兒不餓了。」
中年婦人舉起右手，拭去了臉上的淚痕，道：「孩子，以後，咱們就不會再挨餓了，而且會睡得很舒服。」
「真的？」孩子的臉上綻開了天真的笑容。
中年婦人點點頭，道：「走！咱們進去，你看這滿園桃花，風景多麼美麗。」
明知道桃花林中，滿布著死亡的陷阱，她卻要親生的女兒，唯一的骨血，送入死亡。
千古艱難唯一死。
是什麼事使這中年婦人非要尋死不可？而且，還帶著自己的孩子？
孩子帶著笑容，向桃花林中行去。
母親卻暗裡咬牙，右手暗中凝聚功力。
照江湖上的傳說，進入這桃花林中之後，群蜂來襲，雙目失明，那是極難忍受的痛苦，她不願孩子受到太多的痛苦，當群蜂來時，立刻出掌，擊斃孩子。

母女倆行近了桃花林。

中年婦人突然伸手，抓住了孩子道：「秀兒，轉過來，讓娘再瞧瞧你！」

孩子轉過頭，啟唇一笑，道：「娘，這地方好美啊！」

「是的，秀兒，埋骨於此也算是死而無憾了！」

秀兒眨動了一下大眼睛，道：「娘，你是說，我們要死在這裡！」

中年婦人道：「不會的，秀兒，進林去吧！」

秀兒步入了桃花林中。

中年婦人緩緩抬起右掌，已準備隨時出手。

奇怪，今日的桃花林不像過去。

秀兒深入了十餘丈，竟然未見毒蜂。

中年婦人舉手拭拭眼睛，只見紅、白交映，花色十分艷麗，不但未見群蜂來襲，而且，母女兩人的眼睛，一樣沒有受到傷害。

難道傳言失實？

突然間，一陣輕輕的嘆息聲傳了過來，耳際間，緊接著響起了一個清冷聲音，道：「夫人，請留步！」

事實上，不用那人喝止，聽到那一聲嘆息時，中年婦人已停下了腳步。

那清冷的聲音，又傳了過來，道：「夫人，沒有聽到過江湖上的傳說麼？」

中年婦人道：「聽到了。」

清冷的聲音道：「既然聽到了，為什麼還要進入林中，而且，還帶著一個孩子？」

「咱們母女是尋死來的。」中年婦人幽幽的回答。

「尋死，為什麼？」

「我們實在活不下去了，如果你能看到我，應該看得出，我們母女，已經狼狽不堪，到了山窮水盡的境地了。」

「哦！」那清冷的聲音，又傳了過來，道：「為什麼要到此地尋死呢？何處黃土不埋骨？須知，這裡的死亡，會給你們很大的痛苦。」

「至少，這裡可以保住我們屍骨，不受驚擾。」

「還有人要動你們的屍骨？」

「是！」中年婦人的目光，四周轉動著，但卻一直瞧不到那問話的人，只是大約的聽出來，那聲音來自東南方位。

「夫人，這裡沒有僥倖，也沒有例外，進入這桃花林中的人，非死不可。」

「我知道。」中年婦人疾徐的伸出手，點中了秀兒的穴道。

盤膝坐了下來，把孩子抱入懷中，道：「不論死亡是如何的痛苦，賤妾都願意忍受，只求能保住我們的屍體，不受騷擾。」

「夫人，你們不能埋葬在這桃花林中。」

「求求你。」中年婦人黯然的接道：「我們不求埋身在這桃花林中，但求能把我們母女的屍體，化作灰肥，混入這花泥之中。」

「你好像有著很深的痛苦?」
「只求骨灰潤花泥,往事何堪提!」
「夫人!」那清冷的聲音突然變得沉重起來:「請告知你的姓名。」
中年婦人有些為難了:「我,我……就要死了,又何必留下姓名呢?」
「夫人,千古艱難唯一死。你連死都不怕了,還有什麼說不出來的事?」
「你又是誰呢?為什麼一定要問明我們的身世,我聽說過……」
「什麼事?」
「進入這桃花林中的人,會遇一群毒蜂的攻擊,然後,雙目失明……」
「雙目失明了,不一定會死啊!只是要他們無法再看到明年盛開的桃花。」
中年婦人苦笑了一下,道:「一個人,萬不能存僥倖之心,我們母女二人該投入江中而死的,把屍體以裹魚蝦之腹。只為了想把骨灰留人間,卻進入這桃花林……」
那清冷的聲音,打斷了她的話,冷冷接道:「天下事,不如意十之八九,你不過是被人追趕得無處立足罷了,如若有一處安身立命所在,你為什麼一定要死?」
這一股僥倖的求生念頭,本也一直存在她的潛意識中。
事實上,這也是她帶著孩子,進入這桃花林的原因。
江湖冷酷,她已不敢存有這萬一僥倖的想法了。
既被人點醒,尋死的決定,立即又有了些動搖。
她睜大眼睛,眼睛中滿含著淚水,但卻說不出一句話來。

那清冷的聲音，又傳了過來，道：「前行三百步，你會看到一溪清流，清流匯成了一座水潭，潭邊有一座放置雜物的茅舍，那裡可供你暫作棲身之地，看看你的造化吧！」

中年婦人沒有再問什麼。

坎坷的命運，已使她習慣了未知的結果。

緩緩站起了身子，向前行去。

那是山泉匯聚的水潭，不過三四丈方圓，但水色碧綠，卻瞧不出有多深。

滿溢的潭水，順一道水渠，又向南面流去。

聞名天下的桃花露，就是用這山泉匯聚的潭水釀成。

茅舍就矗立在小潭西側。

那裡面，放置著竹帚竹箕，和取水的木桶。

但餘下的空間，仍可供她們母女臥息之用。

除了飢餓之外，倒是真的可以好好休息一下了。

日正當中，桃花林外，站著兩個中年人。

這兩個人佩帶著長劍，一身勁裝，一眼就可以瞧出是江湖中的人物。

兩人在桃林外面徘徊。

他們似有重重的顧慮，幾度準備入林，終又在林邊停下，傳說於江湖中的慘事，對兩人有很大的震懾力。

半個時辰，一騎快馬，如飛而來。
馬上人穿著淡青長衫。
馬近桃林，勒韁停下，馬上人也翻身落馬。
守在桃林外面的兩個佩劍人，立刻迎了上去。
青衫人皺皺眉頭，道：「能確定她們母女進入了桃花林中麼？」
兩個佩劍大漢，一著灰衣，一著藍裝。
灰衣人年紀較大一些，微一躬身，道：「屬下看到她們進入了桃林。」
青衫人放開了手中的馬韁，健馬卻仍站在他身邊不動。
這是一匹久經訓練的好馬。
青衫人左手輕撫著頷下的山羊鬍子，道：「你們還看到了什麼？」
灰衣人搖搖頭。
青衫人道：「聽到了什麼？」
灰衣人又搖搖頭。
青衫人道：「傳說這片花林中，有傷人的毒蜂，你們可曾看到？」口中說話，目光卻轉移到那藍衫人的身上。
藍衫人微一躬身，道：「屬下也看到她們母女行入了桃花林中。」
青衫人道：「你們為什麼不出手攔截？」
藍衫人道：「屬下等追趕不及。」

起來。

青衫人冷笑了一聲道：「所以，讓她們母女進入了桃花林中？」

灰衣人望了藍衫人一眼，兩人立刻跪了下去，道：「屬下等該死！」

青衫人抬起右手，日光下，只見他五個手指頭都留著長長的指甲，且其食、中二指的指甲捲了起來。

這個人，屬於清秀一型，瘦瘦、高高的，看上去十分斯文。但他清秀的臉上，卻帶著一股陰冷之氣。

他的聲音，和他的長相一樣，柔柔的，緩緩的說道：「你們起來吧！」

兩個人抬頭望了青衫人一眼，緩緩站起了身子，神態間十分尷尬。

兩個人似乎是不想起來，但卻又不敢不起來。

青衫人的臉上，泛起了一抹淡漠的笑容，道：「我聽說，兩位都是很能幹的人，是嗎？」

灰衣人道：「不！屬下等無能得很。」

青衫人道：「聽說進入這座桃花林中的人會雙目失明，且林中毒蜂成群，攻擊入林之人。」

灰衣人道：「就算是刀山油鍋，屬下等只要奉到令諭，也會毫不猶豫的攻入林中。」

青衫人道：「這不是太冒險了麼？」

灰衣人道：「咱們願為塘主效死。」

青衫人笑一笑道：「那很好，現在，你們是不是準備進入桃花林中？」

灰衣人道：「是！咱們立刻入林。」

目光一掠藍衫人，舉步向桃花林中行去。

藍衫人緊隨身後，直奔入林。

青衫人輕輕一皺眉，道：「你們小心一些，如若真遇上了毒蜂追襲，那就儘快的退出桃林。」

灰衣人的臉上已經變成了青白之色，但口中卻說道：「屬下等遵命！」

青衫人未復他言，兩道目光卻不停在兩人身上轉動，兩人立刻加快了腳步，衝入了桃花林中。

兩個人進入林中，立刻就狂奔而出。

只見他們雙手蒙面，口中發出了淒厲的叫聲。

那是屬於本能的呼號，痛苦已使兩個身負武功的人，完全失去了控制自己的能力。

青衫人冷冷看著，發覺兩個人的臉上，已經完全變形，變成一片紅腫，幸好，兩人身後並沒有蜂群追出。

青衫人心弦震動了一下，輕輕吁一口氣，使情緒平靜下來，然後才問道：「兩位很痛苦麼？」

灰衣人聞聲立刻飛身躍起，狂撲過來。

青衫人右手一揮，迎了上去，正中灰衣人頭上。但聞蓬然一聲，灰衣人的身子忽然摔了下去，立刻氣絕而逝。

這一掌，外面不見傷痕，但灰衣人的大腦，已被完全震碎。

青衫人望著灰衣人的屍體，整張臉，已經變成了豬肝的顏色。

好厲害的毒蜂。

青蜂不出桃花林，青衫人銳利的目光，到現在為止，還沒有看到一隻毒蜂飛出林來，耳際間，仍然響著那藍衫人的哀號。

青衫人知道，極端的痛苦已使他失去理性和控制，塘主的尊嚴，生命的死亡，都已無法對他們構成威脅。

所以，他沒有再出聲招呼，閃到兩丈以外，冷冷的看著。

只聽藍衫人口中狂呼，雙手揮舞，一張臉腫大成比過去的大一倍。

隱隱可分辨出藍衫人口中的哀聲呼叫是：「我的眼睛瞎了……我看不到，我要死……我要死……」

聲聲淒厲，如傷禽怒嘯。

青衫人緩步行來，腳步落地無聲。

行距藍衫人五尺左右，突然發出一指。

藍衫人應手倒下。

呼喝之聲，立刻停止。

藍衫人的心脈已停，這一指兇厲無匹，直透心脈，使人立刻斷氣。

青衫人輕輕吁一口氣，抬頭望著桃花林，翻身上馬，縱騎而去。看到了兩個屬下死去的慘狀，他放心了。

她們母女，既然真的進入了桃花林中，已難逃死亡的命運。

他雖然是細心的人，但卻不願冒險進入桃林。

在入林勘查與推想她們已死的比較下，青衫人還是選擇了後者。

桃林外又恢復了平靜。

春風依舊吹，桃花依舊紅。

孩子輕輕呼叫，終於使那中年婦人醒了過來。

兩年來，她第一次，睡得這麼香甜。

挺身坐起，揉揉雙目，內心有著劫後餘生的感受。

輕輕咬了一下舌尖，發覺自己仍好好的活著，這才輕輕吁了一口氣，道：「秀兒，你醒了？」

秀兒道：「娘，我好餓，餓得睡不著。」

看天色，已是夕陽無限好的時刻，兩人已睡了近兩個時辰。

提起了飢餓，中年婦人也有著飢腸轆轆的感覺，她緩緩站起了身子，舉步向茅屋外面行去。

打開茅舍木門，耳際立刻響起了一陣嗡嗡之聲。

一群巨大的黃蜂，疾湧而至。

中年婦人心中震駭，立刻關上木門。

但聞嗡嗡之聲，繚繞門外，群蜂竟然在門外盤旋不去，中年婦人輕輕吁了口氣，道：「秀兒，忍耐一下，咱們不能出此茅舍。」

秀兒也感受到那些巨蜂的可怖，強忍受飢餓的感受，不再出聲。

桃花林中有毒蜂的傳說，並非空穴來風。

天色黑了。

夜色，掩去了桃花的嬌艷。

盤旋在門外的毒蜂，也悄然而去。

秀兒腹中的飢餓，卻更為厲害了。

「娘！我餓死了，讓我出去喝一些潭水。」

中年婦人慢慢打開木門，側耳傾聽一陣，道：「秀兒，你在這裡別動，我去給你拿點水來。」

「我自己去。」

秀兒快步衝了出來，奔向水潭。

她不但餓，而且很渴。

潭水清冽，入口有著一種香甜的感覺。

秀兒伏下了身子，一口氣喝了二十幾口。

中年婦人也跟了出來，一直站在秀兒的身邊，她雙手握拳，凝聚了全身的功力，準備應變。

母愛畢竟是偉大的。

秀兒喝滿了一肚子水，才站起來，道：「娘，這潭水好涼好甜。」

中年婦人也有著飢渴，她也是血肉之軀，忍不住水的誘惑，伏下身子，也大口的喝了起來。

一肚子潭水，暫時壓下了饑火，中年婦人立刻又想到蜂群。

「秀兒，快回茅舍去，可別再招來蜂群。」

「娘，不渴啦！不過仍然很餓，身上又好髒，娘，咱們有兩個月沒有洗過澡了，就在這潭裡……」

「秀兒，就算洗了澡，也沒衣服更換，再穿上這些又臭又髒的衣服，豈不是白洗了。」

「洗去髒衣，等它曬乾了再穿，反正這裡也沒人。」

「那成什麼體統，別忘了你是個女孩子。」

舉手理理長髮，秀兒黯然地說道：「娘，這兩年亡命奔逃，我快忘記自己是女孩子了。」女孩子都愛乾淨。

秀兒她是個聰明的女孩子，雖然仍在飢餓之中，但那一陣好睡，已使她恢復了不少的智能。她很快的脫光了衣服，跳入水中。

中年婦人也想到了積在身上數月之久的汗臭、污垢，忍不住也脫下了一身髒衣服，躍身水中。

桃花林中寂靜夜，可清晰的聽到母女兩人的戲水聲。

雲散月明，月光由萬朵桃花的空隙間，透照下來，花拂月光動，潭上泛現了點點的月影。

中年婦人洗去一身汗垢，也洗淨了母女兩人僅有的一身衣服。

憔悴的容色，掩不了她美好玲瓏的曲線和一身雪白的肌膚，長髮散披，直垂腰際，仍然是徐娘半老，猶存風韻。

秀兒也已是開始發育的少女，凸凹畢呈，妙象無邪，含苞尚未吐新蕊。

春寒料峭，浴罷更覺寒意深。

中年婦人挽起垂腰長髮，把女兒攬入懷中，道：「秀兒，冷不冷？」

秀兒吁口氣，道：「寒冷猶可持，飢餓卻難忍，娘，這潭水中怎會無魚？」

中年婦人嘆息一聲，道：「秀兒，娘也很餓，再忍一宵吧！明天，娘一定想法子，找一些果腹之物來。」

在這一片充滿神秘、傳奇的桃花林中，又能找些什麼東西果腹呢？

一陣步履聲，劃破靜夜的沉寂。

這時間，突然會有人來，叫她們母女怎會不急？衣服還沒曬乾，而且，就算濕穿吧！時間上也來不及了。

但一種本能，使那中年婦人，伸手抓過了衣服。

秀兒躲在她的背後。

轉頭看，疏淡的月光下，站著一個人。

一個兩鬢灰斑的老人。

難道這就是手藝精湛，釀出名聞天下桃花露的桃花老人？

一陣好睡，使這一對逃亡天涯的母女們，都恢復了相當的清醒，中年婦人深深吸一口氣，納入丹田，道：「你是桃花老人？」

點點頭，老人臉上浮起了一抹笑意，道：「你也聽過這桃花林中的傳說？」

中年婦人點了頭。

桃花老人道：「你們母女的運氣不錯，三十年來從沒有一個人，能在禁期中進入這桃花林中，不死不瞎。」

中年婦人道：「我們已存了必死之心而來，所以不怕死。」

桃花老人兩道目光盯注著中年婦人和秀兒，打量了一陣，才緩緩道：「穿上衣服跟我來吧！」

中年婦人回頭看了秀兒一眼。

桃花老人已經轉身向前行走。

不過，他走得很慢。

母女兩人穿好衣服，仍然看見那老人的背影。

母女兩人進入了那座賣酒的茅舍，每年，九月初一到十五，就在這裡，賣出了三百罈桃花露，這裡就是桃花居。

每年三月十五到二十，這裡有五天的賞花時間。

今年也一樣。

三月十五日，天色微明時，已有人進入了這桃花林中。

今年，賞花的人更多。

桃花居外，圍著竹籬，由外面看去，可以見到籬內擺了很多釀酒的大缸，但卻不見一個人。

人在竹籬環繞的茅舍中。

這裡從不招待賞花人。

不是賣酒的日期，也沒有人願意打擾桃花老人。

入林必死。

但這桃花老人在這桃花林中住了幾十年，竟然還會好好的活著，只此一點，就讓人有點敬畏。

所以，每年賞花人雖多，但卻很少有人打擾桃花居。

但今年卻例外。

正午時刻，桃花居緊閉的籬門竟然被人推開了，一個留著山羊鬍子的青衫人，緩步行了過來。他身後，還跟著兩個穿著黑色長衫的人。

兩個黑衣人的年紀都不太大，身軀很健壯，雙目中神光外溢，但兩人的行動，很拘謹，小心翼翼的跟在那青衫人身後。

青衫人雖然舉止大方，但如細心一些，仍可以看到他雙目之中所流現出的那股緊張神情。

這裡是桃花林中的桃花居，數十年來，江湖上最神秘、傳奇的地方。

竹籬之內無桃花，也不見人。

花在竹籬外，人在茅舍中。

青衫人重重的咳了一聲道：「有人在麼？」

聲音由茅舍中傳了出來，道：「桃花居從不接待賞花人，閣下請退出去吧！別忘了帶上籬門。」

聞聲不見人。

青衫人皺皺眉，回視竹籬外，已站滿了看熱鬧的人群，這使得青衫人有些煩，但也有些安心。

如果現在忽然有毒蜂出現，遭殃的不只是他們三個人了。

敢情他怕的是毒蜂，並非桃花居中的桃花老人。

青衫人暗中示意兩個黑衣人戒備，一面笑道：「久聞這裡盛名，不惜千里而來，主人何以竟吝惜一面之晤。」

茅舍中又傳出回答的聲音，道：「數十年從未破例，閣下如是一定要見見我老人家，那就請九月初一到十五，桃花露售賣之期，再來不遲。」

青衫人道：「閣下是桃花老人麼？」

「嗯！不錯。」

青衫人道：「在下卜道子。」

「哦！這裡對誰都一樣，恕不接待。」

卜道子笑了笑，道：「咱們貪趕路程，策馬飛奔而來，只為貪早一些，目睹這萬畝桃花景色，一時口渴，但求一杯清茶，於願足矣！」

桃花老人道：「林外十里，酒肆茶館林立，賞花之期還有數日，閣下又何必求老夫破例呢？」

卜道子道：「區區頗有財資，願以百金求清茶一杯，茅舍小息，不知主人願否給予方便？」

以百金求清茶一杯，這個人，倒是大方得很。

哪知桃花老人的語氣，竟然變得十分冷漠，道：「桃花居，年售美酒三百罈，收入很豐，足夠老夫一年用度有餘，區區百金，還不放在老夫的眼中，此處不留客，閣下還是請早些離去吧！」

卜道子哈哈一笑道：「今年貴居產的桃花露，卜某人想全數收購了……」

桃花老人接道：「桃花露售價不折不扣，期前不訂貨，閣下要買，只有等到今年九月初開市之期。老夫忙得很，閣下請便吧！」

卜道子道：「區區願以百兩銀子收購，老兄作生意，將本求利，何以如此拒人於千里之外？」

茅舍中一片寂然，不再有回應之聲。

卜道子回顧了兩個黑衣人一眼，兩個黑衣人立刻向茅舍中行去。

兩個黑衣人直到茅舍門前停下。

茅舍大門緊閉。

對這桃花林中的神秘傳說，江湖上已有了數不清的證明。

今日雖然是賞花之期，並未出現毒蜂傷人，但這兩個黑衣人，仍然心存著很大的驚恐和畏懼。

事實上，卜道子也有著畏懼，所以，他一直沒有下令兩個黑衣人撞開大門。

那茅舍的大門，只是簡單的木板作成，牆壁也是白色的泥土堆砌，看兩個黑衣人的壯碩，只要一用力，不但可以撞開木門，連牆壁也可以推倒。

這時，竹籬外面集聚的人，也越來越多。

卜道子是江湖中有頭有臉的人，江湖中人有不少人認識他，自然，他也認識很多的江湖中人。

他很快的發覺了圍集在竹籬外面的人，有不少是江湖中人。

卜道子發現其中有兩個人，是頗具身分的人，那兩個人也立刻感覺到已被發現，閃身避去，消失不見。

卜道子略一沉吟，行到茅舍前面，道：「閣下，就算不願賜予茶水，亦請打開廳門，容卜某人一見金面。」

茅舍中的人似已離去，仍無回聲。

卜道子目光一掠左首的黑衣人，低聲道：「向武，進去瞧瞧！」

向武臉上是一片畏懼之色，但他又不敢不聽命行事，暗中運氣戒備，左手伸出一推木門。

他沒有用很大的力氣，但木門已應手而開。

茅舍內似是有很大的勁力，一下子把向武給吸了進去。

卜道子的敏銳目力，竟然沒有看清楚向武是怎麼進去的，木門一開，立即又緊緊的關閉起來。

向武就像投入了大海中的沙石一樣，不聞一點聲息。

在桃花居的竹籬外面，至少有上百隻目光，投注在卜道子的身上，這就使卜道子有著無法下臺的感覺。

向武的遭遇太恐怖了。

沒有聽到叫聲，也沒有聽到一聲呻吟，就好像這茅舍中，是一座無底的深潭，一個人跌入了茅舍之後，突然間消失不見了。

這使得江湖上閱歷豐富的卜道子，也為此驚駭不已。

一門之隔，那裡面，竟是一個完全難測的世界。

卜道子等了一下，道：「黃成，推開木門，不要跨進去，瞧瞧裡面究竟是什麼樣的世界。」

這番話，說得有些無可奈何，也顯露出了他內心中的恐懼。

黃成也很害怕，向武未知的命運，在他內心中留著很深的餘悸，但他更怕卜道子，他知道不聽命令的後果——就是死亡。

黃成點點頭，舉手推開木門。

這一次，卜道子看到了。

看到了一隻手，像閃電一般的快速，抓住了黃成的右腕，向茅舍中拖去，黃成的身子，很快的投入了茅舍之中。

像向武的遭遇一樣，黃成被拖入茅舍之後，木門立刻關閉。

拖入、關門的動作，快速異常，不留心根本看不清楚。

看到了一隻手，反使卜道子的心情輕鬆下來，他已知道廳中有一個人，武功高強，出手如電。

只要是人，就不太可怕了。

卜道子吸一口氣，舉步向前行去，運起內力，遙遙一掌，擊向木門，木門大開，但卜道子還距木門有三尺距離。

沒有一隻手伸出來？

似乎是，廳中人早已料到了有此一招。

但卜道子卻一點雙足，以極快的速度，投入了茅舍中去，茅舍的木門，又迅速的關了起來。

廳中無燈，但卻可以清楚的看到廳中的景物、形勢。

日正當中，由窗口透入的陽光，使卜道子不用費力，就可一目了然。

他看到了向武、黃成。

兩人都倒臥在廳門口處，全身沒有傷痕，也沒有流血，只是靜靜的躺在那裡，不知是死是活？

廳中不見別人。

卜道子鎮靜一下緊張的心情，緩緩說道：「在下已進入了廳中，主人何不請出來一見呢？」

話說得很婉轉，也很和氣，根本沒提兩個從人的生死。

「我就坐在你的身後。」

卜道子霍然轉過了身子。
果然，在一張木椅上，坐著兩鬢微斑的老人。
卜道子目光敏銳，他記得剛才看到了那張木椅，不過，他記得，那張木椅上並沒有坐著人。
不知何時，人竟出現在他身後的木椅上。
如果對方想殺他，也許，他早已和向武、黃成一樣倒了下去。
無聲無息的倒了下去。
卜道子終於明白，這桃花林中不但充滿神秘，而且這桃花老人也是個武林中罕見的高手。
他為什麼不怕毒蜂？
又為什麼能夠平安的在這裡住了幾十年？
難道那些毒蜂，就是他養的不成？
這桃花林之中，究竟有多少人，除了這一幢茅舍之外，別處，是否還住著人？
有不少江湖中人，藉賞花的季節中，走遍了這桃花林，除了這一幢茅舍外，似乎再也無房舍。
那麼所有的人，都是住在這兒了？
這裡有多少人呢？
但江湖上所知道的，只有桃花老人一個。
一個人，一年能做三百罈酒，收入一萬五千兩銀子，打掃這座占地近萬畝的廣大桃花林……
他心中有太多的疑問，但卻想不出一個合理的答案出來。
桃花老人冷漠的一笑，道：「你一定要見我，現在見到了。」

卜道子道：「是的……」

桃花老人道：「你有何目的？」

卜道子笑了一笑，道：「但我損失了兩位從人，才見到了閣下，你就是桃花老人？」

桃花老人淡淡一笑道：「你見我，就為了講這樣幾句話！」

「我有太多的事，但一時之間，卻不知從何說起！」

「這裡的事，這裡的人，都和你無關，和整個江湖無關，你為什麼一定要探索？用心何在？」

「這……」

「請說！」

「也許，在下只是為了一時的好奇。」

「太好奇的人，對自己不是一件好事。」

「在下不懂……」

「最好別懂得太多。」

卜道子人已完全冷靜下來了，緩緩說道：「他們兩個死了？」

桃花老人道：「現在，還沒有。」

「那是說，他們還有救？」

桃花老人笑了笑道：「這就要看閣下了。」

卜道子一怔道：「看在下？」

桃花老人點點頭道：「不錯！」

卜道子想了想，恍然道：「哦！江湖上有一行買賣，價購人命，向武、黃成雖然不是很值錢的人，但他們跟了我多年，我不能不管，閣下要多少銀子，開個價出來吧！」

桃花老人目光轉動，望了望躺在地上的向武、黃成一眼，笑道：「不錯，這兩個人實在不值錢，因為他們的主人，也不是很值錢的人。」

卜道子暗中凝聚了功力，道：「你的意思是……」

桃花老人道：「數十年來，從沒有外人闖入這桃花居中，就算是每年九月初一到十五的賣酒會期，亦禁止於籬外，閣下竟率人闖入茅舍之中。」

卜道子略一沉吟，道：「桃花林中，毒蜂虐人，使天下群豪視為畏途，閣下如出手和我一戰，則空洩桃花林中之秘了！」

桃花老人淡然的一笑，道：「籬外集聚近百人，大都希望見識一下你如何出此茅舍了！」

卜道子道：「看來，你果然是個知機的高人。」

桃花老人突然一拐右手，直襲過去。

卜道子早已有備，眼見桃花老人未離其座，相距仍有五尺之遠，這出手一擊，自是虛招，只是蓄勢戒備，並未閃避、還擊。

哪知雙肩上穴道忽然一麻，兩條手臂，立刻失去了作用。

眼前人影一閃，桃花老人到了身前，右手食、中二指，已到了咽喉要害之上，動作快如閃電。

卜道子的念頭還沒轉完，人已完全在對方的控制之下。

桃花老人低聲道：「卜道子，你看到了什麼隱秘麼？」

卜道子急急搖頭道：「沒有啊！」
「真的？」
「是啊！我什麼也沒看到。」
「你不該來的……」
「我即刻就走。」
桃花老人微微嘆息了一聲，緩緩道：「太晚了，何況，你不過是人家的一個奴才而已，張嘴……」
卜道子一呆，道：「為什麼？」
底下的字還未出口，一粒丹丸，突然飛入喉嚨之中。
桃花老人順手一索，輕輕的拍在卜道子前胸之上。
卜道子不自禁的吞下了口中的藥物，呆了一呆，道：「什麼藥物？」
桃花老人笑了一笑道：「無相神丹，從此之後，你可以生活無憂無慮了，帶著你的兩個從人去吧！」
卜道子感覺一股辛辣的力道，在體內擴展。
同時，腦際間也有一股力量在流動，感覺中，記憶在消失，但他還知道要盡快離開這桃花居。
圍集在桃花居外的人群，眼見卜道子匆匆行進了茅舍，又匆匆行了出來。
茅舍的木門，打開了又關上。
卜道子匆匆行了出來，臉色一片冷靜。

沒有人知曉茅舍中發生了什麼事情，但進去了三個人，出來了一個，這件事，總不會是一件很愉快的事。

卜道子無視於那圍集的人群，挺胸抬頭，直出了桃花林。

人人都知道，這桃花林中，有一群兇厲的毒蜂，現在，又多了一層神秘。

神秘桃花居。

卜道子是唯一知道茅舍中隱秘的人，所以，人群中，立刻有兩個人緊緊的跟隨在卜道子身後。

敢情偷窺這桃花居中神秘的人物，不只卜道子這一批人。

卜道子一口氣離開了桃花林。

緊追在他身後的兩個人，青衣小帽，絕對看不出一點江湖人的味道。

但他們卻是道道地地的江湖人，只不過，他們隱藏的很好，任何一個地方，都經過了很周密的化妝。

離開了桃花林，兩個人立刻露出了江湖人的本色，突然加快腳步，追上了卜道子才放慢腳步。

「卜兄，請留步！」

卜道子沒有留步，連頭也沒有回過一下，好像根本沒有聽到有人叫他。

兩個青衣人也有些惱火，互望了一眼，陡然飛騰而起，海燕掠波一般，越過了卜道子，回頭攔住卜道子去路。

這兩個青衣人，不但身法快速，而且，配合得十分佳妙，兩個人幾乎是同時落地，而且腳落實地，立刻擺出了拒敵的姿態。

卜道子視若無睹，仍然是大步向前衝去。

這就激起了兩個青衣人的怒火。

兩個人同時拍出了一掌。

但兩個青衣人擊出掌勢的同時，也發覺了卜道子神色不對，同時易劈為抓，一人抓住了卜道子一條手臂。

像兩道鐵箍一樣，卜道子立刻無法再行。

左首青衣人低聲道：「老二，有點不對，卜道子好像是中了邪。」

右面青衣人道：「我說呢！他卜道子再霸道，也不敢對咱們兄弟擺架子啊！」

左首青衣人道：「老二，卜道子雖然不敢對咱們兄弟怎樣，但他那個主子，可不是好惹的人物，我瞧，咱們還是小心點好。」

「大哥的意思呢？」

「先找個清靜地方，把他弄醒過來，問明白內情……」

「然後呢？」

「然後……然後……」

右首青衣人微微一笑道：「老大，然後，就給他一刀，把他埋了，那真是神不知鬼不覺啊！」

左首青衣道：「對！就是這個打算。」

兩個人說幹就幹，一人開道，一人扶著卜道子，轉向大道旁的一個雜林中，直向林深處行去。

雜林中很隱秘，也很荒涼。

走在前面的一個，忽然停下腳步道：「老二，這裡怎麼樣？」

「差不多啦！離大道已有二里以上，就算他能喊叫兩聲，也不會有人聽見。」老二左右看看說。

「要把他弄醒過來才行。」

「我看這小子是中了迷藥，水一噴就可能會醒，老大，你去找點水來。」

「你身上不是背的有水壺嗎？」

「這……」

「馬老二，咱們狼狽雙絕，聯手闖江湖，少算點，總有六七年了吧！我青狼趙明，上你兄弟的當，也不是一兩次了，你怎麼老是想動我的腦筋呢？難道，你連我這個做老大的也容不下嗎？」

「言重！趙老大，請你千萬別誤會，兄弟就算有天大的膽子，也不敢動你老大的腦筋。」

趙明笑一笑道：「不敢最好，馬堂，話我可要說在前面，你這個花狽，如果沒有我這個青狼配合，那就等於孫悟空缺了根金箍棒，可是沒有得耍的。」

花狽哈哈一笑，道：「這一點兄弟心中明白，狼狽為奸，缺一不可，合則兩利，分則兩損。」

青狼道：「你明白就好……」

花狽又道：「這些年來，兄弟我要點小手段，用點小聰明，耍耍你，容或有之，但如說我存心害你，那可是天大冤枉。」

青狼笑笑道：「好！過去的說過就算，眼下先把卜道子弄醒過來，如能由他口中，問出一點桃花居的隱秘，咱們也可以對夫人交代了。」

馬堂笑了笑道：「我把他弄醒，由你逼供？」

青狼趙明道：「好。」

馬堂取下身上水壺，潑在卜道子的臉上。

趙明右手一伸，一把鋒利的匕首，已指在卜道子的臉上，說道：「姓卜的，你聽著，我問一句，你回一句。要是有半句假話，我就先割下你的鼻子來，說！你們進去了三個人，怎麼只有你一個人出來？」

卜道子穴道被點，不能掙動，但他口還能言。

但他沒有回答趙明的問話，卻咧嘴一笑，露出了一口白牙。

趙明手中匕首一挑，鮮血橫濺，卜道子的鼻尖，已被削了下來。

他號稱青狼，果然是心狠手辣，狼子野心。

卜道子啊呀一聲，呆呆的望著趙明，臉上有驚怖之色。

趙明怒道：「好小子，你是誠心給我過不去，是吧？你不說，我就一刀一刀剁了你，咱們就試試你的口風緊呢？還是我的刀子快？」

他說幹就幹，一刀向卜道子的耳朵削去。

花狽馬堂右手一抬，抓住了趙明的右腕，道：「老大，情形有些不對勁，你看出來了沒有？」

「什麼不對？」

「這小子好像沒有清醒過來？」

趙明仔細看了一陣，只覺卜道子雙目神情茫然，不禁一皺眉頭，道：「老二，這小子是怎麼啦？」

馬堂道：「那壺水，沒有把他澆醒過來，你割了他的耳朵，他一樣不會回答你什麼的。」

趙明道：「那就乾脆一刀宰了，免留後患。」

馬堂道：「話是不錯，宰了他容易，但咱們帶不回去一點消息，如何向夫人交代才好呢？」

趙明道：「要是沒法子由這小子口中掏出點東西來，咱們就只好再回桃花居一趟了。」

望望躺在地上，滿臉鮮血的卜道子，馬堂慢慢說道：「要是咱們也被人家擺布的和卜道子一樣，那就生不如死了。」

趙明道：「你的意思呢？」

馬堂道：「把他帶回去，他是唯一進過桃花居的人。」

趙明道：「帶回去？」

「有何不可？」

「他要是不肯說，還不是一樣？」

「那是夫人的事了，總比咱們什麼消息也沒帶回去好些。」

趙明收起了匕首，道：「嗯！說得有理，只是這麼大個人，咱們要不讓人發覺把他弄走，可也不是件容易的事了。」

馬堂點點頭道：「卜道子離開桃花林有不少人看到，這件事，不難打聽，再有四天，過了賞花之期，他們不敢進入桃花林找另外兩人的下落，必然會在這附近大肆搜查卜道子的下落。」

「嗯！有道理。」

「所以，咱們要快，而且，越快越好！」

「那，咱們今夜就上路？」

「好！」

「這個人呢？怎麼處置他？帶走他？」

馬堂想了想，道：「弄一輛拉貨的蓬車，把這小子放入貨中，緊趕上一夜，就可以脫離危險區了。」

趙明哈哈一笑，一掌拍在馬堂的肩上道：「老二，還是你行，聽你的，我去找馬車，你在這裡等著。」

馬堂四顧了一眼，道：「快去快回，這地方，不宜久留。」

趙明去後，馬堂抹去卜道子臉上的血跡。

狼、狽雙絕也許不怕卜道子，但他們卻害怕卜道子背後的靠山。

他們兩批人馬，來自不同的地方，但卻都和桃花林中的隱秘有關，這桃花林中，究竟有些什麼隱秘呢？

蟬噪林愈靜。

桃花林中，傳出了陣陣蟬聲。

賞花的時期已過，桃花林恢復了原有的寧靜。

靜夜無月，桃花居中，卻點了一盞燈。

桃花老人端坐在茅舍中一張竹椅上。

此刻，他不是在釀酒，卻是在問話。

秀兒和那中年婦人，就在桃花老人對面。

中間有張白木桌子，桌子上有菜有飯，還有酒。

桌子上有三杯酒，但喝酒的，只有桃花老人一個，中年婦人和秀兒，面前也有酒，但她們都酒未沾唇。

現在的桃花老人，看上去很慈祥。

中年婦人和秀兒沒有喝酒，也吃不下飯菜，這幾日，在桃花居中，她們母女已飽餐了數日，飢餓早已過去。

現在，她們只擔心著一件事，桃花老人收容了她們數日，若再把她們攆出桃花林，只要一離開桃花林，她們母女又成了追逐的獵物。

她們已經被人追逐了兩年，那種風塵奔波、飢餓交迫的逃亡生涯，就像烙印一樣，深深的烙在她們心上。

痛苦的烙印。

像等待的囚犯一樣，她們等著桃花老人的問話。

二　穿針引線

偏是桃花老人很悠閒，他已喝了六杯酒，還沒有問一句話。

現在，是第七杯酒。

他每喝一杯酒，中年婦人的心就跳動一陣。

喝完了第七杯，桃花老人終於開口了：「你貴姓？」

中年婦人暗暗調整了一下呼吸，道：「我姓周，丈夫姓藍，這是小女藍秀。」

桃花老人又喝了一杯酒，道：「你會武功？」

藍夫人道：「會，但不算高明，比起先夫，難及百分之一、二。」

桃花老人對她的回答，似是十分滿意，因為，藍夫人的回答，總比他問的還要多一些，點點頭，笑道：「你丈夫的大名是……」

藍夫人道：「藍天倚，我曾有過一段很幸福的日子，先夫在江湖上極受人敬愛，我們遊蹤所至，都有朋友接待。」

桃花老人道：「好景難長啊！幸福的日子，總是短暫的。」

藍夫人道：「兩年前，先夫應人之邀出一趟遠門，從此一去不回，他每一次出門總是帶我同行，這一次卻例外。

「半個月後，有人送上了先夫的人頭，附上一封短簡，要我和小女在三日內，自刎一死，留個全屍，否則他們就動手來取命。

「未亡人死不足惜，但小女何辜？雖非男兒，但卻是先夫唯一的骨血。

「我不忍小女同死，所以，才亡命天涯，想不到敵騎踩蹤，天下之大，竟然沒有我們母女立足之地。」

桃花老人道：「你可知道，你丈夫死於何人之手？」

「不知道。」

「你沒查過？」

「我也沒時間去追查。」

「你可知道，他們為什麼殺你丈夫麼？」

藍夫人低頭沉吟了一陣，道：「先夫為人正直，在江湖上，時常排解紛爭，是不是因而開罪了人，也未可知。」

「追殺你們的又是些什麼人？」

「很多人，未亡人曾和他們交手數次，但人單勢孤難以抗拒，只有亡命天涯，暫求活命人間。」

「你丈夫生前，不是有很多朋友麼？」

「先夫交遊雖廣，但知己好友，也不過三兩個人。」

「為什麼不去投奔他們呢?」

藍夫人苦笑了一下，道：「人在情在，人死情絕，未亡人曾投奔先夫生前一位知友，竟遭閉門不納。」

桃花老人又喝了一杯酒，道：「哦!現在，你們作何打算?」

終於說上正題了。

藍夫人黯然嘆息了一聲，道：「先夫在世之日，也曾提過這桃花林中的事，因此難婦被迫無路可走時，才決定投入林中而來，準備死於毒蜂之下，也好過喪命於追蹤敵騎的兵刃手下。」

桃花老人道：「但你們的運氣太好了，竟然沒有死於毒蜂之手。」

「如若老丈能收留我們母女，難婦當結草啣環以報。」

「你們母女想留在這裡?」

藍夫人痛苦的一笑，道：「只要離開桃花林，敵騎立至，只怕我們母女，難再有脫逃毒手的機會了。」

桃花老人未再多問，只顧自斟自飲起來。

直到，他喝完了一壺酒。

藍夫人心中雖焦慮，但不能不耐心的等待著。

她們母女是絕對的弱者，只有等別人決定她們的命運。

桃花老人吁了一口氣，道：「竟喝光了一壺酒。」

藍秀低聲道：「老伯伯，我再替您燙壺酒來。」

桃花老人搖搖手，道：「不用了，你很乖巧，孩子，今天我喝好多酒，喝得有些過量了！」

藍夫人道：「這座茅舍很大，是不是需要人幫忙打掃？」

桃花老人笑笑道：「藍夫人，你真的想留下來？」

藍夫人點頭道：「這裡很安定，至少可以保住小女一條命，老丈如肯答應，難婦感激不盡。」

桃花老人神情冷肅的說道：「夫人，你可知道，那毒蜂為什麼不螫你們，卻要去螫別的人？」

藍秀道：「我知道，是老伯救了我們。」

桃花老人道：「毒蜂沒有分辨的能力，但人能夠。」

藍夫人道：「你是說，那毒蜂是有人控制的？」

桃花老人道：「對！所以說，這桃花林中，並不是任何人都可以住下來的地方，你知道麼？」

藍夫人黯然道：「老丈，還是要趕我們走了？」

藍秀道：「不！老伯伯，你做做好事吧！答應讓我們留下來。」

桃花老人緩緩站起身子，道：「孩子，留下來，你會後悔的。」

藍秀眨動了一下圓圓的大眼睛，道：「不會的，我已經厭倦了那亡命天涯的生活，若老伯伯一定要攆我們離開這裡，那就不如要毒蜂來把我們螫死。」

桃花老人的臉色，慢慢變得嚴肅起來，冷冷地道：「孩子，你年紀太輕了，這裡不適合你的。你們沒有死在桃花林裡，那是因為你們趕得很巧，那是絕無僅有的機會，卻被你們趕上了，老夫為了保護你們母女，已經破例出手……」

藍夫人道：「這一點，我們很感激，不過，老丈既然施恩於前，又為什麼要逼我們離去呢？鐵騎踩蹤，我們母女實已無處可去了。」

看上去原本很和睦的老人，此刻卻變得十分陰沉。

只見他冷冷地說道：「這不是你們避難的地方，你們母女離開此地，也許還有一線生機，留下來，連一點生機也沒有。」

這幾句話，說得十分明顯。

不但藍夫人聽得十分明白，就是藍秀姑娘，也聽得內情了然。

長期的逃亡生涯，坎坷的命運，使她受很多的折磨，但也使她心理成熟，飢餓、恐懼的壓迫，使她學會了用心去想。

她也聽出了事態的嚴重，立刻，聚精會神的聽下去。

藍夫人呆了一呆，道：「老丈，賤妾百劫餘生，近幾年來，一直在亡命中生活，如非為了小女，我早已追隨先夫於九泉之下了。生死之事，我早已不放在心上，有什麼話，老丈請當面講，未亡人自會有所斟酌，給老丈一個肯定的答覆。」

桃花老人皺起眉頭，雙目中神光閃動。

顯見他內心中，有著極大的衝突。

良久之後，桃花老人突然一閉雙目，道：「夫人，你一定想知道內情麼？」

藍夫人道：「老丈，未亡人母女浸在水中，難道還怕雨濕了衣裳麼？」

桃花老人點點頭，道：「夫人，可知道老夫在這桃花林中，是個什麼身分？」

藍夫人道：「桃林廣闊，未亡人未窺全貌，很難了解老丈的身分，也不知道桃花林中，有些什麼隱秘？」
桃花老人道：「好！老夫就明講了，我是釀酒的師父……」
藍夫人接道：「桃花露名滿天下，老丈的釀酒手藝，天下難再有第二人了。」
桃花老人苦笑了一下，沉吟著道：「你可知道，這幾十年來，我為什麼不離開桃花林一步？」
藍夫人道：「這裡雖非深山大澤，但卻有深山的幽靜，老丈想必已習慣這種淡泊、寧靜的生活，不願再涉塵囂。」
桃花老人也許多喝了幾杯酒，望著案上的燭火，臉上是一種無可奈何的寂寞神情，緩緩說道：「我不能離去……」
藍秀突然接道：「為什麼呢？老伯伯！」
桃花老人道：「因為，我離開這座桃林，就活不過三天。」
藍秀道：「三天，你可以逃得很遠了。」
桃花老人道：「就算我一天能奔行三千里，也一樣活不過三天。」
藍夫人低聲道：「致命的原因，在這座桃林中？」
桃花老人道：「不！」
藍夫人道：「那是……」
桃花老人道：「在我身上。」
藍秀道：「老伯伯，那很容易，你把它取下來丟了就是。」她究竟是個十幾歲的孩子，論事很直接。

藍夫人低聲道：「秀兒，如是能夠取下來，還會用你說麼？」

桃花老人突然嘆息一聲，道：「三十年來，老夫從沒有和人這麼接近過，也沒和人談過這麼多話……」

藍夫人一怔，接道：「老丈，難道這桃林中，再沒有別的人了？」

桃花老人苦笑了一下，道：「夫人，老夫今天已經說得夠多了，現在，你們還來得及離開。」

藍夫人搖搖頭，道：「老丈，大體上我是明白了，留在這裡很危險，也可能會和老丈一樣，此後，要長留在這座桃林之中，無法離去了。」

桃花老人道：「這日子很寂寞。」

藍夫人道：「我知道。」

桃花老人嘆息了一聲。

藍夫人又道：「但至少，我們可以活下去。」

桃花老人緩緩站起身子，沉重的說道：「不行，你們不能留下來，走！我送你們離開這兒。」

藍夫人黯然淚下，道：「好！老丈定不見容，未亡人願意離去，但求老丈能夠妥為照顧小女，使她在這裡安居下來。」

藍秀突然站起了身子，道：「不！娘，留下來。」

藍夫人笑笑道：「秀兒，娘早就很想念你爹了，為了你，娘不能去見你爹，現在，你有了安定的住處，娘也該去了！」

藍秀一臉的悲容，凝視著母親道：「娘，茫茫人海，我只有你這麼一個親人，你怎麼能棄我而去呢？」
桃花老人接道：「夫人，老夫也沒有答應要照顧你的女兒。」
藍夫人道：「我若死了，她就成了沒爹沒娘的孤女，老丈難道忍心不管她麼？」
桃花老人道：「如能讓她留下來，那當然可以讓你也留下來……」
藍夫人忙接道：「多謝老丈……」
聰明乖巧的藍秀，突然拜伏於地道：「謝謝老伯伯。」
桃花老人緩緩伸出右手，扶起了藍秀，道：「老夫已經盡了心力，你們一定要留下來，那就不能怪老夫了。」
藍夫人嘆息一聲，道：「老丈，究竟有什麼事，何不明說？」
桃花老人道：「肯不肯讓你們留下來，老夫不能作主，今夜，已到了老夫作主留客的權力極限，過了子夜，你們就是想走，我也不能決定了。」
藍夫人道：「哦！這中間還有如此的曲折。」
桃花老人道：「你們休息去吧！明日午時，我帶你們見仙子。」
藍秀道：「什麼仙子？」
桃花老人道：「桃花仙子，她才是這桃林中的主裁。」
藍夫人低聲道：「老前輩，那會是一個什麼樣子的結果呢？」
桃花老人道：「那要看你們的造化了，老夫也不能預知。」
藍夫人回顧了藍秀一眼，只見她雙目閃動著神彩，似是對去見桃花仙子的事，一點也不畏懼。

但憂患餘生的藍夫人，心中卻有著很大的震動。

桃花老人一再的警告，必然有著很大的原因，不論桃花老人的為人如何，但藍夫人感覺到，他是真心在照顧她們。

現在，還未到子夜時分，她們母女還保有離開的權利。

但看到了隱現容光的秀兒，實在不忍再帶她亡命天涯。

在這裡，至少她可以吃得飽、睡得安穩，不像逃命時，一時間數度驚魂，她忍住心中很多疑問，未再多問。

她一夜沒有好睡，用盡心思，去推索桃花仙子的為人。

但藍秀卻睡得很甜。

中午時分。

桃花老人竟然已早在廳中等候，而且換了一件潔淨的長衫，似乎晉見桃花仙子，是一件十分重要而又隆重的大事。

藍秀的嫩臉上，已泛隱隱嫣紅。

這幾天的養息，正逐漸恢復她少女的容色。

但藍夫人卻愁眉深鎖，心中正有著無限的憂慮。

桃花老人神情近乎木然的道：「你們跟著我走！」

籬外桃花依然紅，但已不見前來賞花的人。

藍夫人忍了又忍，仍是忍不住道：「老前輩，仙子居處，是不是很遠？」

「就在這一片桃花林中。」

「我們要說些什麼？老前輩能否指正一、二？」

桃花老人冷冷的聲音，道：「不能。仙子問什麼，你們就回答什麼！一定要我指點你些什麼？那就是盡量少說話，能用三個字回答的事，就別用四個字。」

「多謝指教！」

忽然間，響起了一陣嗡嗡之聲。

藍秀停下了腳步，道：「蜂，蜂群。」

桃花老人道：「不錯，這是蜂群棲息的地方，所以這裡沒有人敢來，縱然是賞花之期也沒人敢近此地。」

藍秀看到了無數巨蜂，在林中飛舞。

也看到了數百個巨大的蜂巢，就結在桃花樹上。

大半的巨蜂，似乎仍在巢中。

就是這逾萬的巨蜂，保有了這桃花林的神秘。

桃花老人昂首由巨蜂飛舞中行了過去，藍夫人緊緊抓住藍秀的手，母女提心吊膽的跟在桃花老人身後。

這些見人就追的蜂，竟未向三人攻擊。

繞過了一排濃密的桃林，景物忽然一變，只見有一座青磚砌成的宅院，出現於花樹環繞之中。

這座青磚宅院，高度一直在桃樹林梢的掩遮之下，所以不行到跟前是很難發現這座宅院的。

一道潺潺清流，由宅院門前流過，想來，這道小溪就是流入小潭的水源。

木門緊閉。

桃花老人帶著母女二人，行到大門前面。

藍秀突然搶前一步，伸手去推木門，但卻被桃花老人迅速的一掌推開。

這一掌力道疾勁，只震得藍秀手腕上骨疼如裂，呆了一呆，她無限畏懼的說道：「老伯伯，我錯了麼？」

桃花老人冷冷道：「跪下。」

藍秀哦了一聲，緩緩跪下。

藍夫人也隨著跪了下來，低聲說道：「老前輩莫要生氣，秀兒錯了，儘管責罰她就是！」

桃花老人也隨著跪下，低聲道：「記住，儘量少說話！」

藍夫人點點頭道：「多謝老前輩。」

藍秀也明白了。

桃花老人這一掌並無惡意。

三個人，靜靜跪著。

一陣疾風吹過，搖落了幾朵桃花。

桃花輕落，逐流而去。

不知經過了多少時間，那關閉的兩扇木門，突然打開，開得很緩慢，也很輕微，聽不到一點聲息。

門內無人。

桃花老人卻低聲說道：「多謝夫人賜見！」

緩緩站起，低著頭向內行去。

藍夫人一拉藍秀，母女們跟在身後而去。

兩個人，都學著桃花老人的樣，拘謹的彎著腰，向前行進，只見地上鋪著白石小徑，連院中的景物，也未看到。

但藍秀卻聽到了，一陣陣鳥羽劃空之聲。

聲音不大，但卻疾勁如矢。

藍秀感覺到，幾隻鳥兒，掠著她頭頂飛過，鳥羽帶起的勁風，飄起了她鬢邊的散髮，但她一直低著頭，沒有抬頭看一眼。

桃花老人那一掌，給了她一個很嚴厲的教訓，使她強自按捺心中的好奇。

庭院不大，三人很快的行入一座廳房之中。

藍秀只感覺到進了房中，地上鋪著很厚的地毯。

花紅色的地毯。

因為一直低著頭走路，藍秀的目光只能看到母親和桃花老人行動的雙足，其他一概無法見到。

桃花老人停下了腳步，也響起了他低沉的聲音，道：「跪下，拜見仙子。」

藍秀和藍夫人，依言跪了下去。

桃花老人這一次，似是沒有跪下，腳步移動，行向一側。
江湖上兩年多的亡命生涯，磨去了藍夫人的銳氣，也磨去了藍秀千金小姐的那股傲氣。
兩個人根本就未看到上面坐的是什麼人，就大拜了三拜。
桃花仙子的聲音很嬌脆、悅耳，道：「大的先說，怎麼進了桃花林？」
藍夫人道：「未亡人藍李氏，遭人追殺，避難逃入林中。」
桃花仙人道：「小的呢？」
藍夫人道：「未亡人的小女……」
桃花仙子接道：「要她自己說！」
藍秀道：「我叫藍秀，隨母避難入林。」
桃花仙子道：「這地方不是避難之所。」
藍秀道：「但卻能使踩蹤我們的鐵蹄，知難停步，不敢入林！」
桃花仙子道：「小丫頭，你可知道，身脫虎口，又入龍潭。」
「不知道。」
「現在，你知道了！」
「仙子如肯收留我們母女，小女子願為奴為婢。」
「如果我要你死呢？」
藍秀心頭震動了一下，道：「小女子亦將遵命！」
桃花仙子格格大笑起來。

藍秀心中卻感到不安。

桃花仙子笑聲逐漸遠去，似是人已離去，耳際卻響起桃花老人的聲音，道：「你們起來吧！」

三個人，又回到了桃花居。

進了竹籬，入茅舍，桃花老人這才哈哈一笑，輕鬆的說道：「現在，你們不用再拘謹了。」

原來，藍秀母女二人，直到此刻仍是低著頭。

藍夫人抬起了頭，道：「老前輩，現在我可不可以問幾句話？」

桃花老人笑道：「可以。」

藍夫人道：「多謝老前輩。」

「不過，有些事，只怕我不能答覆。」

「不妨事，我能多知道一兩件也好。」

「好！你問吧！」

「我們是已經獲准留在這裡了？」

「還不一定。不過，至少不會立刻把你們趕出去了，要等到仙子的示諭到達，才知道你們的命運如何！」

藍夫人長長吁了口氣，道：「那就好，只要能留下來，不論為奴為婢，也可替先夫保留下半子血脈。」

藍秀道：「老伯伯，仙子的住處，養了很多鳥。」

桃花老人笑了笑道：「你沒有抬頭看一下？」
「我不敢。」
「幸虧你沒有看，否則立刻會發生一場慘劇。」
「什麼慘劇？」
「那些鳥，只要看到了你的眼睛，牠們會立刻撲擊，啄瞎你的雙目。」
藍秀怔了一怔，道：「老伯伯早知道了，為什麼不告訴我們？」
藍夫人道：「秀兒，怎可用如此語氣質問老前輩呢？」
桃花老人笑道：「秀兒，我不告訴你，那是因為我不能說；早告訴你，不但老夫犯了規戒，而且會對你構成一種好奇的壓力，那對你未必有益。」
藍秀道：「我一直沒有見過仙子的容貌。」
「秀兒，不是你見她，而是她要不要你見。」
「我明白啦！謝謝你，老伯伯。」
「此行很順利，老夫擔心的事情，都未發生。」
「老伯伯擔心些什麼？」
「第一、我擔心鳥兒啄瞎了你的眼睛。第二、我怕你們忍不住在廳中，未得仙子令示之前，抬頭看她。」
「老伯伯，那會是一個什麼樣子的結果呢？」
「最輕的處罰是，挖去你的眼睛，送入……」

送入哪裡，他卻突然住口不言。
藍秀想追問，但卻被藍夫人岔開了話題，道：「老前輩，除了仙子和你之外，這裡還有人吧？」
「有！還有很多的人，也許三五天後，你們就會和一些人見面……」
藍秀高興的道：「那太好了！」
微微一笑，桃花老人接著又道：「你們通過了初步考驗，沒有失去雙目，也沒有失去雙足……」
藍秀奇道：「失去手足？那又是犯了什麼錯？」
桃花老人道：「傷害了桃花。只要你隨手折上一朵花，那就是斬手之罪，用腳踐踏了桃花，那就是削足之罰。」
藍夫人道：「此地桃花千萬株，落花滿地，只怕很難不踏中落花。」
「那不在此限，但不能故意踐踏……」笑一笑，桃花老人又道：「我姓陶，音同字不同，你們可以安心住下來了，靜候仙子的令諭下達。」
藍秀突然對桃花老人跪了下去，道：「老伯伯，我有個不情之請。」
「站起來說吧！」
「求老伯把我收列門牆，傳我武功。」
桃花老人沉吟著道：「你已有了很好的基礎，稟賦亦佳；得美玉雕之，良徒教之，也是人生一大樂事，不過，老夫現在不能答允你！」

「為什麼？」

「因為仙子令諭未到之前，老夫還不知道你們向何處司職！」

「哦！不論到哪裡，我都可以乘餘暇求教武功？」

「如若你被選為了仙子近身的女婢呢？」

「難道，那就不能學武功了？」

桃花老人笑道：「能，不過那就用不著老夫教你了，仙子身側的女婢，都會是頂尖的高手。」

藍夫人道：「未亡人見識過老前輩的武功了，舉手投足竟玩弄強敵於股掌之間，就算先夫在世，也難及老前輩十之四五，這天下，還有強過你的高手麼？」

「夫人，當仁不讓，老夫這身藝業，在當今江湖上或可列入一流，但如和桃花仙子比，那就不是她手下十招之敵了。」

藍秀抬起頭來，無限嚮往的說道：「但願仙子能把我選為身側為婢。」

桃花老人道：「秀兒，你……」

藍秀小嘴一撇，道：「我要學得高深武功，為我父親報仇！」說到報仇二字，雙目閃起了一片濃烈的殺機。

藍夫人心頭震動了一下，道：「秀兒，娘不希望你像你爹一樣，學得一身好武功。瓦罐不離井口破，將軍難免陣上亡，娘希望你平平安安的過一生。江湖人，幾個能有好下場的呢？」

藍秀道：「娘！我恨他們，我要殺了他們。爹沒有承繼香煙的兒子，只有我這麼一個女兒，我不能替他報仇，豈不要使他冤沉海底，恨埋九泉，娘！我會不惜一切代價，我一定會做到。」

藍夫人皺皺眉，桃花老人卻哈哈一笑道：「有志氣，來，老夫現在就開始傳你武功，不過，不許叫我師父。」

藍秀點頭笑道：「好！但你不許藏私。」

藍夫人怒道：「秀兒，怎可如此無禮？」

桃花老人微微一笑，道：「不要緊，我和秀兒很投緣，童言無忌，勞夫人替我們做點吃的吧！」

第三天，桃花仙子傳下了令諭，藍秀果然成了仙子身側的女婢，藍夫人也獲准留在桃花居中。

從此侯門深似海，秀兒一入仙宮，母女竟然半年未見。

藍夫人，明知道那座宅院離此不遠，但她卻不敢去探望女兒，甚至，在桃花老人面前，也不敢提起思女之情。

只有在無人處，珠淚暗彈。

桃花老人說的不錯，這裡很寂寞。

藍夫人幫助桃花老人釀酒，但真正的釀酒技術，卻沒有學到。

桃花老人自從藍秀離去之後，變得很嚴肅，一天難得說上一句話，相對如陌路，這日子怎會不寂寞？

半年後。

藍秀終於回到桃花居中一次，但母女相互望了一眼，藍秀就匆匆離去，一句話也未和她說。

藍夫人張口想叫，卻被桃花老人示意攔住。

望著藍秀匆匆而出的背影，藍夫人滾下了兩行淚水。

桃花老人冷冷的說道：「怎麼？你很難過？」

藍夫人吁了口氣，苦笑道：「半年不見，她連聲娘也不叫。」

「她不能開口。」

「為什麼？」

「你一定要知道麼？」

「嗯！但如實在不能說，也就算了！」

桃花老人兩道冷厲的目光盯注在藍夫人的臉上，沉重地說道：「仙子身側的女婢，非啞即瞎。」

藍夫人心頭震動了一下，道：「老丈，秀兒會說話的。」

「如若她舌頭被割了呢？」

藍夫人怔住了。

「她可以選擇，刺瞎眼睛，還是割去舌頭！」

藍夫人垂下了頭，淚水如珠，道：「天啊！為什麼？」

桃花老人道：「規矩，記得我勸過你們母女，你們卻堅持要留下來，這是最幸運的結果了，你是不是後悔啦？」

藍夫人一咬牙道：「不後悔。」

「真的？」

「不會說話，總比死了強一些。」

「你雖然已到這裡半年之久，但你知道的事情太少……」

藍夫人拭乾了淚水，道：「你呢？」

桃花老人嘆息道：「我已記不清楚在這裡多久了，好像有二十幾年了，我對這裡的一切，也不完全了解。」

藍夫人哦了一聲，未再多問。

一個住了二十幾年的人，都不完全了解，她還能問什麼呢？

桃花老人道：「住在這裡，你要學會忍受寂寞，不要有好奇之心，因為這裡奇怪的事情太多了。」

「哦！」

藍夫人盡量使自己平靜下來……

神秘的桃花林，並不是一個安樂的地方，在桃花林外的人，看到這充滿著神秘，住在桃花林內的人，也一樣感到林中的神秘。

這是一個充滿著神秘的地方。

住在這個地方的人，必須要忍耐這份神秘給予的痛苦。

藍夫人可以忍受這份寂寞，也可以適應這份工作，但她很難按得下對女兒那份深刻的思念。

她無法想像，一個好端端的人，忽然間被割去了舌頭之後，如何去克制想講話的那股衝動。

但想念又如何？

她能改變什麼？

桃花老人突嘆一口氣，道：「夫人，兩天後就是賣酒的日子了，你必須要打起精神，應付這一陣忙碌。」

藍夫人道：「老丈放心，我會做得很好。」

桃花老人道：「也要隱藏得很好，不能讓賣酒的人，忽然發覺了桃花林中，多了一個女人。」

藍夫人道：「我知道。」

忍耐的日子，很痛苦，但藍夫人卻忍耐了六年。

每年賞花人依舊。

桃花露也愈來愈名貴了。

每年半個月的賣酒期，三百罈桃花露，一天就賣完了。

有些愛酒的人，前兩天就在桃花林外面排隊，為了買一罈名酒，但有些人，來得更早，卻為了賺錢。

五十兩一罈的桃花露，黑市已經賣到了五百兩銀子一罈。

一個人，一年如若能賺四百多兩銀子，一家六七口人，可以過很好的日子。

世間像這樣的暴利生意不多。

所以，爭購桃花露，簡直成了一項熱門生意。

初時，大家還自有顧慮，但後來，發覺了桃花林中的人，並不管這件事情，這就形成了一種爭奪。

每年九月一日之前，這桃花林外，就有場激烈的械鬥，造成了很大傷亡，勝利的一方，就獨占了購買桃花露的權利。

兩年前，桃花老人修正了買酒的方法，不再限一天二十罈，有人買，就一次賣完。

沒有人敢在桃花林中鬧事。

但離開了桃花林，那就成了一個天翻地覆的局面，事先為了搶購搏殺，事後，又有人搶酒械鬥。

因為，桃花露越來越有名氣，造成了酒中極品，會喝酒又有錢的人，如若不能喝一次桃花露，會有著若有憾焉的感覺。

現在，桃花露的黑市價格，漲了一千兩銀子。

這還是限於在桃花林外的交易。

如若把一罈桃花露運到了大城名市，能賣到更高的價錢。

每年釀成的桃花露，仍然只有三百罈，但要喝桃花露的人，卻與日俱增。

喝過桃花露的人，傳出了桃花露另一種神奇的功效，喝幾杯桃花露，可以大補真元，返老還童。

桃花露不但是名酒，也是靈藥仙丹，無上妙品。

這是藍秀進入桃花林中第七年，小姑娘已長成了亭亭玉立的少女。美麗絕倫的少女。

但藍夫人卻變得很蒼老，進入桃花林時，她還是風韻猶存的中年婦人，如今卻是滿頭白髮。根根白髮皆相思，可憐天下慈母心。

六年多來，藍夫人只見過藍秀三次，每一次，都如驚鴻一瞥。咫尺天涯更相思。

藍夫人每天都在想女兒，但她卻能忍住不再多問，六年多，未再向桃花老人問過女兒的事情。

這一天，八月二十九日。

後天，九月初一，就是另一個賣酒的日子。

現在賣酒很輕鬆，一天就可以賣完三百罈。

夜，桃花居中還點著燈。

藍夫人幫著桃花老人整理好了準備出售的桃花露。

這是每一年中，桃花老人最忙的幾天，也是他心情最好的幾天，這幾天中，他可以接觸到很多買酒的人。

桃花老人並不喜歡這些人，但他們總是人，生活在桃花林中太幽靜，多見一些人，也是一件稍慰寂寞的事。

伸展一下雙臂，桃花老人緩緩說道：「夫人，去休息吧！」

藍夫人笑一笑，轉身行去。

這些年來，她學會了忍耐和隱藏。

忍住心中的千言萬語，隱藏起無限的悲傷痛苦。

忽然間，籬門啟動，燈光搖顫，大廳之中突然多了一個白衣飄飄，長髮垂肩的美麗少女來。

藍夫人突然停下腳步，回過身子，目光投注在那白衣少女身上。

「秀……」藍夫人突然住口，愛女已成啞巴，母女如何交談？

「我是秀兒，娘，怎麼不認識我了？」

藍夫人一怔，割了舌頭的人還會說話，難道那桃花仙子，真有起死回生，斷舌再續的本領？

七年相思，填塞在胸腹間的萬千慈愛相思，一下子完全爆發了。

藍夫人再也無法控制兩行熱淚，滾滾而下，道：「你真是秀兒麼？你變得太多了，娘真的不敢認你了。」

輕輕吁一口氣，藍秀的臉上，忽然泛起了一片冷肅的煞氣，道：「娘，我知道，你忍受了太多的痛苦，不過這都成過去了，我們就要離開這裡。」

藍夫人呆了一呆，道：「離開？秀兒，你在胡說什麼？」

點點頭，藍秀臉上泛現出一個肅殺的笑意，道：「等著吧！娘，我們就要駿馬、華車、雲遊四海，比爹當年更威風了……」

說著，秀兒回顧了愣在一側的桃花老人，笑笑道：「我記得你曾經說過，你姓陶，是吧？」

桃花老人點點頭道：「不錯，老夫陶林。」

「陶林，這些年，你沒有把功夫丟下吧！」

陶林道：「這裡太安靜了，老夫除釀酒之外，只有練練武功了。」

「那很好，陶林，你願不願……」

藍夫人接道：「秀兒，叫陶伯伯，怎麼沒大沒小的？」

藍秀笑一笑，道：「娘，我已經是桃花仙子的……的弟子了，如果再叫他老伯伯，他也不敢答應了。」

陶林呆了一呆，道：「你，你已經被仙子收入門下了？」

藍秀道：「是啊！我不但已被桃花仙子收入門下，傳了衣缽，而且已代她接掌了這桃花林。」

「那你是小主人了？」

藍秀道：「所以，我以後只能叫你陶林了。」

「這個……這個……」

「你不相信？」

「老奴相信。」

藍秀笑一笑，道：「那就好，陶林，你想不想出去走走？」

陶林雙眉飛揚，道：「小主人如想在江湖上走走，老奴自願隨傳……」

突然，他又嘆息一聲道：「只可惜，老奴今生已不能生離此地。」

藍秀道：「過去不能，現在能，我能帶你生離此地。」

桃花老人道：「真的麼？」

藍秀笑了笑，點點頭道：「我如帶你，你還怕什麼呢？我比你年輕很多，我不願比你早死。」

「姑娘說的是。」
「我知道你這裡的藏金很多，明天多帶一些銀子出去，先買一輛最好的蓬車，要三輛馬車。」
「要三輛馬車做什麼？」
「裝上桃花露，咱們一路賣酒，桃花露目前市價很高。」
「是！」

山外青山樓外樓，西湖歌舞幾時休……
樓外樓是名聞全國的大酒樓，也是唯一可能常年吃到桃花露的酒樓。
桃花露每年賣出了三百罈，樓外樓至少能買到一百五十罈。
因為樓外樓的生意大，銀子多，別人出五百兩銀子，他們出一千，別人出一千兩，他們肯出二千兩，但他們仍不能買到全數的桃花露。
所以，樓外樓賣出的桃花露，價錢更是貴得駭人。
而且，也不是有錢就能買到，除了有錢之外，還得要有身分，或是大主顧，才能得嚐佳釀。
一百五十罈的桃花露，要應付一年的時間，樓外樓的錢老闆，也是傷透腦筋了。
但錢老闆長袖善舞能軟能硬，這幾年都應付得很好。
但現在，他卻有些應付不了。
現在，是十月初七。
樓外樓的金菊廳中，對坐著兩個年輕人，兩個人，坐了一張大桌子，桌子上擺滿了佳餚美味。

但侍候這兩個人的，卻有八個人。

四個美麗的少女，和四個清秀的童子。

四個童子都穿著黑衣，一色黑，連靴子也是黑的，身上佩的短刀也是黑色的刀鞘，黑色刀柄。

除了人是白的之外，再找不出一點雜色。

四個女婢卻都穿著白色衣服，佩著一把白色寶劍，白色的利鞘，白色的劍柄，恰成對比。

可能是因為四個女婢都生得很嬌小，所以，他們的佩劍，比一般的劍短了很多。

兩個對坐的年輕人，也很容易分辨，東面的穿著黑衫，黑衣無情刀，「北刀」紀飛虎的二公子，紀無情，人名無情，刀亦無情。

西面的年輕人穿著白衫，金冠束髮，白衣飄風，白衣斷腸劍，「南劍」常世倫的三公子，「斷腸劍」常玉嵐。

北刀、南劍，齊名江湖，兩人卻從來未曾見面，但他們兩個人的兒子，卻彼此是很好的朋友。打出來的朋友。

事實上，兩個人結成朋友，也是北刀、南劍有意的安排，兩個人都希望借最傑出的兒子之手，使北刀、南劍分一個高下。

斷腸劍對無情刀，兩人打了一天一夜，刀以剛猛見長，劍以陰柔取勝，打過三千招，苦鬥一日夜，仍然沒有法子分出勝負。

但兩人卻惺惺相惜，交上了朋友。

這是三年前，一件震動江湖的大事。

兩人相約每兩年見面一次。
前年，紀無情作東，在大名府燕雲樓，宴請常玉嵐，以十二味山珍，配上了兩罈桃花露。
今年，常玉嵐作東，宴請紀無情，以十八道海味，也配上兩罈桃花露。
現在，十八道海味已上齊，但卻無酒。
酒是有很多種，只可惜常玉嵐指定要桃花露。
樓外樓，現在竟然沒有桃花露。
常玉嵐忍了又忍，終於是忍不住了，道：「去把錢通找來。」
錢通就是樓外樓的錢老闆，這個人名字叫錢通，人如其名，不但金錢很多，而且手眼通天。
但卻也有不通的時候。
事實上，他早已在金菊廳外等候。
只不過，未聽到召喚，不敢進來。
常玉嵐要找錢通，錢通已哈腰行了進來。
這位江南第一名樓的大老闆，此刻卻完全是一副癟三的樣子，哈著臉，垂著頭，一副如喪考妣的樣子。
常玉嵐冷笑一聲，道：「錢大老闆，我們的酒呢？」
錢通兩腿一軟，忽然跪了下去，道：「三公子，錢通該死！」
「什麼事啊？」
他的聲音很平和，用詞也很客氣，但錢通卻是聽得全身直打哆嗦，哆嗦歸哆嗦，但話還是不能不說。

「替公子訂購的桃花露，還沒有運到……」

常玉嵐一揚劍眉，道：「現在幾月了？」

「十月初七。」

「三個月前，我訂了這一桌，說明了兩罈桃花露，是不是？」

「是！公子是這麼吩咐的。」

「那時候，你錢大老闆也答應了，對不對？」

「對啊！」

「這麼說來，你錢大老闆是看不起我常玉嵐了，誠心要我在紀公子面前，羞辱我一下是麼？」

錢通連連叩頭道：「我還想活下去，怎麼敢羞辱公子？」

常玉嵐道：「過去也就算了，我不追究，叫他們上酒吧！」

錢通緩緩站起身子，低聲道：「三公子，要什麼酒？」

「桃花露啊！我們的酒量，都不太大，有兩罈就夠了。」

錢通急得眼淚都流出來了，道：「三公子，就是沒桃花露啊！」他平時能說會道，連死人也能說活，如今心裡一急，連話都不會說了。

常玉嵐道：「你該死了。」

死字出口，劍光一閃，已到錢通的咽喉。

出劍的是一個白衣女婢。

看她秀秀氣氣，玉容如花，這出劍一擊，卻是快如閃電。

錢通也是練過武的人，但卻連看也未看清楚，寒芒已浸肌膚，他張口想叫，卻連聲音都發不出來了。

忽見金光一閃，噹的一聲，震了寶劍。

紀無情、常玉嵐同時轉頭望去，只見一道金芒，震開了寶劍之後，一個迴旋，飛出廳外去。

武林高手，以暗器擋開這女婢一劍，不算難事，但在擋開一劍，暗器未被擊落，竟又迴旋飛出廳，那就是極端困難的事。

那白衣女婢，不但出劍快速，而且力道不弱。

紀無情目光一掠廳外，端坐未動。

他是客人，自然應該讓主人作主。

常玉嵐冷冷一笑，注視著錢通道：「錢大老闆，原來你早已請了高手助拳，勿怪不把我放在眼中了。」

錢通人已癱跌在地，摸摸一顆腦袋還在，才明白自己還活著，一聽常玉嵐的話，急急辯白。

「三公子啊！往年，九月二十號之前，新的桃花露，就會送到本店，今年我以兩千五百兩的高價，定了兩百罈，想不到一罈也沒送到。」

常玉嵐道：「事情竟有這麼一個巧法？是誠心和我過不去了！」

錢通大急道：「我說的字字真實，如有一句虛假，天打雷劈。」

「你立下如此重誓，我本該相信……」

「多謝三公子……」

「你先別謝！」

「是！公子還有什麼吩咐？」

常玉嵐冷冷掃了門外一眼，才道：「可是，剛才那飛來的金芒，擋我女婢蓮兒一劍，分明是你早有備……」

只聽一陣哈哈大笑之聲，傳了進來，道：「三公子，錢老闆的膽子雖大，還不敢招惹斷腸劍常三公子。」

常玉嵐道：「哦！你是什麼人？」

「送酒的。」

「送酒的？」

「不錯……」

隨著話聲，飛入一個身著灰衣的老人。只見那老人雙手各托一罈桃花露，卓立在大廳之中。

常玉嵐霍然站起身子，但又緩緩坐了下去，道：「好！開酒吧！」

灰衣老人笑道：「咱們送酒來遲一步，還未和主人說好價錢。」

錢通道：「快些開酒，別掃了兩位公子的酒興，價錢好談得很。」

灰衣老人笑了起來，道：「錢大老闆，此一時，彼一時，現在這桃花露，可是水漲船高啊！」

錢通道：「你只管開價。」

「一萬兩銀子一罈，不折不扣，錢老闆意下如何？」

「你們吃人啊，一萬兩銀子一罈？」

「買賣不成仁義在，錢是你的，你不買，咱們也不會搶你的銀子，酒是我的，價錢談不攏，我可以帶走。」

錢通道：「不能帶走，我買了。」

灰衣老人放下了兩罈桃花露，笑笑又道：「兩罈酒放在這裡了，錢老闆，銀子要立刻兌現。」

錢通實在很心疼，這個竹槓被敲得不輕，兩罈酒兩萬兩銀子。

看看常玉嵐三公子仍坐著不動。

錢通心中很奇怪，這三公子怎麼會這麼好的耐性，眼看著人家這麼個敲法，他竟坐觀不理。

兩萬兩銀子，雖然是一個大數字，但比起自己的一條命來，卻又算不了什麼。

最好是常三公子肯出面，酒留下，把送酒的老人殺了，那最好，卻不料常三公子來一個視若無睹。

看看情形不對，錢通忍不住低聲說道：「走！跟我取錢去，別留在這裡打擾兩位公子酒興。」

灰衣老人笑一笑道：「你還沒付銀子之前，這兩罈酒還是我的。」

常玉嵐終於忍不住了，回顧灰衣老人一眼，道：「閣下是有意和我為難了？」

灰衣老人笑笑道：「三公子言重了！」

常玉嵐緩緩站起身，道：「紀兄，難得聚會，兄弟本想息事寧人，陪紀兄痛飲之後，再找他們算這筆帳，但眼下看來，似乎是……」

紀無情接道：「兄弟早就忍不住了，但常兄未作表示，兄弟不便多問……」目光一掃四個黑衣童子，道：「圍住他。」

四個黑衣童子，一齊行動，但見人影一閃，已把灰衣老人給圍了起來。

四個人還未亮刀，但右手已抓在刀柄之上。

常玉嵐揮揮手，道：「錢掌櫃請吧！這裡沒有你的事了。」

錢通道：「多謝公子。」

常玉嵐接著又道：「錢掌櫃，這裡不論發生了什麼事，你都不要插手，也請不要張揚出去。」

「小的知道，我把附近的人都遣走，就算在這裡殺了人，外面也聽不到。」錢通邊走邊說，話說完，人也走得蹤影不見。

常玉嵐淡淡一笑道：「朋友，你很滿意了吧？」

灰衣老人很鎮靜的道：「常三公子的意思是……」

常玉嵐冷冷地哼了一聲，道：「朋友的來意，怕不只是為了賣酒，而是衝著我常某人來了。」

灰衣老人道：「常三公子硬要把事情攬在自己的頭上，老夫倒也不便說什麼了。」

紀無情淡淡一笑，道：「還有區區在下，常三公子的事，也就是我紀無情的事。」

灰衣老人兩道炯炯的目光，凝注在紀無情的臉上瞧了一陣，冷冷說道：「兩位都是年輕一代中的絕頂高手，這股驕橫之氣，果然是凌人得很。」

常玉嵐突然哈哈一笑，說道：「請進來吧！事情既然已經挑明，似乎是用不著藏頭露尾了。」

一扇窗門大開，燈火搖顫復明。

金蘭廳中，突然多了一個人。

一個容色絕世的美麗少女。

一身粉紅的衣裙，一頭披肩長髮，就像是三月間盛開的桃花。

桃花最艷麗。

此女艷麗勝桃花。

常玉嵐的四個女婢，都是選出來的美女，經過了一番調教，不但文武兼修，既能劍出如風，又會撫琴、吟詩。

常三公子自豪於江湖上的有三件事情，一是他的劍術、二是他的四名美婢、三是能摒女色。

這四個女婢，美慧秀雅，又正是含苞待放的青春之期。

少女光澤，如春風醉人，習武增強了她們的剛健、婀娜，琴詩使她們有了一種華貴的氣質。

四女常伴三公子身側，服侍他用飯更衣，日久相處，耳鬢廝磨，三公子卻能對她們不及於亂。

常在蘭室不覺香，三公子有四個美婢相伴，而且，天下能強過這四個女婢的美女也很少見到。

現在，常玉嵐見到了。

那一身粉紅衣裙的美女。

女人的美，男人也許可以忍受，但卻很難忍受媚的誘惑。

她的人，和她的衣裙一樣，散布出強烈的魅力。

常玉嵐怦然心動。

三公子都無法自禁，何況是黑衣無情刀的紀無情。

兩個人，都看得呆住了。

紅衣少女笑一笑，笑得一臉兒柳媚花嬌，道：「你要我進來，我已經進來了，有什麼事麼？」

常玉嵐輕輕吁了口氣道：「你是……」

「桃花，很庸俗是不是？」

「你的名字叫桃花……」

「我來自桃花林。」

紀無情吃了一驚，道：「桃花林，就是那個毒蜂出沒的桃花林？」

紅衣少女道：「那裡也出產名聞天下的美酒——桃花露。」

常玉嵐深深吸一口氣，以保持相當的清醒，道：「姑娘，你由桃花林來到此地，大概不只是為了賣兩罈桃花露吧？」

紅衣少女點點頭，道：「常三公子果然是個聰明人。」

常玉嵐笑一笑，道：「桃花林的神秘，震動江湖，但數十年來，卻從未聽說過桃花林的人在江湖上出現過。」

紅衣少女淡淡地一笑道：「世上有很多事都會改變，現在桃花林的人已經出現於江湖上了。」

常玉嵐道：「是不是和江南常家有關？」

「不，只和你三公子有關。」

常玉嵐苦笑道：「我沒有去過桃花林，甚至常家的人都沒去過，我實在想不出什麼地方開罪了你們？」

「沒有，三公子沒有開罪我們，常家的人也沒有開罪我們。」

「那姑娘的意思是……」

「我找上了三公子，那是因為你的名氣很大，是江南常家，年輕一代俊傑中最傑出的高手。」

紅衣少女臉上的笑容忽然消失了，態度變得很嚴肅，似乎是，正要開始談一件莊嚴的事情。

常玉嵐道：「你要找我比劍？」

「不！我只想請三公子幫我點忙。」

「請說吧！」

「三公子不介意？」

「只要我能夠幫忙的事，我一定會答應，拒絕一個像你這樣的美女請求，實在是一件很難的事情。」

「好極了！」紅衣少女臉上又綻開了笑容，道：「常三公子，不但是一個好劍手，英俊的少年，也是個很和善的人。」

「還沒有說出什麼事情，有些事，我也許心有餘而力不足呢！」

紅衣少女舉手理一下鬢邊的散髮，那是一個很撩人的姿態。

常玉嵐看到了那纖巧、細長的玉指。

這女人，似乎無處不美。

「我想僱請常三公子三年。」

常玉嵐呆了一呆，道：「什麼？僱我三年？」

「對！我很需要像常三公子這樣一個劍手幫助我，而且三年的時間，對你也不是太長，你很年輕，三年後你仍然很英俊。」

「公子，不能答應。」蓮兒提出了警告。

面對一個動人的絕色美女，最冷靜的就是女人，女人對女人，只是羡慕，卻不會去著迷的。

常玉嵐身側的四婢，蘭、蓮、菊、梅，也覺得那紅衣少女的美、媚動人，但她們都很冷靜。

常玉嵐道：「這是不可能的事，常家不是殺手，不會受僱於人。」

紅衣少女道：「常家有很多的產業、很多的錢，但是有些東西，卻不是金錢買得到的。」

「我不懂姑娘的意思？」

紅衣少女嘆息了一聲，緩緩說道：「三公子這麼聰明的人，竟然聽不懂我話中的含意麼？」

忽然，轉向紀無情道：「你呢？」

紀無情道：「我什麼了？」

「願不願受僱於我？」

紀無情很吃力的說出兩個字：「不行……」

「桃花會盛開，也會凋謝，再見了，兩位！」拉開木門，少女向外行去。

灰衣老人望望仍舊密封著的兩罈桃花露，緊隨那少女身後而去。

三　北刀南劍

望望那美麗的背影，常玉嵐輕輕嘆息一聲道：「實在是一個很美的姑娘。」

紀無情道：「我到過了不少地方，從沒看過這麼美的美女，今宵一開眼界，不虛江南一行。」

「他們來得太突然。」

「走得也很快。」

「只不知道是否打擾了紀兄的酒興？」

「不能喝了！連一杯也不能喝了。」

四個黑衣刀童，仍然站在那裡，沒有阻止那老人的離去，也沒有追到紀無情的身側。

蓮兒抱起一罈桃花露，道：「公子，你們還沒喝酒？」

紀無情道：「我好像已經快要醉了，常兄的盛情款待，兄弟十分感激，後會有期，兄弟就此別過了！」

他沒有醉，還記得禮貌，抱抱拳，向外行去。

四個黑衣刀童，跟在主人身後離去。

蓮兒放下了酒罈，低聲道：「公子，紀公子好奇怪！」

「奇怪什麼？」

「他連一口酒都沒喝，怎麼說已經醉了呢？」

「我也有點醉了，蓮兒，你知道桃花林在什麼地方麼？」

「不知道。」

「那是個很有名的地方，一定不難找到！走！咱們到桃花林去。」

蓮兒是常玉嵐最喜歡的一個女婢，所以，她的膽子也很大，揚揚柳眉兒，道：「公子，到那裡幹什麼？」

「喝酒，喝天下最好的酒，桃花露。」

「這裡也有兩罈啊……」

常三公子沒有再回答，彈彈衣袖，向外行去，蓮兒不解的呆了一下，但她只好跟著向外行去。

紀無情的行動很快，追出樓外樓時，看到了一輛向外行駛的馬車。

夜色籠罩，街上行人已少。

但紀無情仍然看到了一角紅裙。

輕輕呼一口氣，紀無情緊追馬車行去。

四個黑衣刀童，沒有蓮兒的勇氣，蓮兒敢問常三公子，但是四個刀童，卻無人敢問紀無情。

他們已習慣於聽命行事。

紀無情有馬匹寄放在樓外樓的馬房裡，但紀無情沒有去取馬，四個刀童，也只好跟著他跑路。

好在，那馬車行駛得並不快。

也許夜色幽暗，趕來的人，看得不太清楚。

馬車直駛向荒郊。

幽靜的荒郊，四無人蹤。

紀無情突然飛騰而起，像燕子掠波一般，幾個飛躍，越過了前行的馬車，攔住了馬車的去路。

他很慶幸沒有看錯，趕車的正是那個灰衣老人。

灰衣老人一收轠繩，馬車停了下來。

蓬車垂簾撩起，紅衣少女探出了臉兒，道：「是你。」

「區區紀無情。」

「紀公子，你來幹什麼？」

紀無情雖然覺得自己像喝醉了酒，但他的神志，還是很清醒，笑了笑道：「紀某人想和姑娘談談生意。」

紅衣少女笑了，笑得如花盛放。

紀無情道：「姑娘想僱用幾個人？」

「是啊！我要僱用幾個武功高強的人。」

紀無情道：「常公子能夠做到的事情，在下相信也一樣能夠做到。」

「北刀、南劍，一向齊名……」

紀無情笑了笑，道：「姑娘，可是覺得在下已經合格了？」

「你是最有成就的年輕刀客。」
「姑娘要僱用三年？」
「嗯！」
「是不是要去殺人？」
「是！紀公子可願受僱？」
「我想知道姑娘付出的價錢？」
「僱用像紀公子這樣的人，價錢一定很高了。」
紀無情道：「放眼江湖之上，能夠僱得起我紀無情的人，實在不多，但姑娘卻是其中之一。」
紅衣少女笑道：「哦！但我並不是太有錢的人。」
紀無情道：「北刀紀家的產業絕不會輸給南劍常家，所以不論出多少銀子，都難令我動心。」
「那你要什麼？」
「人。」
「要我嗎？」
「不錯。」
「我！我……」
「姑娘是不是有什麼為難之處？」
「不是為難，是苦衷。」
「能不能說出來？」

「我要殺的人，不是很容易殺得了的。」
「這個自然，如若是很容易殺的人，姑娘也用不著請我紀無情了。」
紅衣少女點點頭道：「你如被人殺死了，我要怎麼辦呢？」
「姑娘的意思是……」
「你不是要娶我嗎？」
紀無情道：「是，姑娘如是嫁給了區區在下，你的仇人，也就是我的仇人了，自然應該幫你殺了他。」
紅衣少女嘆了口氣，道：「紀無情，你要不要知道，我要你殺的是什麼人？」
紀無情搖搖頭道：「不用了，殺什麼人，都是一樣的，男子漢、大丈夫，自然為妻復仇。」
「你還是先問問的好。」
「哦！你要殺什麼人？」
紅衣少女沒有來得及回答，一陣衣袂飄飄之風聲，撲進了蓬車。
夜風中白衣飄動，來人正是白衣斷腸劍常玉嵐。
紀無情一皺眉頭，道：「常兄，來此作甚？」
常玉嵐道：「紀兄還沒有走啊？」
紀無情淡淡一笑道：「常兄來得正好，兄弟有一樁喜事奉告。」
「什麼喜事？」
「兄弟已和這位桃花姑娘談好，我要帶她北上。」

「不行，此女行動詭異，兄弟追來，要把她擒回去問個明白。」

「兄弟已經說得很清楚了，難道常兄還聽不懂？」

「紀兄的意思是……」

「她已應允下嫁兄弟，兄弟帶她北上，拜見父母。」

「紀兄之言差矣！」

紀無情雙眉聳動，虎目放光，但他仍然強忍住，道：「常兄，兄弟哪裡說錯話了麼？」

常玉嵐道：「紀兄不知她的來歷，不明她的用心，卻要帶她北上，這豈不是一件很荒唐的事麼？」

紀無情道：「這麼說來，常兄是關心兄弟了？」

常玉嵐道：「你應我之邀南下，如果萬一出了什麼差錯，豈不是要兄弟留人話柄了麼？」

紀無情冷冷的說道：「常兄，人之相交，貴在知心，咱們交往數年，可算得是很好的朋友了？」

「所以，兄弟才很關心紀兄，阻止紀兄帶她北上了。」

「常兄身側，蓮、菊、蘭、梅四婢，個個姿色可人，為什麼……」

「紀兄素知兄弟，雖身處四大美婢之間，一向潔身自好。」

「那是你自己說的，照兄弟的看法呀！哼哼……」

「紀無情，怎可血口噴人？」

「常玉嵐，不用利口伶齒，故作狡辯，這位桃花姑娘，已經答應兄弟隨我北上了，就算她來歷不明，那也是兄弟的事，和常兄無關。」

常玉嵐道：「只可惜，此事發生在江南地面上，紀兄，總不能說和兄弟完全無關係吧？」

紀無情右手抓在刀柄之上，道：「常兄，咱們相交一場，不要逼我出刀。」

常玉嵐道：「紀兄的刀法，兄弟已經見識過了，那也不過如此，難道還把兄弟嚇倒了不成？」

他口中說得托大，但右手也握在劍柄之上。

原來，他們兩個人的武功均在伯仲之間，如有一人出手快了一步，對方就會被迫得措手不及。

所謂高手過招，不能有毫厘之差。

紀無情道：「常玉嵐，你可知道，今宵一戰，你我之間，必要有一人血濺當場，不會再有勝負不分的局面了。」

車簾已撩起，紅衣少女就坐在車門口處。

夜風飄動著她的垂肩長髮。

劍已亮出，刀亦離鞘。

一場斷腸、無情的火併，在夜色籠罩中，即將展開。

紅衣少女突然長嘆了口氣。

紀無情刀平前胸，護住了門戶，道：「桃花姑娘，為何嘆息？」

「你們本是好兄弟，為什麼要兵刃相見？」

敢情，她還不知道是為了她。

常玉嵐劍勢斜垂，腳下不丁不八，那是保住門戶的劍式，可攻可守，兩個人都還很清醒，都防對方乘虛的猛攻。

「因為，這世上，只有你一個桃花姑娘。」

是的，只有一個容貌絕世的美女，兩個男人，誰也不肯相讓。

「其實，你們用不著自相火併的。」桃花姑娘啟動著櫻唇，婉轉出一縷清脆、憂傷的聲音。

常玉嵐道：「姑娘，有什麼高見？」

紀無情道：「只有你化身成雙，才能阻止這一場搏殺。」

桃花姑娘理一理鬢邊的散髮，道：「世界上最寶貴的東西，只有一個……」

「所以，我們兩個人之中，也只有一個人能留在這個世界上。」常玉嵐和紀無情同聲回答。

「君等能為妾死，何不為妾活？」

紀無情縱聲大笑，道：「堂堂男兒，不能維護一個女子，生而何歡？」

常玉嵐彈劍輕嘯，道：「大丈夫，不能取得所愛，有何顏生於人世？」

「南劍、北刀各極英雄，可惜桃花只有一個人。」

紀無情道：「所以，刀存劍必亡。」

常玉嵐道：「劍生刀需死。」

桃花姑娘輕輕嘆息一聲，道：「爭一時之氣，作生死之戰，誰又能獲我心許！」

兩個人同時呆住了。

紀無情道：「姑娘有何高見，化解去這場紛爭？」

桃花姑娘道：「兩位如其自相火併，何如為我效命？」

常玉嵐道：「哦？姑娘有什麼可供區區效勞之處？」
「我有幾個仇人，誰能殺了他們，我就以身相許。」
常玉嵐道：「姑娘的仇人是誰，常某人立刻去取他首級？」
桃花搖搖頭道：「我不知道。」
常玉嵐道：「這個……這個……」
桃花接道：「常三公子譽滿江湖，常家的勢力，遍布江湖，三公子，何不幫我查出仇人來？」
常玉嵐道：「倒也有理，不知姑娘可否提供區區一點線索？」
桃花姑娘淡淡一笑道：「你為什麼不去信陽州？」
「河南信陽州？」
「對！信陽州內，有一家王家客棧。」
「很有名的客棧。」
「很容易打聽到一位仇老夫人。」
「她能幫助我些什麼？」
「她可能提供出一些線索。」
常玉嵐嘆了口氣道：「她認識姑娘麼？」
桃花姑娘淡淡一笑，道：「可能認識，只不過，她會不會告訴你，那就要看你的技巧了。」
「現在，只餘下一件事了。」
「什麼事？」

「我回來的時候，你是不是還是桃花？」

桃花的神情很肅穆，道：「桃花依舊待郎來。」

常玉嵐道：「好，我相信你，我這就去了！」他說走就走，帶著四婢，消失在茫茫夜色中。

桃花望望紀無情，道：「你為什麼不去？」

「我在想一件事。」

「什麼事？」

「桃花只有一個，但世上卻有斷腸劍和無情刀兩個人。」

「誰能替我報了仇，誰就會得到桃花。」

「其實你也有很好的武功，為什麼不肯親自報仇？」

桃花笑笑道：「我也會去，不會置身事外。」

「在常三的地盤上，我也許沒有他的消息快速。」

「你們是朋友，為什麼不可能合作？」

「合作？」

「合作的競爭。」

「多謝指教，走！」

紀無情翻身一躍，人已到了兩丈開外。

四個黑衣刀童，急急追了過去。

趕車的灰衣老人，突然開了口，道：「秀姑娘！」

秀姑娘就是桃花。
趕車的灰衣老人，就是桃花老人陶林。
藍秀，八年前亡命進入桃花林的小女孩，現在，已是一個絕色的少女。
「什麼事？」
陶林道：「我聽說桃花宮中有很多特殊的武功？」
藍秀道：「是，有很多奇特武功，江湖很少見到。」
陶林道：「我們難道沒有報仇的力量？」
藍秀放下了垂簾。
她沒有直接回答這個問題。
沒有明確答案的事，就是隱密。

常三公子趕到王家老棧的時候，紀無情也跟著到了，兩個本來是敵人變成朋友，但現在兩人心中，又都有了敵對之感。
紀無情吁一口氣道：「常兄……」
常玉嵐冷笑一聲道：「你來幹什麼？」
紀無情道：「桃花輕落逐水流，難道常兄真的為了桃花和兄弟翻臉絕交？」
常玉嵐道：「紀兄的意思是……」
紀無情道：「一個絕代的美麗少女，一個牽扯到江湖上恩怨的仇恨，常兄，你想想這是什麼？」

常玉嵐沉吟了一陣，道：「圈套？」

紀無情點點頭道：「圈套的後面，還有著一個很大的陰謀。」

常玉嵐忽然間清醒了。

他本來就是個很聰明的人。

「謝謝紀兄指教。蓮兒，要一席酒、一間雅室，我要和紀兄好好談談！」

紀無情道：「為什麼不去見仇老夫人？」

「我們兩個人去？」

「不！」

「紀兄你……」

「我們分開去，你先去，然後我再去。」

「紀兄知不知道玉香院？」

紀無情搖搖頭道：「不知道。」

常玉嵐笑了一下，神秘的道：「很有名的地方，紀兄一問不就知道了，我在玉香院中等你。」

「聽名字，好像是一間……」

「妓院，很有名氣的妓院，那裡面也有一個叫桃花的姑娘。」

紀無情笑笑道：「常兄的四個女婢，都是美人胚子，我不信，風塵中會有強過她們的人！」

常玉嵐大笑道：「紀兄，沒有人會想到，我們落足在玉香院中，常住蘭室不覺香，那裡面，也可以練習一下一個人的定力。」
「對！桃花已給了我們一個很大的教訓。」
「那一夜，幸好她勸阻了我們。」
「如今想來，實在很危險，那一晚如果我們真的動了手……」
常玉嵐低聲接道：「希望我們能再見到她，再見她不知會是一番什麼景象？」
紀無情吁了口氣道：「玉香院粉紅黛綠，也許真能給我們很多的幫助。」

仇老夫人獨居在一座跨院中。
很小的跨院。
蘭、蓮、菊、梅，都留在跨院門外。
常玉嵐一個人進入了跨院。
小小的廳房，兩明一暗，一個單間的，南廂房，窗、門都緊閉著。
看上去仇老夫人很慈祥，也很孤獨，她親自替常玉嵐倒了一杯茶。
常玉嵐喝口茶，立刻品出了那是很普通的茶葉。
他很細心的觀察，看不出一點可疑之處。
仇老夫人道：「公子是……」
常玉嵐道：「江南常玉嵐。」
「很有名氣的武林世家！」

「有一位桃花姑娘，指點在下，特來向夫人請教。」
「請教什麼？」
常玉嵐微微一怔，道：「老夫人，認不認識桃花姑娘？」
「認識。」
「好！桃花姑娘有仇人。」
「哦！」
「老夫人能不能指點在下一點頭緒？」
仇老夫人笑了一笑，注視著他道：「常公子的意思，是想老身告訴你，桃花姑娘的仇人是誰？」
常玉嵐道：「老夫人肯不肯賜告呢？」
仇老夫人道：「一百兩。」
常玉嵐笑一笑，由袖中取出一張銀票，放到桌上道：「兩百五十兩銀子，老夫人請哂納。」
仇老夫人接過銀票看了一眼，道：「玉……」
常玉嵐道：「玉什麼？」
「銀子。」
「你要一百兩，我給了兩百五十兩。」
仇老夫人道：「我要的是金子，一百兩金子，要折合紋銀一千兩。」
常玉嵐道：「好貴的價錢。」

仇老夫人笑一笑道：「老身孤苦無依，很難賺錢，難得遇上常公子這樣的豪客，如不多撈一點，豈不是一大憾事。」

常三公子冷笑一聲，又取出一張銀票，八百兩的銀票，道：「一千零五十兩，夠了吧？」

「多謝公子！」收起了銀票。

「可以說了吧？」

「玉香院。」

「你說什麼？玉香院？」

「是啊！我說的很清楚，常公子也聽很清楚。」

「你可知玉香院，就在此城之中？」

仇老夫人點點頭。

常玉嵐道：「你可知道，那是什麼地方？」

仇老夫人道：「這……老身就不太清楚了。」

「那是一座妓院。」

「哦！公子常去？」

「不常去，但我聽人說過。」

「那地方很複雜，是不是？」

「那本來就是龍蛇雜處的地方。」

「所以，也容易隱匿兇手。」

「老夫人，還有什麼指點之處？」

仇夫人已閉上雙目，傳來了輕微酣聲。

常玉嵐一皺眉頭，站起身子。

他很想取回一千兩銀子，但又覺得不太好意思，對一個孤獨的老夫人，總不能出爾反爾，但這一千多兩銀子，實在花得太冤。

夜色四合，歸鴉陣陣。

玉香院卻是營業剛剛開始。

華燈初上，光耀如畫。

常三公子換了一身藍緞子長衫，蘭、蓮、菊、梅四婢也換上了男裝，逛窯子帶了四個書童，氣派自然不同。

常玉嵐雖然早知道玉香院的名字，但來這還是第一次。

但像玉香院這樣的地方，常三公子卻不是第一次來，儼然識途老馬。

蘭、蓮、菊、梅四婢，個個天真無邪，心無色戒，看到那些塗脂抹粉的姑娘，覺得十分好玩。

雖然她們第一次跟著常玉嵐逛這種地方，卻是毫無拘束。

常玉嵐被讓入了品花軒。

這是玉香院最豪華的地方。

帶客的龜奴，看看四個俊美的書童，心中怦然一跳。

如此品流高雅的客人，絕不會看上俗庸的脂粉，心中已在暗自琢磨，要如何應付這個客人。
常玉嵐坐上首席，四個女婢立刻分站兩側。
帶路的龜奴哈著臉行近常玉嵐，低聲道：「公子要……」
常玉嵐道：「好酒好菜，還要貴院中最好的姑娘陪侍。」
龜奴點點頭道：「好酒、好菜，立刻送上，這最好姑娘……」
常玉嵐笑道：「怎麼樣？」
龜奴哈腰道：「不瞞公子說，看你公子這種人品氣派，尋常的姑娘，你也看不上眼的……」
「是不是沒有好的？」
「只有一個，保證公子可以看上，只不過……」
「要錢是吧？」取出一張銀票放在桌上。
龜奴瞄了一眼，那是一張五百兩的銀票，立刻躬身道：「公子，那位小姐的脾氣很大，萬一開罪了公子……」
常玉嵐道：「身在秦樓楚館，還有很大的脾氣，她為什麼不回家去當她的大小姐呢？」
「秦樓楚館，酒色徵逐，很難怪公子看不起我們這樣的人。」
隨著那嬌甜的聲音，緩步行入一個綠衣少女。
常玉嵐眨眨眼睛，霍然站起了身子道：「你……」
「賤妾杏花。」
常玉嵐緩緩坐下，道：「桃杏爭春，你真的不是桃花？」

杏花笑一笑，道：「桃花是姐姐，我是妹妹，公子，我可以留下來嗎？」

常玉嵐點點頭，揮手對龜奴說道：「上菜、上酒！」

龜奴轉身離去。

常玉嵐一擺頭，菊、蘭二婢突然行向了軒門。

杏花笑一笑道：「公子，你……」

常玉嵐冷冷說道：「常三不喜被人捉弄，說，你究竟是什麼人？用心何在？」

杏花道：「公子可知道這是什麼地方？」

「玉香院，不會是龍潭虎穴吧？」

「公子，玉香院是幹什麼的？」

「十錢買賣，千文留客的妓院。」

「對！在妓院中的女人，自然也是妓女了。」

常三大笑。

杏花冷冷道：「妓女的行業雖不高貴，可也是拿身體來換錢的，不偷不搶，有什麼好笑的。」

「你很沉著。」

「常住江岸不怕水，這地方龍蛇雜處，我見過很多這樣的人。」

常玉嵐點點頭，道：「可惜呀！可惜！」

「一聲蟬鳴過別枝，不過殘花敗柳身，有什麼好可惜。」

「看樣子，你讀過一點書。」

杏花笑了笑，道：「走馬章臺，有不少王孫公子，書生雅士，聽也聽會了幾句文雅的詩詞。」

常玉嵐道：「很伶俐的口舌，可惜，我常三的眼睛中，揉不下一粒砂子。」

「公子似乎和賤妾打啞謎？」

「我常三就是有再好的耐心，這啞謎也該揭曉了。」

忽然出手，快如閃電一般，扣住了杏花姑娘的右腕脈穴。

杏花一皺眉頭，道：「公子，你捏疼我的手？」

常玉嵐笑了笑道：「姑娘是不見棺材不掉淚，不到黃河心不死了。」

杏花道：「公子，我不懂。」說話間，杏花轉過頭去，臉上顯露一絲殺機。

常玉嵐道：「幸好，我常三是一個懂得憐花、惜玉的人。」左手緩緩伸出，解開了杏花衣扣，探入了衣衫之內。

杏花急道：「公子，此地何地，此時何時，要輕浮也不能在大廳之中。」

常玉嵐不理他。

蘭、蓮、菊、梅四婢，也都看得怔在了當場。

她們很佩服自己的少主人，一向風流不下流，但現在，常玉嵐的動作，卻使四人有著太輕浮的感覺。

幸好常玉嵐的手，終於拿了出來，手中多了四枚金針，金針只有一寸多長，所以，它能藏在衣服之中。

蓮兒一張口，卻被蘭兒伸手堵住，低聲道：「不要說話，別人一聽聲音，就知道咱們全是女孩子了。」

菊兒接道：「哪有女孩子逛窯子的，這事要是傳了出去，一定會落人話柄，還是小心的好。」

蓮兒道：「怕什麼？只要公子肯帶我，上天下海，我都敢去。」

四婢相視一笑。

長年相處不避嫌，她們對常玉嵐除了主婢的情意外，已有一份依附的感情。

常玉嵐緩緩把金針放在桌子上，低聲道：「杏花姑娘，這是什麼？」

杏花臉色變白了。

但她仍然若有所恃，很快就恢復鎮靜，道：「金針。」

常玉嵐道：「幸好我聽過江湖上有你們這麼一個門派，否則，我常三也許會傷在你的手中了。」

「江南常三公子，是何等人物，這區區幾枚金針，豈能傷得了你？」

「原來，你早已知道我是誰了？」

杏花呆住了。

言多必失，杏花終於失言了。

出口的話，已經無法收回去了，杏花只有拚上了，長長吁口氣，道：「三公子怎麼瞧出來的？」

常玉嵐回顧了一眼，道：「問得好，杏花姑娘，事實俱在，我想，你還是實話實說的好。」

杏花點點頭。

常玉嵐道：「你太急了一些，我又是一個不太容易為女色陶醉的人，最重要的是，我的江湖經驗很豐富，聽說你們是煙花門。」

杏花嘆息了一聲，道：「三公子在江湖上的盛名，果非虛傳，你還知道了些什麼？」

常玉嵐道：「煙花門傷人的方法，很下流，也很惡毒，把金針藏於胸前，只要對方一不小心，就會把金針刺入對方身體中。」

杏花不再說話。

常玉嵐已代她說出來了，而且說得一點不錯。

放開了杏花被扣的右腕，常三笑笑道：「你可以走了！」

杏花呆了呆道：「你不殺我？」

「我為什麼要殺你？」

「你……」

「你還沒有傷害到我。」

「常三公子，你不想知道我為什麼要害你？」

常玉嵐微微笑了一下，淡淡的道：「杏花姑娘，你可以說出一百種理由出來，聽不聽，都是一樣。」

杏花嘆息了聲道：「公子，這金針上有毒。」

「想當然耳。」

杏花又道：「金針上的毒性很強烈，雖然沒有刺破你的肌膚，但你的手碰到金針，就可能中了毒。」

「幸好，我很小心，不勞姑娘關懷。」

「公子，你究竟要我幹什麼？」

「請她來吧！」

「誰？」

「你們的頭子。」

杏花搖搖頭，道：「公子，玉香院的姑娘，大都無辜，煙花門下混跡在此的，連我算上，一共只有三個。」

「但你絕對不是這裡的首腦人物。」

「我不是……」

「那你找她來……」

「除非她自願見你，我不會說出她是誰。」

「看來，你是一點也不肯合作了？」

「你放了我，我杏花個人很感激，你也可以殺了我，我杏花絕無怨言，但門有門規，我不能招出她是誰。」

「你……」

「我能告訴你的是，我們受僱殺你。」

「什麼人僱的？」

「我不知道，不接頭生意，我只是受命行動。」
「煙花門是一個很好的暗殺組織。」
「我們失敗的機會很少。」
常玉嵐點點頭道：「對！無限溫柔中忽然下手，很少有人能逃過敵手。杏花，你殺過多少人了？」
杏花沉吟了一陣，道：「五個，你是第六個。」
常玉嵐道：「那五個，都是順利的被你殺了？」
杏花點點頭。
常玉嵐笑一笑，道：「這是不是你第一次失手？」
杏花又點點頭。
「杏花，能不能再告訴我一件事？」
「那要看什麼事了？」
「這玉香院的老闆，是不是和你們的煙花門有關係？」
「沒有。」
「真的？」
「我們煙花門的人散居各處，通常都和老闆無關。」
「好！你走吧！」
杏花望望桌子上四枚金針，突然轉身而去。

常玉嵐擺擺手，蓮兒等讓開了一條去路。

龜奴送上了酒菜，但卻沒有看到那四枚金針。

金針已被蓮兒收了起來。

常玉嵐獨居一桌，但卻斟了兩杯酒。

龜奴陪笑道：「是不是杏花姑娘不如意？」

「有沒有更好的姑娘？」

「有。」

「那你去請她來吧！」

「可惜她太忙了，忙得抽不開身。」

「只有一個人？」

龜奴忙道：「是的！像公子這樣氣派的人，俗庸脂粉一定看不上眼，所以，我也不敢請她們來！」

「杏花怎麼樣？」

「公子的意思是……」

常玉嵐轉頭注視著他，道：「我的意思是說，杏花姑娘在你們這玉香院中，是不是很紅的姑娘？」

龜奴點點頭道：「是！除了天香之外，就屬杏花姑娘了。」

「天香姑娘，就是你說的人……」

「她是玉香院最紅的姑娘，如若公子再看不上……」
常玉嵐微微一笑，道：「看不上怎麼樣？」
龜奴道：「那就請公子換一家了。」
常玉嵐道：「天香姑娘，可是這座玉香院的老闆麼？」
話終於扯上正題了。
仇老夫人告訴他，這裡有桃花姑娘的仇人，所以，他進入了這玉香院時，就十分的留心注意。
常三公子由家學中，獲得不少江湖知識，又加上了他心中早有準備的細心觀察，終於一下子就發覺了杏花的可疑。
煙花門，一個詭密、有效的暗殺組織，江湖上知道的人並不多。
但常家知道。
所以，常三公子也知道。
他們匪夷所思的殺人方法，大都是隱藏在溫柔鄉中。
溫柔鄉是英雄塚。
煙花門，卻是溫柔鄉中的劊子手。
這個組織的歷史不長，也不是很有名氣，但她們卻有很大的成就。
常三公子由家學中知道了這個組織，但卻是第一次見到煙花門中的人。
一個能夠常年立足在江湖上的世家，除了它武功造詣精進之外，還要有靈通的消息，常家在江南遍布了眼線。

而且，有一個分支的組織。
常玉嵐能一舉間揭穿杏花的隱秘，自非全無原因。
但常三公子卻輕易的放過了杏花。
那是他想更進一步的了解玉香院。
常三公子畢竟不是一個簡單的人物。
龜奴是一個很年輕的人，只不過二十幾歲的年紀，但常年處在這等複雜的環境裡，自然的練成了一種圓熟的應對。
但常玉嵐卻不是好對付的人。
常玉嵐微微一笑道：「天香姑娘現在在陪什麼樣的客人？」
龜奴道：「一個很有錢的客人。」
「我也很有錢。」
「而且，也很有氣派。」
「我看，你也許作不了主。」
「是！我只是一個跑腿的伙計。」
常玉嵐道：「如果你們這玉香院的老闆在這裡的話，至少，可以使天香姑娘來得快一些。」
龜奴笑笑道：「可惜，我們的老闆今夜不在，天香又不是老闆。」
常玉嵐道：「那是說，我如一定要天香姑娘，只有耐心等下去了。」
龜奴道：「就算老闆在這裡，也不能使天香姑娘唯命是從。」

「為什麼？」
「因為她實在太紅了！」
「哦……」
「她是這裡的一顆明珠，一棵搖錢樹。」
常玉嵐忽然站了起來，行向龜奴，道：「聽了你的描述之後，我忽然想早一些見見天香姑娘。」
他緩緩伸出手去，抓住了龜奴的左手臂。
龜奴沒有閃避，也許他早已知道閃避不開。
佩環聲響，一個全身白衣的少女，出現在門口。
果然是一位絕色美女，至少，可以和蓮兒分庭抗禮。
但她經過一番細心設計的衣服，看上去，更具有女人味道。
常玉嵐放開龜奴，道：「天香姑娘！」
白衣少女行了進來，道：「是！公子是有身分有地位的人，怎麼竟會和一個龜奴計較呢？」
常玉嵐望著天香姑娘，笑了一笑，道：「是不是他們常常為了你，而受到客人的責難？」
天香點點頭道：「所以我對他們一直有一份歉疚的感覺。」
常玉嵐對龜奴揮揮手道：「你可以走了。」
龜奴望望天香道：「姑娘，還有五個客人在等你……」
「我知道。」

「他們的脾氣都不太好，今晚我已挨了兩拳，被罵了三次。」

「我知道。」

「唉……」

龜奴輕輕嘆了口氣，行了出去。

常玉嵐掩上了房門。

天香道：「我不能停太久，公子，我陪你喝兩杯酒，就得去應酬別人了。」

常玉嵐笑笑道：「這麼快就要走？」

天香道：「這是沒辦法的事。」

常玉嵐依然含笑道：「是不是我不值得多留一會？」

天香道：「你很英俊，也多金……」

「怎麼知道我多金？」

「你吃的是玉香院中最好的菜，喝的是最好的酒，還帶了四個俊俏的書僮，這排場誰都能看得出來。」

「但天香姑娘卻不肯多陪我一會。」

「今天生意特別好。」

「姑娘，如果我強把你留下來呢？」

「那會鬧出事情來的……」

「鬧出什麼事來？」

「上酒菜的夥計先要挨罵受氣。」

常玉嵐一直在留心的觀察，瞧不出天香有什麼可疑之處，至少，她應該不是煙花門中的人。

煙花門中的人，有幾處特別的地方，知道內情的人，很容易看出來。

但天香沒有。

緩移蓮步，天香行入了席位上，道：「公子，來！我敬你一杯！」

常玉嵐端起酒杯，道：「其實，杏花也不壞。」

天香乾了酒杯，道：「你見過她？」

「她好像很忙？」

「不錯，那是因為她長得還不錯，到這兒來的男人，只重美色，美麗的女孩子總是很忙的。」

「唉！這麼說來，我想把你留下來，也不是件容易的事了？」

「肯花錢的人太多了，我們又無法不去應酬。」

「不知道要多少錢，才能把你留下來？」

「公子……」

「你直說無妨。」

「有一件事，我想先說明白。」

「我在很用心的聽。」

「我還是個清倌，只陪酒，不能留客。」

常玉嵐笑笑道：「沒有人強迫過你？」

「有。」

「那姑娘還能保有清白，實在應該立一個貞節牌坊。」

天香微微一笑道：「公子好像不太相信我？」

常玉嵐道：「我逛過不少妓院，卻很少有人能在這樣的環境裡，保持著清白。」

天香道：「所以，你也懷疑我是在騙你。」

但聞砰然一聲，木門被人踢開。

一個帶著滿身酒氣的大漢，直闖了進來。

常玉嵐皺皺眉頭，卻沒有說話。

他要看個究竟，只有發生一場糾紛，才能了然。

那大漢無視於常三公子，一直衝到了天香的面前，冷冷說道：「你的架子很大，很驕傲！」

常玉嵐索性向後退了兩步，裝出一副怕事的樣子。

天香望望常玉嵐，道：「大爺有什麼事？」

「什麼事，老子等了你一個時辰了，你連面也不照一面，怎麼？我的錢難道是偷來的嗎？」

天香笑一笑道：「大爺，這是別人宴客的地方，你先請回去，我立刻就過去，再向大爺當面陪罪敬酒。」

那大漢突然一伸手，抓住了天香的右腕，冷冷說道：「等！老子就是等不下去啦！現在就走！」

拖著天香，向外行去。

這一下，倒是大出常玉嵐意料之外。

這分明借故脫身之計。

但常玉嵐的反應相當快，右手一揮，蓮兒、菊兒忽然飛身而上，攔住了那大漢和天香的去路。

兩個俊俏的童子，並肩兒站在廳門口處。

醉酒大漢，望了兩人一眼，道：「臭小子，閃開去！」

蓮兒冷笑一聲道：「你還很清醒啊！一點也沒喝醉。」

醉酒大漢突然揚起了左掌，直劈過去。

看他舉止輕浮，似乎站立不穩，但這一掌劈出的力量，卻是強悍絕倫，掌還未到，掌風已經近身。

蓮兒急向旁側一閃，右手一翻，手中已多了一把短劍，反臂劃出，劍芒如電，直削了過去。

她是個十分聰明的女孩子，絕不以己之短，對人之長。

常家以劍法馳譽江湖，蓮兒練的也是以劍法為主，拳掌上的功夫並非她之長。

所以，四個女婢，都準備了很多把劍，由九寸六分的短劍到兩尺八寸的長劍，每人都有四把之多。

常三公子喜歡長衫儒巾，在江湖上走動，四婢常相伴遊，以當時的身分，穿著衣服，佩帶兵刃。

這把短劍，是四婢用的最短的一種，九寸六分。

但蓮兒的劍法，卻已得了不少常家的真傳。

劍頭短，劍法卻是淩厲得很，變化多端，那醉酒大漢，躲了六劍，卻躲不過第七劍，森寒的劍鋒，直逼上了醉漢的前胸要害。

那大漢本來有著很濃的醉意，現在，卻是完全清醒了。

天香一直靜靜的站在一側，神情很平靜，沒有畏懼，也沒驚奇。

蓮兒的短劍，已刺入了那大漢前胸半寸多深。

點點的血珠，不停的滴落。

那是致命的要害，那大漢已完全屈服在蓮兒的短劍之下。

常三公子緩步行了過來，笑笑道：「天香姑娘，這個人該不該死？」

天香道：「公子如是問我的意見，那是最好殺了他，不過……」

這答覆出了常玉嵐意料之外，哦了一聲道：「不過什麼？」

「公子要想一個很完善的辦法，就像沒殺過這個人一樣。」

「放了他，讓他走！」

蓮兒收起了短劍，笑了一笑，道：「我的劍很有分寸，你傷的不重，用不著叫人抬著你走吧？」

事實上，蓮兒的話還沒說完，那大漢已走了出去。

天香道：「為什麼放了他？」

常玉嵐道：「因為我想看看，放了他會有多大麻煩！」

「你知道他是誰？」

「不知道。」

「你不想知道？」

「用不著知道。」

「哦？」

「我想知道的是天香姑娘……」

天香淡淡一笑，道：「我！一個薄具姿色的窯子姑娘，難道還會有什麼很輝煌的往事麼？」

常玉嵐一笑道：「看來，姑娘的口風很緊。」

「因為，我不知道你問的是什麼？」

常玉嵐凝注著她道：「就憑你這份鎮靜，已經說明了你的身分，姑娘，我是受人之託而來。」

「哦！」

常玉嵐一攤手，道：「我實在不喜歡對一個女人動手逼供，不過，我也沒有太大的耐心。」

「我如果知道得詳盡一些，也許能告訴你點什麼。」

「好！姑娘請坐吧！」

天香緩緩轉過身子，緩緩坐在席位，舉止從容。

常玉嵐端起酒杯道：「我敬姑娘一杯！」

天香的神情冷然的笑了一下，道：「常三公子不用再客套了，你要問什麼，儘管開口吧！」

「我到這裡找人。」

「什麼人？」

「你知道桃花姑娘麼？」
天香沉吟不語。
常玉嵐心中暗道，看來，那位仇老夫人，倒不是信口開河。
天香忽然抬起頭來，望了常玉嵐一眼，冷冷地道：「玉香院中，確有一個桃花姑娘，不過，她已不在此地了。」
常玉嵐淡淡一笑道：「她到哪裡去了？」
「死了。」
常玉嵐吃了一驚道：「什麼時候死的？」
他心中雖然知道此桃花非彼桃花，但仍不免心頭大大的一震。
「你是不是認識她？」
「在下確實認識一個桃花姑娘，但卻未必是貴院的桃花。」
「單是幹我們這一行的桃花，那就數不清有多少個了。」
「說的也是啊！」
「常三公子還要問什麼？」
「但不知那位桃花姑娘，死了多少時間？」
「兩天。」
常玉嵐怔了一怔，道：「兩天？」
天香道：「是的，她剛剛死去了才兩天，這件事情，就是在玉香院中的人，也很少有人知道。」

「哦！你又怎麼知道？」

「我和桃花的交情很好。」

「姑娘也是這裡的主事人，對吧！」

「常三公子是想知道桃花的事？還是想知道我的事？」

「兩件事，我都想知道。」

天香住口不言。

常玉嵐一笑道：「還是先說說桃花的事吧！」

「桃花死的很突然，我趕到時，她已絕了氣。」

「所以，她沒告訴你什麼？」

天香點點頭道：「是的！如果常三公子能同去看看桃花的屍體，也許，就可以知道我說的不假了。」

常玉嵐道：「桃花的屍體，現在何處？」

「就在這玉香院中。」

常玉嵐一怔，道：「她還沒埋掉？」

「沒有。」

「這……」

「常三公子如果有興趣，我可以立刻帶你去看看！」

常玉嵐雙目凝注在天香的身上，打量了一陣，發覺她神情十分從容，心中立刻不由往下一沉。

他心中暗道：這丫頭，不是簡單容易的人物。

江南常家的子弟，不但劍法凌厲，對事情的觀察上，也受過嚴格的訓練。

常三公子又是常家這一代中最傑出的人物。

少年得志，名動江湖，太多的順利、成就，使他變得有些狂傲，但他發覺了天香的深沉之後，忽然間警覺起來。

四　棋高一著

這一警覺，常玉嵐立刻神智清明，微微一笑道：「天香姑娘有如此一番誠意，常三感激不盡！」

天香道：「那倒不用，我這就帶你去看看了！」

常玉嵐伸手一攔，道：「我想，先談談天香姑娘的事，然後咱們再去看桃花姑娘的屍體不遲。」

「哦！想談我些什麼？」

「姑娘到這兒多久了？」

「十個月零二十五天。」

「這麼快，姑娘就成了這兒的第一個紅人。」

「那是因為我長的還算過得去。」

「姑娘，這地方，好像是個妓院……」

「不錯，在這裡的人，沒有什麼好理由拒絕客人。」

「所以，姑娘的清白……」

天香淡淡一笑道：「我沒有不賣的理由，但我可以開價，很多男人，都喜歡美麗的女孩子，對麼？」

「這也無可厚非，愛美似乎是人類的天性。」

天香道：「可惜的是，他們也不喜歡花太多的銀子，我想，這一點就是我保持清白的原因。」

常玉嵐道：「這個辦法是不錯，不過，除此之外，似乎是，姑娘還該有一種保護自己的能力。」

「哦！什麼能力？」

「武功。」

「我不明白……」

「一個人的武功高到可以保護自己時，就很少受到別人的侵犯了。」

天香笑了笑，道：「我確實學過幾天的武功，但如和你常三公子比較，那就有些小巫見大巫了。」

常玉嵐一笑道：「現在，咱們去看看桃花的屍體了！」

「好！」

天香起身，向外行去。

常玉嵐緊隨身後。

蓮兒等也跟著向外行去。

但卻被常三公子阻止，道：「你們留下來！」

四婢一向服從慣了，雖然覺得有些不解，但仍然停了下來，沒多問。
天香帶著常玉嵐，竟然行入了一間很雅致的臥房中。
羅帳低垂，床上竟然睡著一個人。
常玉嵐道：「是桃花？」
天香點了燈火，道：「嗯！要不要仔細看看？」
常玉嵐回顧了一眼，道：「這就是桃花生前住的地方？」
「不是。」
「那是……」
天香淡淡的道：「是我住的地方，如果桃花住在她自己的房間中，那早就被人發現了屍體。」
常玉嵐心中忽然像壓了一塊重鉛，有一種喘不出氣的感覺。
「姑娘又睡在哪裡呢？」
「這裡。」
「不是和桃花睡在一起吧？」
「正是。」
「哦……」
「因為，這裡只有一張床，只好和她睡在一起了。」
常玉嵐有一身高強的武功，闖南走北，見過不少的武林高手，但要他和一具屍體睡在一起，自問還沒有這份勇氣。

心底泛起來的一股涼意，常三公子緩緩的吐了一口悶氣，道：「天香姑娘一點也不害怕麼？」

「怕什麼？死人比活人老實得多，至少，她不會侵害我。」

常三公子儘量保持自己的平靜，一面運氣戒備，一面向床前走去。

他不致和死了的人睡在一起，但看看屍體的勇氣還是有的。

何況，他早已看過了很多種類型不同的屍體，千奇、百怪的死狀。

天香高高舉起了手中的火燭，燈光下，只見一個面貌嬌美，栩栩如生的美麗女子，閉著雙眼，靜靜的躺在那裡。

如若常玉嵐沒有先入為主的觀念，絕對想不到她會是個死人。

常玉嵐緩緩伸出手去，輕輕一觸那少女的鼻息，果然氣息已絕。

天氣雖然不太熱，但一個人死去了兩天之後，連臉色也沒有絲毫改變，那就有一點奇怪了。

以常玉嵐的江湖閱歷之豐，竟然看不出這個人是不是真的死了。

說她死了吧！卻瞧不出一點死人的樣子。

說她沒死吧！但她氣息已絕。

常玉嵐看了很久，仍然無法確定這個女人是否已死。

天香輕輕呼了口氣，道：「常三公子，一個死了的人，並不太好看，看了這麼久，難道還沒看清楚？」

「天香姑娘，我常三看過了很多死人。」

「哦！」

「現在我看這位桃花姑娘，不像死人。」
「你的意思是——」
「我可不可以證明一下？」
「如何證明法？」
「自然是看看她，是不是真的死了？」
天香沉吟不語。
常玉嵐又道：「天香姑娘，在下求證一下，不算是太過份的要求吧？」
「你要檢查她的身體？」
「除此之外，你還有什麼辦法？」
「好吧！你可以看看，可別太過份。」
常玉嵐點點頭，伸手抓住桃花的右腕，暗暗加一些勁力，桃花的脈博，確實已經停息，肌膚近微有涼意。
但，她的肌膚卻仍然很柔軟。
天香道：「常三公子，她死了沒有？」
常玉嵐苦笑道：「老實說，我還是不能肯定。」
天香笑笑道：「常三公子，你是開玩笑吧？」
「我說的很認真。」
「你殺過很多人，難道連死人、活人都無法分辨麼？」

「她似乎是死，但好像又沒死。」

天香緩緩放下了手中的燭火，道：「常三公子，還有什麼事麼？」

「有。」

「請說？」

「姑不論桃花的生死如何，我還想查問一個人。」

「誰？」

「我相信天香姑娘也很明白，我到這裡來，是別有用心。」

「哦！那我就不知道了！」

常玉嵐嘆息了一聲，道：「現在，我想請姑娘了解一件事情！」

「我在聽。」

「我要找一個隱藏在玉香院中的高手。」

「高手？」

「對！她的武功很高強，而且，還背負著很多仇恨。」

「什麼意思？」

「意思很明顯，因為，她在這裡，只是一種逃避。」

「逃避什麼？」

「逃避追殺她的人。」

「哦？」

「姑娘，我也是追殺她的人之一。」

「我明白了……」

常玉嵐接道：「天香姑娘明白就好，姑娘是要把她交出來呢？還是由咱們把她找出來的好？」

天香道：「我實在不知道她是誰，如若你們能找，那就把她找出來吧！」

常玉嵐冷笑道：「那個人遠在天邊，近在眼前。」

天香笑道：「難道常三公子說的是我麼？」

「對！你，還有躺在床上的桃花。」

「你在胡說什麼？」

常玉嵐道：「最大的錯誤是，她不該取個名字叫桃花。」

「哦！桃花有什麼錯？」

「桃花這個名字，帶有了強烈的挑戰性。」

「桃花雖艷麗，但在百花之中，卻是敬陪末座，因為它太輕浮。」

常玉嵐哈哈一笑，道：「現在，還是陽春三月，桃花當令的時刻。」

天香道：「看來，常三公子是個很固執的人了。」

「對！有些地方，我很相信自己的判斷。」

「好，你準備怎麼辦呢？」

「我只想證明一下，我的判斷，是不是錯了。」

「錯了沒有？」

「到現在為止，我還沒有感覺到，我想錯了什麼？」
天香微微一笑道：「常三公子，你又能做什麼呢？你連一個人是死是活，都無法肯定。」
常玉嵐笑笑道：「姑娘，似乎是已經忍耐不住了。」他冷不防的一伸手，抓住了天香的右腕。
天香沒有反抗，連手也未揚動一下，只是靜靜站在那裡。
常玉嵐豐富的江湖經驗，立刻感覺到不對。
可惜，已經晚了。
天香右手輕輕一甩，竟然掙脫了常玉嵐的掌握。
常玉嵐呆了一呆，道：「你……」
天香接道：「常三公子，可是感覺有些不對？」
常玉嵐的臉色突然變了，冷冷地說道：「你們暗算了我，但是，別忘了我還有四個從人在。」
天香笑道：「常三公子，此時此刻還倔強得很啊！」
常玉嵐哈哈一笑，道：「告訴你也無妨，常家的人，只要有一個能夠離開這裡也就足夠了。」
天香淡淡的一笑，道：「我們如若能夠留下常三公子，難道，還會放走你的四個從婢麼？」
常玉嵐暗中試提聚真氣，竟然無法把真氣提聚丹田。
心中暗自焦急，但他的表面上，還是保持平靜。
他輕輕吁一口氣道：「天香姑娘，我好像是中了毒。」
「不是毒。」
「那是什麼？」

「三公子知道江湖上有一種叫做『失心香』麼?」

常玉嵐呆了一呆，道：「你們好惡毒的手段。」

天香道：「常家的耳目靈敏，對江湖中事無不知曉，只可惜不知道我這個人，所以常三公子的失算，實是出自無心。」

常玉嵐冷笑一聲道：「江南常家，死了我一個常玉嵐，算不得什麼——」

「公子錯了，你是常家下一代最傑出的人物，常老爺子，還希望你能承繼他的衣缽，把常家在武林中的地位發揚廣大，這一點，武林道上是人人皆知了。」

常玉嵐冷冷說道：「常家不會為了我常三的生死接受任何條件。」

天香道：「這一點，不需常三公子擔心，我們會派人和常老爺子去談。」

常玉嵐沉吟了一陣道：「姑娘，有一件事在下想不明白，姑娘可否願說出來，以廣在下見聞。」

天香道：「到目前為止，我們還不希望和常家結仇，三公子的要求如是不太過份，小妹可以答允。」

「我自己一直很小心，不知何時我受的暗算?」

「不太久，就在你查看桃花的時候。」

「哦！我沒有喝一口水，也沒有聞到什麼特別的氣味。」

「失心香這種藥物，本來就無色無味。」

「你們如何使我中毒的?」

天香得意的一笑，道：「這一點恕難奉告，需要的是常三公子能肯定自己中毒了，那就夠了！」

「好！這一點，我已經很肯定了！」

「這就好了！」

「你可以說了吧。」

天香舉手一招，道：「桃花，起來吧！你的龜息之法，雖然練了有些火候，但這樣長的時間，憋著一口氣，大概也不太舒服吧！」

桃花仍然躺著沒動。

似乎是根本就沒有聽到天香的招呼。

精明的常玉嵐，此刻卻像是個被人玩弄於股掌之上的人，呆呆的站著，他心中有極大的悲忿，但卻無法發作。

他數度暗中運氣試過，確實已無法運氣。

現在，他只是個普遍的人。

任何一個習過武功的人，殺他都易如反掌。

他想到了蓮兒等四婢，不知此刻的命運如何？

天香緩步行到了木榻前面，輕啟羅帳，緩緩在桃花的前胸拍了一掌。

桃花伸個懶腰，緩緩坐起身子，望望常玉嵐，笑道：「這一位，可是鼎鼎大名的常三公子？」

常玉嵐點點頭。

桃花道：「果然是人如臨風玉樹，英俊得很啊！」

「你真叫桃花？」

「不是。」

「那你……」

「桃花是假名。」

「哦！」

桃花緩緩的下了木榻，接著又說道：「常三公子，現在，好像你已經到了一個決定的時候了。」

「決定什麼？」

「決定你應該如何？」

桃花是個很美的女人。

但此桃花非彼桃花，那一個桃花，美得逼人，美得教人無法抗拒，這花比那花，顯然是有了一段很大的距離。

但她也很艷麗。

剛才，躺在那裡裝死人時，還不覺得，現在，桃花站了起來，情形就顯得大大的不同了。

只見她春風俏步的行了過去，微微的笑了笑，接道：「怎麼樣？常三公子，想好了沒有？」

常玉嵐望望天香，又望望桃花道：「兩位，我應該和那一個人談？」

桃花道：「我是姐姐，她是妹妹，你說我裝死的時候，和她談，現在我已醒過來了，那就和我說吧！」

常玉嵐心中焦急，到目前為止，他還未想出一個自己認為滿意的辦法。

常玉嵐道：「我這一身武功，似乎突然消失了。」

桃花道：「對！只有我們可以使你在極短的時間內恢復。若三公子身懷絕世的技藝，就此廢去，那實在是太可惜了。」

「哦！」

桃花道：「現在，你必須儘快決定了，因為，那失心香的毒性，超過了兩個時辰，侵入了內腑，那就很難得救了。」

常玉嵐道：「會使人變成什麼樣子？」

桃花道：「失心香，顧名思義，是失去了控制自己的意思。常三公子，一個人如失去了控制自己的能力，會變成什麼樣子，那就很難說了。」

「咱們無怨無仇，你們為什麼要對我施用失心香？」

「三公子，好像你是受了冤枉似的。」

「本來我就冤枉得很。」

桃花笑了一笑，道：「好！我問你，你身帶著四大美婢，個個如花似玉，跑到玉香院來幹什麼？」

「喝酒呀！」

「三公子的嘴很刁，最喜歡喝的是桃花露，這種酒，玉香院中買不到，所以也不能賣給客人。」

「你倒挺了解我的。」

天香也冷冷的道：「常三公子，我們很敬重你的為人，你要是跟我們裝糊塗，那就沒有味道了。」

桃花道：「你到這裡，目的是要殺人，對不對？」

常玉嵐只好點點頭。

天香道：「我們還知道，有一位仇老夫人要你來的？」

常玉嵐道：「你們對我的來歷，打聽得很清楚。」

天香道：「所以，你最好不用再裝了。」

桃花道：「我們還知道，除你之外，還有一個人要來！」

常玉嵐心頭一震道：「誰？」

「黑衣無情刀——」

常玉嵐聽了，像個洩了氣的皮球，嘆息了一聲，接道：「天香，你和她究竟有些什麼仇恨？」

天香道：「她是誰？」

常玉嵐道：「你心裡明白。」

「你是說——」

「桃花……」

「桃花？」

常玉嵐望了桃花一眼，道：「不是這個桃花。」
桃花突然接了口，道：「聽說那個桃花很美？」
常玉嵐只好點點頭。
桃花道：「常玉嵐、紀無情，南、北兩大年輕高手，都願意為她效命，究竟是為了什麼呢？」
「這……這……」
「是不是為了她的美貌？」
「我……我……」
「你說不出口，是吧？」
「紀無情在哪裡？」
「你很想見他？」
「怎麼？難道他也落在你們手中？」
桃花淡淡地道：「紀公子的刀法凌厲，不在『斷腸劍』常三公子之下，但如論機智、謹慎，那就要稍遜三公子一籌了。」
常玉嵐有點痛苦。
但是也有點兒高興。
因為，終於有人說他比紀無情高一籌。
但他不相信紀無情也失算在玉香院中。
小小的一個玉香院，竟然使南、北兩大高手束手被縛，這件事要是傳揚到江湖上，那真是一個很大的笑話了。

心中念罷，口中說道：「我不信，他也落在你們手中——」

桃花道：「為什麼？」

常玉嵐道：「他不會來得比我早。」

桃花笑笑道：「這個不錯，他來得比你晚了一些，但他卻比你先一步，入了我們的掌握。」

「我能不能見見他？」

「能！」

「那就煩姑娘——」

「不是現在，也不是這個地方。」

「兩位姑娘有事情，一口氣說出來吧！」

「好，但你必須要在聽完後，立刻給我們一個答覆。」天香道：「沒有很長的考慮時間了。」

常玉嵐道：「我中了失心香奇毒，最多也只有一個時辰左右吧？」

桃花道：「不會讓你挨那麼長的時間，我們確知三公子難為我們所用時，我們會立刻處置你！」

常玉嵐道：「怎麼處置？」

桃花道：「殺了你。」

常玉嵐聽得心頭一驚，想不到她們這兩個如花似玉的美人，心腸竟是如此狠毒，但自己已成階下囚，又能如何！

沉吟了一會，常玉嵐只得苦笑道：「好吧！不過，你們要說得很明白，我才能立下決心作個抉擇。」

桃花點點頭道：「第一、你必須加入我們的組合。」

「還有呢？」

「第二、絕對的聽從命令行事！」

「只有這兩個條件？」

「還有第三個。」

「請說！」

「那就是常三公子你自己提出一個對我們絕對效忠的保證。」

常玉嵐不由笑了起來，道：「我自己提出來，你們會相信麼？」

「既然是一種保證，那就要使我們能夠相信才行。」

「這一點，在下就很難把握了。」

桃花笑了笑，道：「我們不會太為難你常三公子的，你實在提不出來時，我們會幫你想個辦法。」

常玉嵐道：「好吧！你們先說出來！」

桃花道：「好，一個很直接的辦法是，我們給你服下一種毒藥，你只要背叛了我們，在定的時間中，毒發身亡。」

「還有第二種辦法麼？」

「有！常三公子可以把令尊、令堂交到我們手中，由我們控制——」

常玉嵐大聲叫道：「這個辦法不好——」

桃花接道：「第三個辦法對你最有利，但卻很困難了。」

「說說看！」

「先去殺了仇老夫人，然後殺了桃花。」

「你也叫桃花。」

「我是一個假桃花，我要你去殺那個真的桃花，其實，她也不是叫桃花，她叫做藍秀——」

「藍秀，從來沒聽過這個名字。」

「你過去聽過桃花麼？但你卻在短短的幾天之內，見到了兩個桃花。」

天香也道：「你也沒聽過天香吧？」

這些事情，對方都似是歷歷親見一般，常玉嵐忽然有著氣餒的感覺，輕輕嘆息一聲道：「兩位，似乎一直在監視著在下。」

桃花沒有否認，笑一笑，道：「不錯，這件事我們派出了不少人。」

常玉嵐道：「這幾乎是一件不可能的事，在下受人監視，竟然未能發覺。」

桃花笑道：「那是因為，我們這個組合的人手，並沒有列入你們常家的監視、研究之內。」

天香道：「三公子，認了吧！識時務者為俊傑，除了和我們合作之外，你似乎是別無選擇了，何況，不管你是否答允，最後的結果，一定是要和我們合作才行。」

常玉嵐道：「我無法提出使你們相信的保證。」

天香道：「為什麼不去殺了仇老夫人？」

常玉嵐略一沉吟，半晌才道：「如果我現在就去殺她，你們能讓我恢復武功，肯放我去麼？」

天香道：「你只要真的答應，我們自然想一個好辦法。」

常玉嵐道：「好像我沒有選擇的餘地了。」

桃花笑笑道：「常三公子，常家的信用，在江湖上可是無人不知，如若你敢輕諾寡信，日後傳到了江湖上，那會使常家的信用玷污。」

「我知道。」

「天香，拿藥物給他。」

天香呆了一呆，道：「大姐，你真的信任他？」

桃花道：「有些時候，咱們總要冒一點險，對麼？」

天香嘆了一口氣，道：「放虎容易擒虎難，大姐，你要多想想，常家的劍法……」

桃花的臉色突然一變，冷冷地注視著天香道：「天香，這裡是由我發號施令，還是由你發號施令？」

「自然是由大姐發號施令了。」

「那就聽我的。」

「是！」

天香不敢再辯，緩步向衣櫃行去。

桃花緩步行近了常玉嵐，似有意無意的，把常玉嵐的視線給擋了起來，緩緩舉起了嫩蔥般手指兒，輕輕的點在了常玉嵐的前額，臉上是一片柳媚花嬌的笑容，道：「常三公子，我替你擔待了不少，你可不能害我呀？」

常玉嵐苦笑了一下，閉口不言。

他實在想不出如何回答這個問題。

幸好，桃花沒有追問他，卻用一隻玉手掩住了他的雙目。

桃花本輕薄。

她不是不美。

只不過，她的美還不能使常玉嵐動心。

世界上，能使常玉嵐動心的女人不多，只有一個藍秀。

常玉嵐有著一種被玩弄、羞辱的感覺。

忽然間，桃花閉上了雙目，嬌聲笑道：「三公子從小在脂粉堆中長大，對女人當真是了解得很。」

常玉嵐道：「天香姑娘說得有理，在下只好認了。」

「別說得這麼傷心，我對你已經十分禮遇了。」

常玉嵐只好苦笑。

桃花光滑的玉手，在常玉嵐的俊臉上，搓動了一陣，低聲說道：「乖一點，張開嘴巴來！」

常玉嵐忍住心中的怒火，依言張開了嘴。

只覺一粒藥物，投入了口中。

他心中明白，這時間，任何的反抗，都無效用，只好說道：「是不是把這粒藥丸吞下去？」

桃花道：「對！」

常玉嵐一橫心，吞下了藥丸。

至少，這毒藥不會立刻發作、致命。

第二顆，又投入了常玉嵐的口中。

不待桃花吩咐，常玉嵐又吞了下去。

桃花笑道：「三公子很合作，你現在可以睜開眼睛了。」

常玉嵐睜開眼睛，看到了桃花嬌媚的笑臉。

常玉嵐道：「能不能告訴我，我剛才吃的是什麼藥？」

桃花點點頭道：「天香說給三公子聽，說得越詳盡越好。」

天香微微一笑，說道：「第一顆，叫做子午斷魂丹，子不見午，午不見子，必死無疑。」

常玉嵐道：「第二粒又是什麼藥？」

「是失心香的解藥。」

「哦！在下的功力恢復了？」

桃花接道：「還沒這麼快，你可以坐一下，以常三公子的內功修為，我想快則頓飯功夫，慢則一個時辰，一定可以恢復功力，不過，明日午時之前，必須服用另一種解毒丹丸，否則必死無疑。」

常玉嵐冷冷看了兩人一眼，獨自行到一處屋角，盤膝坐了下來。

行功一周天，醒來時，案上燭火已殘，估計時間，已經過了將近半個時辰之久了。

桃花和天香，早已不知去向。

但燭火下卻壓著一張信箋。

上面寫的是——

「殺了仇夫人，帶著她的人頭，明日午時之前，城西三里處周家祠堂見，事關三公子的生死，希勿自誤。」

常玉嵐就著火燭燒去信箋，暗暗罵道：「真是兩頭狡猾的狐狸。」

伸展一下手臂，他感到功力已經恢復了。

這一點，桃花和天香並沒騙他。

常三公子自出道以來，從沒遇上這麼窩囊的事。

第一個桃花叫他去問仇夫人，找上了玉香院，原意要殺死她的仇人，卻沒想到，在玉香院中遇上了第二個桃花。

第二個桃花，又要他去殺仇夫人。

一日間的變化，竟是如此之大。

常玉嵐回到了廳中，四婢仍然等候在那裡，她們深鎖著眉頭，直到看到常玉嵐，才為之一展。

常家規戒森嚴，未得到常玉嵐的令諭之前，四婢不敢妄離原地。

特受常三公子寵愛的蓮兒，一見他出來，便低聲說道：「公子，你去了好久，害得我們好等了一陣。」

常玉嵐沒有解釋，只冷冷說道：「咱們走吧！」
轉身向外行去。
看到三公子冷厲的神情，四婢都不敢多問。
蓮兒也不敢。
五個人，又折回到王家客棧。
此時，天已二更。
在王家客棧後面一條僻靜的巷子裡，常玉嵐停下來，神情肅然的望了四婢一眼，道：「你們哪兩個想回金陵？」
四婢大感意外，看著常玉嵐，不知如何回答。
這是從未有過的事情。
還是蓮兒的膽子大了些，她輕輕嘆息了一聲，道：「公子，我們做錯了什麼事？要攆我們回去？」
「你們沒有錯，錯的是我！」
「公子會有什麼錯呢？」
「唉……」
「就算你真的錯了，我們也不敢多問啊！」
無可奈何中，卻又表達出了一個少女關心的情意。
常玉嵐黯然的嘆息一聲，道：「蓮兒，我中了奇毒，明日午時如若還取不到解藥，就非死不可。」

四婢呆了一呆，齊聲叫道：「公子——」

常玉嵐急急搖手道：「小聲些，我還未必會死，因為我還有取到解藥的機會，但你們必須要把這個消息送回家去……」

蓮兒接道：「我要留下來。」

常玉嵐道：「你們自己商量吧！留兩個下來，替我收屍。」

蓮兒搖搖頭道：「公子死了，蓮兒如何還活得下去，我會追隨公子於泉下。」

蘭、菊、梅也同聲道：「我等都願留下。」

最難捉摸少女心，蓮兒一絲少女情懷，早已寄託於常三公子的身上，只不過，今夜，才找到了表達的機會。

常玉嵐忽然微微一笑，點點頭道：「好吧！我看你們很難商量出一個結果來，那就由我分配吧！」

蓮兒堅決的說道：「我一定要留下。」

常玉嵐道：「好！你和蘭兒留下，梅兒和菊兒立刻動身趕回金陵，一路多加小心，最好能常常改變身分，敵人很狡猾，也很陰險，你們去吧！」

梅兒、菊兒躬身一禮，回頭而去。

直等菊、梅二婢去遠，蓮兒才低聲道：「公子，哪裡能取到解藥？」

「這裡。」

「王家客棧？」

「對！解鈴還須繫鈴人，我去找仇老夫人，你們在這裡等我。」

「我和蘭兒跟去，也可以多一個幫手。」

「不用啦……」

「公子，我們——」

「如若三更前，我還不出來，你們可以進去找我；不過，蓮兒，我如不能出來，你們去了又有何益，到時候，你們自己決定吧！」

長身而起，飛入王家老棧。

也許是人之將死，其言也善吧！常三公子今夜對四婢說話的態度，不似往昔那麼嚴厲了。

王家老棧並不大，常玉嵐很容易的就找到了仇夫人住的跨院。

常玉嵐一推門應手而開，門竟未鎖。

也許是仇老夫人已去。

常玉嵐急急衝進了臥室。

一個甜美、嬌脆的聲音道：「是常三公子麼？」

常玉嵐道：「你是誰？」

他已分辨出，那不是仇老夫人的聲音。

「我是桃花。」

常玉嵐道：「桃花太輕薄，也太俗氣，你是藍秀。」

「唉！他們把我的名字也告訴你了？」
「我在玉香院中，遇上了另一個桃花。」
「我是藍秀，不過我覺得桃花這個名字，很適合我。」
「哦！為什麼？」
「因為，我像桃花一樣的艷麗，卻很輕薄，沒有桃花那份傲骨，是麼？」
常玉嵐笑笑道：「桃花這名字太多了，落英片片逐水流去，在下還是稱呼你一聲姑娘的好！」
「隨便你叫吧！」
「仇夫人呢？」
「走啦！」
「姑娘何時到的？」
「太陽下山的時候。」
「你早知道我會來？」
「只是萬一的準備，想不到會被我料中了！」
「藍姑娘可知在下來此的用心？」
「是不是要殺仇夫人？」
「看來，你實在很聰明。」
「能不能告訴我為什麼？」
常玉嵐苦笑了一下，道：「我中了奇毒，明日午時毒發身死，但仇夫人的人頭，可以救得了我。」

藍秀輕輕吁一口氣道：「你真的相信麼？」

「我……」

「中的是什麼毒？」

「先中失心香，後服子午斷魂丹。」

「幸好，這兩種毒，我都能解。」

「你……」

「是真的，不過，我為什麼要幫你解去身上之毒呢？」

「我必須要保留下自己的生命、武功……」

「要報仇？」

「被兩個丫頭，擺布了我半夜，真叫人死難瞑目！」

藍秀點點頭，沉吟著道：「你說的有道理，那只是兩個小腳色，要釣大魚，必須放得長線了！」

常玉嵐道：「藍姑娘的意思是——」

「他們的組織很嚴密，所以，他們在江湖上橫行了很多年都能平安無事，常三公子如想查明底細，只有一個辦法。」

「什麼辦法？」

「打入他們的組織中去。」

「這個……」
「是不是覺得自己很吃虧？」
「在下不明白，我混入他們的組織中，是為了什麼？」
「我。所以，我會報答你！」
「什麼樣子的報答？」
「醫好你身中之毒……」
常玉嵐接道：「救命是大恩，不過，在下到玉香院是仇夫人所示，我要找她問個明白，她為什麼害我？」
藍秀一笑道：「不要轉彎抹角了，你早已知道，仇夫人是我安排的。」
「姑娘這說法是——」
「為了我，打入那個組織。」
常玉嵐沉吟不語。
「為什麼不說話了？」藍秀緩緩轉過身子。
原來，她和常玉嵐說了這麼多話，卻一直是背著身子。
常玉嵐已適應了室中的光線，隱隱可見那一張美麗絕倫的臉蛋，他的心怦然一跳，心神震動起來。
那是無法抗拒的美，美得動人。
常玉嵐急急低下了頭，嘆息一聲道：「我能不能有些要求？」

「說吧！」
「我，我想……」
「是不是想娶我呢？」
「不敢有此妄念。」
「那是——」
「但願一親芳澤。」
藍秀笑笑道：「不是現在吧？」
「姑娘的高見呢？」
「以後吧！混入那個組織，幫了我的忙之後如何？」
常玉嵐有些激動的道：「姑娘，是不是答應了？」
藍秀點點頭道：「事完之後，我陪你三天。」
常玉嵐嘆息了一聲道：「藍姑娘，這是真的答應，還是……」
藍秀道：「是真的答應，所以，必須留下性命……」語音頓了頓，道：「還有一件事，不知你是否會答應？」
「說吧！」
「你混進去的這個江湖組織，大概是武林中從未有過的一個神秘組合，他們在江湖上立足了很多年，但是，在武林中，卻很少有人知道他們這個組織，連你們耳目最靈敏的常家也不知道。」
「他們是不是煙花門？」

「不是！」

「他們是……」

「實在說，我對他們了解的也不多。」

「但他們卻很清楚你。」

藍秀臉色突然顯得有點沉重，道：「可怕的也就在此了，我的出身已很神秘，但他們卻對我很了解。」

「那你要小心了！」

「這一點你放心，他們殺不了我……」

「但願如此！」

沉吟了一陣，藍秀又道：「常公子，你若能揭開了這個組織的隱秘，常家會更受到武林人的尊重。」

常玉嵐道：「這是常家對江湖人的責任，不過我並非……」

藍秀點點頭道：「我明白，你是為了我，為我而生，也願意為此而死，我不會太吝惜我自己……」

常玉嵐接道：「忽然間，我覺得你是個很偉大的人……」

藍秀笑笑道：「我有意結識你……」

「也有意利用我。」

「公私兩兼的事。」

「我知道，但我如取不到仇夫人的人頭，如何能讓他們信任？」
「所以，我已經為你準備好了一個人頭。」
「是不是仇夫人的？」
「我想，你無法分辨，他們也無法分辨。」
「你殺了一個人……」
「一個該死的人……」
「藍秀，你是個好人，還是壞人？」
「三公子，我想這要時間證明，現在，我解去你身上之毒。」
常三公子躺到了床上，藍秀一隻滑嫩的手，在他的上身不斷推拿，香澤拂面，醉人如酒，常三公子不覺間睡了過去。
醒來時，已是天色微明。
藍秀早已不見。
但蓮兒和蘭兒卻守候在房中。
室中無燈，但常三公子仍然看見桌子上，擺著一個白色包裹，他記憶很清晰，那是仇夫人的頭。
蓮兒吁一口氣道：「公子醒過來了？」
常玉嵐輕輕吁了口氣，黯然不語。
他忽然感覺到自己掉入了一個無法自拔的泥沼中。

雙方面，都是很厲害的人物。

記憶很溫馨，藍秀的雙手似是仍在他的身上留著餘香，最是令他惶惑的，藍秀並沒有留下一句話。

今後的一切行動，要完全靠自己的機智去應付，一些莫可測的變化。

他無法了解，身上的毒性是否真的解去，不覺著此刻精神很好。

常三公子思索了良久，再想出了一套說詞，告訴了蓮兒、蘭兒。

兩個女婢很聰明，也很忠心，她們也知道常玉嵐陷入了一片神秘的迷離中。

周家祠堂很好找。

常玉嵐在近午時分進入了祠堂。

那是一座很荒涼的祠堂。

但祠堂中有人，菊兒、梅兒和桃花。

常玉嵐經過了一些迷離的遭遇之後，人也變得冷靜了，所以見到菊兒和梅兒之後，並不很驚訝。

不待常玉嵐開口說話，桃花已搶先笑著說道：「三公子，我代為作主，把她們給留了下來。」

常玉嵐道：「應該的。」

桃花道：「你殺了仇夫人？」

「我不願自己死，只好殺了她。」

「很順利。」
「不太順利。」
「但常三公子還是得手了？」
「不是我動手殺的，我也無法肯定，她是不是真的仇夫人？」
桃花笑笑道：「難道別人給了這顆人頭？」
常玉嵐道：「是的，而且，她還要我混入你們之中來。」
「什麼人？」
「一個中年夫人。」
桃花呆了一呆，道：「中年夫人，三公子沒看錯人吧？」
「我相信沒有看錯，因為她和我說了不少話。」
「她不是藍秀？」
「不是！我聽得出藍秀的聲音，容貌可易，聲音不太會改變。」
「她說了些什麼？」
「她說，要我混入你們之中。」
「你答應了？」
「答應了，所以她把仇夫人的頭交給我。」
桃花沉吟了良久，秀眉皺眉緊緊的，道：「現在，我有些迷惑了，不知道該如何處理這件事情。」

桃花望了望蓮兒等四婢，道：「你這四個丫頭都很美，以她為最，所以，你不容易為美色所迷。」

常玉嵐苦笑了一下道：「我的心意，是想取得解藥。」

桃花嘆了口氣，道：「我知道你說了實話，卻還不明白你的想法？」

「姑娘的意思是……」

常玉嵐心中暗暗想道：「不知道她在打什麼主意，為什麼要把話題扯在這四個丫頭的身上？」

梅兒、菊兒突然跪了下去道：「公子，我們是被抓回來的。」

常玉嵐道：「起來吧！我沒有怪你們！」

蓮兒、蘭兒，伸手扶起了菊兒、梅兒。

桃花沉吟了一陣道：「三公子，我好像沒有辦法對付了。」

「那在下只有回金陵了！」

桃花望望天色，道：「但你已無法再支撐過半個時辰，就要毒發身死。」

常玉嵐道：「至少，你應該再給我一粒解藥，讓我盡一日夜的工夫，趕回金陵去。」

「三公子，這個好像不太可能。」

「那你總要有個辦法才成啊？」

「跟我去見夫人吧！」

「什麼夫人？」

「百花夫人。」

「可是我……」

「你同意了，自然不會讓你毒發身死，不過，我要點了你的穴道。」

蓮兒、蘭兒，突然一橫身，攔在常玉嵐的身前道：「不行。」

常玉嵐道：「蓮兒，你們退開，這件事，你們管不了。」

「公子？我……」

「你們如果想叫我活下去，那就不要多管。」

蓮兒、蘭兒只好向後退了兩步。

常玉嵐舉起雙手，道：「桃花姑娘，請出手吧！」

桃花出手點了常玉嵐的穴道之後，笑道：「現在，我想讓你們再幫點忙。」

「說吧！」

「我要你們閉上眼睛……」

「姑娘是讓我們自己閉上呢？還是把我們眼睛蒙上？」

「任何人，只要偷開一眼，我就立刻殺了三公子。」

常玉嵐道：「好！」當先閉上雙目。

蓮兒等四婢，也跟著閉上眼睛。

在桃花牽引下，常玉嵐等上了一輛馬車。

一路行去，果然沒有人睜開一下。

車行了足足有一個時辰之久。

突然，停了下來。
常玉嵐道：「桃花姑娘，現在，是不是可以睜開眼睛了？」
桃花道：「不是，現在，幾位要戴一個眼套了。」
常玉嵐和四婢女的眼睛，反而被蒙了起來。
在車中，桃花讓常玉嵐服下了一粒丹丸。
為了求證一下，藍秀是否真的已解去了身中之毒，常三公子冒著極大的危險，把丹丸吐了出來，藏入衣袋之中。
他一直擔心，此舉會被桃花發覺，幸好，竟然未被發覺。
常玉嵐一手被桃花牽住，四婢牽了常玉嵐的另一手。
感覺中，行在一個階梯之上。
常玉嵐暗中數了上下階梯的層數。
桃花停了下來，同時，解去了常三公子蒙臉的黑巾，道：「現在，你們可以睜開眼睛了。」
這是一座大廳，又高又大的房子，廳中的擺設，卻不多，十幾張桌子，分放在兩邊。
「桃花姑娘，這地方是……」
「我不叫桃花，不過，我姓陶。」
「姑娘能不能見告芳名？」
桃花笑了笑，道：「玫瑰，仍是一朵，只不過不是桃花罷了。」
常玉嵐點點頭，未再多問。

玫瑰道：「你們可以在廳中走動，也可以隨便坐下休息，唯一的限制，就是不能離開這座大廳。」

常玉嵐道：「哦！我們幾時才能見到……」

玫瑰道：「見到夫人？」

「對，對對，見到夫人。」

玫瑰沉吟了一陣，才道：「這個就很難說了，要看看你們的運氣了，也許很快，也許要等幾天。」

常三公子點點頭。

人在矮簷下，不得不低頭。

玫瑰徒步離去，由一扇小門中行了出去。

蓮兒道：「公子，咱們真要留在這裡？」

「對……」

蓮兒低聲道：「梅兒、菊兒被她們截了回來，沒有人到金陵報信。」

常三公子道：「我知道，所以，咱們要全心全意的等下去。」

蓮兒不再追問了。

她追隨常三公子很久，每次，都發覺他很有決心，但這一次卻很例外。

直等天色入夜。

玫瑰來過兩次，第一次是替常三公子送進來了茶飯。

第二次，卻帶走了常三公子。
一座雅房，黑得未點燈火。
玫瑰陪著常玉嵐坐在一條長凳子上。
中間有一道垂簾隔著。
夜色中，再隔一層垂簾，看上去就更見模糊了。
常玉嵐運足了目光，看到了一個人，一個模糊的女人影兒。
但彼此的聲音，卻聽得很清楚。
「我叫百花夫人。」
「在下常玉嵐。」
「金陵常家的三公子，天下無人不知。」
「目前常三是夫人的階下之囚。」
「常三公子，我聽了玫瑰的報告，也看到了那顆人頭。」
「很丟人，我常玉嵐一生中，從未辦過這麼難堪的事。」
「人有順境，也有逆境，大丈夫能屈能伸，這一點算不得什麼！」
「多謝夫人指點。」
垂簾內，稍作片刻沉寂，才緩緩說道：「你的嘴巴也很甜。」
常玉嵐道：「夫人見笑了！」
百花夫人道：「我手下有八朵名花，你已見過了兩個。」

「就是玫瑰跟天香。」
「對！除了她們之外，還有五條龍。」
「哦！五條龍，在下倒是未曾聽過。」
「他們不像你，名滿天下，但他們很能幹，也很有成就。」
「是！常家自覺對江湖上的事務很了解，但現在，才覺得知道的很少，簡直是孤陋寡聞。」
「不要自責，知道我們的人，實在不多。」
常三公子吁一口氣道：「夫人，我想……」
百花夫人道：「你想知道得更多一些……」
「不，不是！」
「那你的意思是……」
「在下只想知道，夫人如何處置在下？」
垂簾內傳出了一陣嬌脆的笑聲，道：「常三公子，常家的人都很有風骨，但常三公子卻和傳言有些不同。」
常玉嵐心中一震，暗道：「看來，她似乎是一個很多疑的人，這件事，倒是不能掉以輕心。」
他沒有回答，他在想。

五　勾心鬥角

垂簾內響起了清脆的笑聲，道：「常三公子，我們有很多殺你的機會但卻沒有殺你，那是因為我們發覺常三公子是個可用的人才。」

常玉嵐道：「夫人也不要對在下抱的期望太大。」

「公子的意思是？」

常三公子是個十分聰明的人，他心裡明白，有些事，不能答應得太快，那反而會使人懷疑。雖然處身在矮簷之下，但常三公子仍然了解，有些地方，必須要表現出不屈的志節和骨氣。因此，常玉嵐說道：「我的意思，是在下有所不為，夫人要在下做什麼，必須先要說個明白。」

「哦！這才像常三公子的為人。對一些特異的人才，我們一向很尊重，也很重用，我有五龍、八花，我希望能再增加一條龍。」

常玉嵐道：「在下想向夫人請教，你手下幾條龍的職司何事，五龍之間，如何相處，是聽命夫人一人呢？還是……」

百花夫人道：「我明白三公子的意思了，這是我們的秘密，我可以告訴三公子，不過，三公子明白了之後，只怕很難脫離了。」

常玉嵐苦笑了一下，道：「我很明白自己的處境，就算我什麼都不知道，也是一樣無法離開。」

百花夫人格格嬌笑之聲停下之後，說道：「五條龍互不相識，他們各有專司，他們都隱在暗處，待命行動。」

常玉嵐道：「這一點，在下不太適合，因為我的名氣太大了。」

「所以，你是一條明龍！」

「我不太懂夫人的意思。」

「很容易明白，你仍然是常三公子，常玉嵐常少爺，但你的氣勢更大了，我有很多的人在暗中幫助你，使你的名氣很快的膨脹，更多的人為你效命。」

常玉嵐吁一口氣道：「夫人，這總有一個目的吧？」

「有。」

「能不能說明白點？」

「我沒有雄霸天下的野心，所以，我的屬下也不會涉太大太多的危險，你只要聽命行事，快則三年，遲不過五載，你就可以恢復了自由之身，作你的常家三少爺……」

「那時，夫人就不再指命我什麼了？」

「對！一刀兩斷，從此不會再有任何糾葛，就算是大家再見面，也等於是素不相識的陌路人。」

常玉嵐道：「這倒是個很新奇的組織。」

百花夫人道：「我的耳目很有限，也不願在江湖上造成太大的紛擾。」

常玉嵐點點頭道：「夫人，我能不能先知道，我要做些什麼？」

「常三公子，你已經知道很多了，但你還沒有什麼決定？」

「夫人的意思是？」

「你是不是已經加入了我們這個組織？」

常玉嵐笑笑道：「夫人，我好像已經沒有選擇的機會了！」

垂簾內傳出了百花夫人冷厲的聲音，道：「不！你還有選擇的機會，而且，機會非常的大。」

常玉嵐心頭一震，暗道：「這個百花夫人，不但是個多疑的人，而且是個很精密的人，看來是無法跟她打馬虎眼了。」

心中念轉，口中說道：「夫人，在下已同意加入貴組織了。」

百花夫人道：「好極，好極，你雖然是第六條龍，但你卻是六龍之中，最出風頭的一條龍。」

「夫人，在下不明白你的意思。」

「三公子，他們都是隱在暗中活動的人，你卻是堂堂正正在江湖上走動的人，他們的力量都會透過你的身上表達出來。」

常玉嵐心中暗道：「好惡毒的辦法，他們都在暗中幫助我，由我正面出名來為非作歹，日後所有的罪名，都記在我常家的頭上。所有的後果，也都由我常玉嵐出名頂替，不但我被拖入了漩渦之中，而且整個常家，也因此陷入了愁雲慘霧中。」

只聽百花夫人的格格嬌笑之聲傳了過來，道：「常三公子，你還沒有想通麼？」

「我在想，想了很多事。」

「好！說出來聽聽吧！有些地方，你也許想不通，如若我能幫你指點一下，對你也許有很大幫助。」

「我已加入了這個組織，個人的生死榮辱，已經毫不放在心上，不過我不希望把常家的人都拖進去……」

百花夫人格格的嬌笑聲，又傳了過來，道：「你上有父母、兄長，下有一個妹妹，他們都是很了不起的人……」

常三公子接道：「所以，夫人只要不拖他們進來，常玉嵐唯命是從。」

百花夫人嘆息一聲，道：「其實，我們的所作所為，不算是壞事，只不過，和世俗的看法上，稍有不同而已……」

常三公子笑了笑，道：「夫人，在下還需要做些什麼？夫人才能對在下完全的相信呢？」

百花夫人道：「三公子，凡是加入我們這個組織的人，必須有一點使我感覺到忠實的表現，現在，我就派人帶你去。」

一個全身綠衣的美麗少女，緩步行出了垂簾：「常三公子，請跟我來。」

百花夫人是不是還坐在大廳之內，常三公子已然無法知曉。

因為，那垂簾是一種水晶珠兒串連而成，它很密，而且內暗外明，坐在垂簾之內，可以看到外面的景物，但站在垂簾外的人，卻無法看到裡面的情形。

這是一座很奇怪的大廳，除了垂簾內的景物無法見到之外，大廳中空空蕩蕩的，不見什麼擺設。

大廳的四面，有很多門戶。

綠衣少女取出一付黑色的布罩，笑一笑，道：「三公子，要不要戴上這個？」

「那是什麼？」

綠衣少女道：「我們叫隱形目罩，其實，就是很多層黑布做成的布帽，帶上它，你就看不到任何事物。」

「哦！是不是一定要戴呢？」

綠衣少女道：「不一定。你可以不戴，不過，你會被一些人看到，自然你也會看到別人，以三公子銳利的目光，看到的人，就會有很深刻的印象，但別人也會同樣的記下了你三公子的形貌。」

常玉嵐呆了一呆，道：「姑娘怎麼稱呼？」

綠衣少女笑道：「翠玉。」

「八朵名花之一？」

翠玉搖搖頭，笑道：「公子把我估計得太高了，我只是夫人身側的一個女婢。」

常玉嵐點點頭道：「最接近夫人的人？」

翠玉道：「不管如何形容我，我只是一個丫頭。」

常三公子道：「翠玉，我們現在要到哪裡去？」

翠玉笑道：「我帶你到一個屬於你的地方，你可以在那裡住些時間。」

「住多久？」

「不會太久，多則七日，少則三天。」

常玉嵐心裡明白，再問下去，也是無味得很。

他接過了隱形罩，戴了上去。

戴上之後，常玉嵐才發覺，這是一種特殊材料作成的臉罩，由頭上直到頸間，全都隱在黑罩之中，連一點光線也看不到。

站在身側的翠玉，如果想暗算他，幾乎是舉手之勢。

幸好翠玉沒有暗算他，只拉著常玉嵐的手，道：「以公子的成就，實在用不著我牽著你走，不過第一次戴上這隱形罩時，都會不習慣，還是我牽著你走吧！」

任何話，說出來都沒有什麼用處。

常三公子只有聽人擺布的份兒。

但他仍然是很用心的，數著自己的腳步，默記著折轉的方向。

但很快的被一種感受，逐散了他集中的精力。

他感覺行經過另一個寬敞的廳中，這裡有很多的人，隱形罩不但阻礙了常三公子的視力，也阻礙了他的聽力。

他無法猜想出這裡有多少人。

只能憑藉著經驗上的感覺，作一種預測的計算。

記不得折轉幾次，他感覺到進入了一個房間中。

翠玉停了下來，道：「三公子，取下隱形罩吧！」

不錯！這是很精緻的房間，有一種很大的床，和兩張椅子。

「這就是你的住處，我就是侍候你的人。」翠玉拂了一下鬢前的秀髮，作一個嬌媚的微笑。

「翠玉，我們可不可以隨便談談？」

翠玉點點頭，道：「當然可以，這個地方很靜，不會有人偷聽，公子有什麼話，儘管吩咐。」

常玉嵐道：「我只是好奇，也希望由翠玉姑娘的口中，多了解一些關於我今後行事方法，我的身分。」

對百花夫人的貼身女婢，常三公子自然不敢有太多的信任。

翠玉笑了笑，道：「夫人會給你很詳細的指示，每一個行動開始之前，我們都有很周密的計劃。」

常三公子道：「我們是不是經過了一座大廳？那裡有很多人。」

「不很大的一座廳房，裡面確有不少人。」

「那些人是不是都和我一樣，都戴著黑布罩？」

「沒有，他們並不是太重要的人。」

「他們都很清晰的看到了我？」

「沒有用的，他們無法認識你，也不知道你是誰。」

「翠玉姑娘，為什麼要我在這裡住下來？」

常玉嵐終於提出了心中最感疑問的一件事。

翠玉笑笑道：「三公子，我想夫人會告訴你的。」

「夫人？已經嫁了人？」

「沒有，百花夫人的意思，只是一個代號。」

「多謝姑娘指點，我想坐息一會，姑娘也請休息去吧！」

翠玉笑了笑道：「對你加入我們這個組織，夫人表示十分重視，我奉到的令諭是全力照顧你，供應你任何的需要。」

常玉嵐雙目凝注在翠玉的臉上，笑笑道：「包括你在內？」

「是的，三公子如果真的要我，我也唯命是從！」

「幸好，我還不是一個很貪愛美色的人。」

「你的蘭、蓮、菊、梅，四個女婢，個個如花似玉，一般的俗庸脂粉，自然不會放在你公子眼中了！」

常玉嵐笑了一笑道：「翠玉，你認為我和她們之間，有什麼糾纏、瓜葛嗎？」

翠玉微笑不語。

常玉嵐得意地道：「翠玉姑娘，對這件事我一直覺得很自豪。」

「哦？」翠玉接了口。

但她沒有表示自己的看法。

常玉嵐道：「她們已經跟了我很多年，在家在外，都一直守在我身邊，我們相處得非常好。」

「她們也很聽你的話？」
常玉嵐點點頭道：「對！我相信，我如對她們有什麼非禮的行動，她們都會很樂意的接受。」
「我相信。」
「但我卻沒有碰過她們。」
「她們運氣好，遇到了一個好主人。」
「你的運氣也不錯。」
「不太好……」
「是不是因為分給了我？」
「不是，我擔心的是，不能常陪在三公子身側。」
常玉嵐笑笑道：「翠玉，以我的身分，能不能向夫人提出什麼要求？」
「現在不成。」
「那要等幾時才能？」
翠玉沉吟著道：「等你完成了一件交付的任務之後，夫人會問你要什麼獎賞，最好在那時提出來。」
「翠玉，你能不能猜到我會向夫人提出什麼要求？」
「這個，小婢就不知道了。」
「你……」
「我？我怎麼樣？」

「我會把你要過來，不知道夫人會答應嗎？」
翠玉嬌媚的微微一笑，道：「三公子，你已經有了美貌的四婢，為什麼又會要我呢？」
常玉嵐道：「四花美女，再多一個翠玉，有何不好？」
「不覺得太多了一些麼？」
常玉嵐大笑。
翠玉卻舉手理理秀髮，擺出個動人的微笑，道：「三公子，你會有幾天休息，希望你好好珍惜，這裡和一切江湖上的事務，完全隔絕，你可以好好的享受幾天，隨心所欲的過日子。」
常玉嵐心頭很沉重，但他卻不能不強作歡顏道：「我要如何享受？」
翠玉笑笑說道：「這裡有最好的酒，名聞天下的桃花露，有最好的廚師，會做出最好的菜。還有許多美女，任君挑選，無論你要什麼，只要告訴我一聲，我相信一切都可以辦得到的。」
常玉嵐道：「美女，是不是指你而言？」
翠玉低下頭，緩緩地道：「如若公子一定要我，我只好奉陪了！」
「我不會勉強你，也不會勉強任何一個姑娘。」
翠玉的臉上立刻展現了笑容，道：「多謝公子，我會盡力照顧你的生活，使你滿意，現在我扶你沐浴更衣。」
常玉嵐雖然常有美女相伴，但卻仍然保有一定禮防。
翠玉則不會，她很膽大，膽大的幫著常玉嵐沐浴更衣，幸好，常三公子還很沉得住氣，保持了相當的風範。

翠玉沒有說謊，果然，這裡有桃花露和最好的佳餚。

但常玉嵐的內心，卻是焦慮異常。

他用出了最大的耐力，忍受了三天，他雖名是佳客，實在是階下囚；他也明白，百花夫人留他在這裡住下來，一定有她的用心和特殊目的。

常三公子很用心在觀察。

每一次，進用酒飯之後，他就運氣相試，看看是否中毒。

酒菜中沒有中毒。

最難忍耐的是那份孤寂，三天來，他一直獨處斗室，除了翠玉陪伴之外，再沒有見過第二個人。

第四天中午時分，常三公子再也忍耐不住，喝了兩杯桃花露，藉幾分酒意，伸手抓住了翠玉，道：「這裡太寂寞，只有用你來解除我這份寂寞了。」

翠玉輕輕嘆息一聲，道：「我知道，這種孤寂的生活，會使一個人改變。」

常三公子怔了一怔，道：「這是說，早在你意料中了。」

「不錯。」

常玉嵐心中一動，暗暗忖道：「難道，這就是百花夫人留我在此的用心不成？」

翠玉只是一個美麗的少女！

接觸過一個少女之後，又會受得到什麼傷害呢？桃花露的酒性，本就有著一種特殊的作用。

幸好常玉嵐是內外兼修的高手，每日用坐息排遣寂寞，也壓制人性中的另一面獸性。

翠玉雖然很美，但也不過和蘭兒在伯、仲之間。

常玉嵐是個定力很強的人，唯一使他失去了定力的人是藍秀，現在，他仍然很清醒，仍然能控制著自己。

但他卻使自己奔放。

他抓住翠玉的手開始移動。

翠玉輕皺著柳眉兒，她沒有反應，也沒有拒絕，只是靜靜的站著，是一種柔弱的無奈。

常玉嵐決心要改變這個處境，縱然傷害到翠玉，也是在所不惜。

翠玉不是一個淫娃、蕩婦，就算在照顧三公子沐浴時，她也很鎮靜、端莊，她把那當成一件工作。

她工作得很細緻，但卻不輕佻。

這些日孤男寡女的相處，對兩人都是一種考驗。

常玉嵐希望以自己的定力，對翠玉有所感動，再從她的口中套出一些隱密，想不到她很冷靜。

她的冷靜神態，和第一天相處時，沒什麼不同。

哪個少女不懷春。

翠玉正是情竇初開的少女，但卻能不為春情所動。

常玉嵐把翠玉拖上錦榻，而且膽大的脫去她身上的衣服，翠玉一直是冷冷的神情，沒有迎合，也不反抗。

那是個很美麗的胴體。

展現在常玉嵐的眼前，曲線浮凹，白如羊脂，艷紅數點更為誘人。

常玉嵐閉上雙目，深深的吸了一口氣，壓制下升起的情慾。

這只是一場鬥智競賽，常三公子並沒有真的侵犯翠玉的野心，他只是想威脅她，希望她能告饒。

然後，由翠玉的口中，探出一些隱秘。

但翠玉卻是那樣的冷靜。

現在，翠玉睜大眼睛看著，對即將降臨的風暴，並沒有特別畏懼。

常三公子忽而開口說道：「你一點也不害怕麼？」

常玉嵐究非常人，在最重要的時刻，仍然能控制著自己。

翠玉輕輕嘆息一聲，道：「我能反抗麼？」

常玉嵐突然拉過棉被，蓋在翠玉的身體上，道：「翠玉，我以後，應該少喝一點才是！」

翠玉瞪著常三公子，雙目中湧現出晶瑩的淚珠兒，緩緩說道：「你很有定力，也許是因為你常和美女相處的關係？」

常玉嵐道：「我只是不忍心傷害你。」

「也救了你自己。」

常玉嵐心中暗道：「看來，把事情引入正題了。」

「穿上你的衣服，咱們再說吧！」

「不！脫了你的衣服，和我睡在一起，我們並枕細語。」

這大出常玉嵐的意料，使得常玉嵐為之一呆。

他未再多問，脫去衣服和翠玉並枕而臥。

常玉嵐沒有侵犯翠玉，但翠玉卻主動的偎入了常玉嵐的懷中。

常三公子以最大的克制力量，使自己保持平靜，笑笑道：「翠玉，別忘了你是很動人的姑娘，現在你未著寸縷。」

翠玉嘆息一聲，道：「你不是平常的男人，使我感動，也使我佩服。」

「哦？」

翠玉拭去臉上的淚痕，低聲說道：「如果，剛才你傷害了我，也會把你自己陷了進去。」

常玉嵐道：「翠玉，你究竟要告訴我什麼？」

「我奉命來照顧你，就是要等著這種事情發生。」

「為什麼？」

「你不會懂的，這是本門中最大的隱秘。」

「為什麼要告訴我這些？」

「因為，你能在懸崖的邊緣勒馬，使我很佩服！」

常玉嵐完全冷靜了下來，兩個少年男女雖然同床共枕，相擁而臥，但常三公子卻似是面對一個兇厲的敵人。

「假如，我剛才無法控制自己時，會是一個什麼樣子的後果？」

翠玉道：「三公子，你可知道，我如把這個隱秘洩漏給你，我會是一個什麼樣的後果嗎？」

常玉嵐道：「背離門規，是不是會受到很嚴厲的制裁？」
翠玉道：「是！而且一定處死。」
常玉嵐心中暗道：「這丫頭，雖然處身在一個詭密的門戶之中，但看上去似是還保有人性的光輝，我必得動之以情，讓她自己說出來。」
心中念轉，口中說道：「翠玉，如若很為難，那就不用說出來，我不會怪你的。」
翠玉道：「我一定要告訴你才行……」
「為什麼？」
「我們要合作，才能把這件事掩飾過去。」
「好！你說吧！」
翠玉道：「你必須裝作已經占有了我的身子的樣子。」
「這個容易。」
「不容易，夫人能夠一眼看出來我們是否說謊！」
「哦！這個……就不是我所能應付的了！」
「所以，我們要合作了。」
「好！我聽你的安排。」
翠玉沉吟了一陣，道：「真的能信任我？」
常玉嵐點點頭，道：「我信得過你。」
翠玉突然舉手，一指點向常玉嵐的眉心，這是人身的要害大穴，常玉嵐本能的閃避了開去。

翠玉道：「看來，你還是不肯信任我了？」
常玉嵐道：「我信得過你，不過……」
「不過什麼？」
「我想你先把事情說明白，在下才知道如何應付。」
翠玉終於低聲說出了個中的隱秘。
常玉嵐卻聽得驚心動魄。
他出身武林世家，常家遍布在天下的耳目，使常三公子知道了武林中不少奇異的事情，所以常三公子對江湖事務，知道的非常淵博。
但他卻不知道百花夫人領導的這個組織。
使常三公子更驚異的是，翠玉告訴了他一個驚人的隱秘，那就是翠玉的身上有一種毒病，只要常三公子忍不住一和翠玉沾身，立刻會被那種怪病沾染上，此後，必須要常服一種藥物，才能保持體能不變。
否則，七日之內，毒性發作，全身潰爛而死。
這是駭人聽聞的傳說，常玉嵐聽說了江湖上各種惡毒的手段，但卻從來沒有聽說過這樣的傷人方法。
翠玉告訴常玉嵐另一個隱秘，那就是這種病並非與生俱來，而是服下了一種藥物才會如此的。
常三公子捏了一把冷汗，低聲問道：「翠玉，你把這種毒病傳給我之後，自己會不會好呢？」
翠玉嘆息了聲道：「夫人告訴我們會好，不過我不相信。」

「為什麼？」
「我看幾個姐妹，把毒病傳染了別人之後，還要服用藥物。」
「你知不知道那是一種什麼毒性？」
「不知道，這配方很秘密，除了百花夫人外，只有獨目婆婆知道。」
「獨目婆婆是什麼人？」
「是管理藥物的人，她瞎了一隻眼睛，所以我們都叫她獨目婆婆。」
「翠玉，現在我們該如何？」
「只有一個辦法，你裝出中毒的樣子。」
「中毒之後是什麼樣子？」
「我看過中毒的人，午時三刻，腹中會隱隱作痛。」
常玉嵐點點頭。
兩個人相擁而臥！
但常三公子睡的很不安心。
一個隨時會把奇毒傳給你的人，和你同榻共枕，任何人都不會睡得十分安心的，但常玉嵐又無法對翠玉表示厭惡。
她是個很美的女孩子。
溫柔、善良的女孩子。
如果翠玉不把話說得很清楚，面對玉人，只怕常玉嵐也無法把持得住。

直到天色大亮，翠玉才催促著常三公子起床。

事實上，常三公子根本就沒有睡過，他閉著雙目在想，想著如何應付這些事情。

酒飯之中無毒，而且菜做得很精緻，吃過一頓豐盛的早餐之後，常玉嵐運息調息起來。

表面上看去，三公子氣定神閒，似是進入了物我兩忘之境，骨子裡，他根本就沒有休息過。

他一直在想，如何應付中午的事。

午時三刻。

常三公子忽然覺得腹中有些隱隱作痛，他明明知道並沒有中毒，但卻有著隱隱作痛的感覺。

一個人受心理的影響很大，即使像常三公子這樣的人，也會受到影響。

虛掩的木門，被人推開了。

常玉嵐低聲道：「是翠玉嗎？」

「怎麼！一夜纏綿，就這樣的難以忘懷麼?常三公子竟是個多情種子。」

那不是翠玉的聲音，常玉嵐一下子就聽出來了，睜眼望去，只見百花夫人面帶微笑，站在室中。

翠玉不知何處去，室中只有他和百花夫人。

對這位百花夫人，常三公子不得不現出一份敬重的態度，站起了身子，道：「不知夫人駕到，有失遠迎……」

百花夫人揮揮手道：「不要客氣，三公子，此後咱們都是一家人了，希望三公子能和我真誠的合作。」

常玉嵐心中明白，此時此刻，不得不用點技巧。

人在矮簷下，不能不低頭，一躬身，道：「夫人有什麼吩咐，玉嵐無不全力以赴。」

「好，好！」百花夫人對常玉嵐的恭順，十分滿意，緩緩說道：「三公子，只要能真誠合作，我想，你在武林中的成就，絕對會在令祖之上。」

「夫人栽培！」

百花夫人笑笑道：「我來看看你，生活上是不是有什麼不舒適的地方？」

常玉嵐輕輕吁了口氣道：「夫人，我確實有點不舒適。」

「哦？哪裡不舒服？」

「我腹內有點輕微的疼痛。」

百花夫人臉色突然冷肅下來，道：「這丫頭，真的用出來了！」

常玉嵐低聲道：「什麼事？」

百花夫人道：「三公子，我們這個組織，能在江湖上立足，而且縱橫自如，有一個任何門戶難及的優點，你可知道？」

常玉嵐道：「夫人運籌帷幄，算無遺策，決勝於千里之外……」

百花夫人笑道：「三公子言重了，也有點太誇奬我了。」

「夫人，在下是由衷之言。」

「這個我知道，不過，我也說的是由衷之言。」

「夫人指教！」

百花夫人冷肅的道：「我們的這個組織，以極少的人力，能夠縱橫天下，主要的原因是，我們的行動絕對秘密。」

「哦！」

「像你三公子這樣，一諾千金的人，江湖上畢竟不多，所以，我用了另外一種方法輔助，以免秘密外洩。」

「夫人的意思是——」

「萬惡以淫為首，如若一個人喜愛女色，是不是該付出點代價？」

「對！」

「你從小在脂粉群中長大，我想這定力方面，應該大異常人。」

「在下慚愧——」

「這麼說來，那個ㄚ頭沒騙我了？」

「是的，翠玉很美，而且在下的定力也不夠，不知道是否觸犯了夫人的戒規？」

百花夫人道：「三公子，一個ㄚ頭，算得什麼？你欺負了她，並不重要，而且我相信，錯在她的本身。」

「她要是不挑逗你，只怕三公子也不會看上她了，唉！孤男寡女，三公子又生得如此英俊，我想，否則也不會發生這種事情了。」

「夫人，這個在下也有錯，不能全怪翠玉。」

「這個丫頭，該死，該死！」
常玉嵐不勝惶恐的道：「夫人，究竟發生了什麼事？」
「翠玉那個丫頭使你受到了很大的傷害。」
「傷害？什麼意思？」
「三公子，很不幸的是，你中了一種奇毒了。」
常玉嵐故作驚訝的道：「我中了毒？什麼意思？」
「這就是我剛才所說的，你要付出的代價。」
「那是什麼怪毒，有什麼樣的後果？」
「徵象是午時三刻時分，小腹內微微作痛……」
「在下正有此感。」
「所以，我才生氣，那個丫頭竟然真的害了你，對這件事我有些氣忿，翠玉可以交給你發落，要她死，要她活，只憑你一句話了。」
「夫人，以後我會怎麼樣？」
百花夫人沉吟了一陣，道：「我想，以後你會毒傷發作。」
「哦！」
百花夫人裝得難過的樣子道：「那是一件很痛苦的事，而且一發作就不可收拾，七日之內，全身潰爛而死。」
常三公子作出吃驚的樣子道：「這麼嚴重麼？」

「常三公子若不信，那就不妨等等看。」
「等？」
「對！過了午夜子時，你身上會長出紅斑……」
常玉嵐接道：「我明白了，夫人，這就是你控制他們的方法？」
百花夫人點點頭。
「是不是有醫治的辦法呢？」
百花夫人道：「有，一種能夠控制它發作的藥物，只要按時服用，那就永遠不會再發作了。」
「有沒有永遠斷絕的辦法？」
「有。」
「什麼辦法？」
「這是一種奇烈的毒病，不是三兩個月就可治好的……」
「那要多少時間？」
「最快兩年，遲則三年。」
常玉嵐略一沉吟，道：「要那麼久？」
百花夫人道：「這是無可奈何的事，而且，只要有一次中斷藥物，那就很難再有斷根的機會了！」
「夫人有藥麼？」
「這個世界上，只有我一個人有這種藥物。」

「這麼說來，我要一直向夫人求藥了？」

「用不著求，到時間，我會派人送上，不過……」

「不過什麼？」

「有一個條件。」

「我知道，那就是要對夫人忠實。」

「三公子，對我這種控制人的手法，你是不是很厭惡？」

「夫人，我不太喜歡，不過我不會怨夫人。」

「為什麼？」

「因為我的定力不夠，如若我不碰翠玉姑娘，也不會有這種事了。」

百花夫人點點頭。

常玉嵐道：「現在我還有一件事請教夫人了。」

「什麼事？」

「以後我還能不能接近翠玉，或是別的女人？」

百花夫人微微一笑，道：「這是人性中一個很大的缺憾，事情已經發生了，不用再去多想了。你可以接近翠玉，至於別的女人，要你自己決定了，我們這個組織中，一向只講求手段，不太注意這些小節。」

「我不懂夫人的意思。」

「你可能會把毒病傳給別的女人。」

「難道不會再傳給翠玉？」

百花夫人搖搖頭道：「不會，她和你一樣，要不停的服用藥物，兩至三年間，就可以完全的根治了。」

常三公子點點頭，道：「這種毒病，會不會妨礙我的武功進境？」

「絕對不會，而且服用的藥物，對你的功力大有幫助。」

「好！我明白了，夫人幾時給我解藥？」

「今晚。」

「好吧！」

「子時三刻，翠玉會把藥物送來，你們二人一起服用。」

常玉嵐一抱拳道：「多謝夫人！」

「三公子，你願意在這裡多留幾日呢？還是想——」

「想什麼？」

「想不想出去走走？」

「有事情？」

「你進入本門之後，第一次出動，第一次為我立功。」

「好，希望是一次大事，在下也好表現一下。」

「勞動常三公子出馬之事，不會是件太小的事。」

「不知幾時動身？」

「明天午時之後，翠玉會陪你一起去，那個丫頭很聰明，常常陪伴你身側，也可以聊慰你的寂寞。」

「夫人，藥物能不能隨時供應？」

「你儘可放心，我們設計得很完美，明天，你出去之後，就可以得到一個很好的證明了。」

「夫人，現在可以告訴我什麼任務了吧？」

「別急，明天，你會接到一個詳細的命令，我告辭了。」

「送夫人！」

「不用了，好好的休息，有花堪折直須折，莫待無花空折枝，珍重了！」

百花夫人轉身而去。

常玉嵐站著沒有動。

夜間二更時分，翠玉才緩步行來。

大半天沒有看到翠玉，常玉嵐還真的有點想念她，急急的說道：「翠玉，你到哪兒去了？」

翠玉道：「我在受命！」

「百花夫人來過了！」

「我知道。」

「哦！你怎麼知道？」

「她和我說過了！」

「說了些什麼？」

「明天，咱們要離開這裡。」
「去對付什麼人？」
翠玉沉吟了一陣，道：「現在就告訴你？」
常玉嵐道：「能不能告訴我？」
「可以，不過你一定要沉住氣。」
常三公子點點頭。
翠玉雖然明明知道房內沒有別人，但仍然忍不住四顧了一眼，才低聲說道：「好像一個武當高人。」
常玉嵐吃了一驚道：「武當派的人？」
「不錯，而且身分高，劍法也很高明。」
「去殺他……」
翠玉道：「那是最後的辦法……」
常玉嵐問道：「為什麼？」
翠玉頓了頓道：「詳細情形，我還不大清楚，不過，夫人的計劃一向非常精密，會有很多人參與這個行動。」
常玉嵐道：「有很多的人，為什麼還要我？」
「因為，以你為主，別的人都是接應我們的人。」
「是接應，還是監視？」

翠玉輕輕的笑了一下，道：「三公子，不管他們是接應還是監視，我們都要聽從，是嗎？」

常玉嵐點點頭，未再說話。

翠玉確實救了他，也表現出一片柔情。

但常家的子弟，對江湖上的事了解的太多，江湖上歷歷往事，給後人留下了很多的範例、教訓。

但每一代崛起的江湖人物，大都不會記住那些教訓，最聰明的人，才能把前一輩的經驗當作自己的經驗。

但聰明人畢竟不多。

可是常家的子弟，卻知道這些血淚往事，只不過常三公子過去並沒有把這些事放在心上罷了。

常玉嵐履厚席豐，常家有一個羅致豐富的資料室，常家的子弟在那裡可以看到數百年來江湖上典例記述，但卻未認真把它拿來應用。

這一次的挫敗，使得常三公子有很多的時間去想，也使他有了很高的警惕之心，所以，他忽然對翠玉生出一種戒備。

防人之心不可無，何況是充滿了險詐的江湖。

翠玉並未警覺，她笑了笑道：「三公子，你一向獨來獨往，什麼事都由自己作主慣了，忽然間受人之命，是不是不太習慣？」

常玉嵐笑笑道：「翠玉，江山易改，本性難移，要我忽然間改掉多年的習慣，實在有些不太適應。」

「三公子，忍耐點吧！人在矮簷下，怎能不低頭，要做大事的人，必須要有一些過人的忍耐功夫。」

常玉嵐猛然回頭，雙目盯注在翠玉的臉上，好一陣子，才微微一笑道：「翠玉，這些地方要仰仗你了！」

「我？」

「不錯！」

「我只是個丫頭，我的武功造詣，只怕很難對你有所幫助。」

「我不需要你在拚鬥中，對我有太大的幫助，我要借重的，是你的指點。」

「公子，我會盡力而為，我看到了兩個很要好的姐妹的下場……」

「她們怎麼了？」

「她們，很淒慘。」

「為什麼？」

「因為，她們依附的人死了！」

常玉嵐靜靜的望著翠玉，道：「翠玉，能不能說明白點？」

翠玉幽幽地嘆了口氣，道：「她們像我一樣，依附在一個男人的身上，我的生存價值，已和你結合在一起……」

常玉嵐笑了笑，道：「翠玉，百花夫人對你的要求，似乎是忠實高於一切，只要你對她忠實，我想她不會傷害你的。」

「這一點，你似乎錯估我們夫人了！」

「怎麼？難道……」

「夫人是個善於計算的人，每一個人的價值，她都能計算得很清楚，當我奉命侍候公子的時候，我的價值已和公子連繫在一起。」

常玉嵐道：「說說看，你那兩位好姐妹的遭遇。」

翠玉緩緩的道：「她們和我一樣，奉派到一個人的身側，不同的是，她們真正的完成了夫人交代的任務。」

「哦！」

「她們一切都遵照計劃，奉命行事……」

「對於如此忠於這個組織的人，如若百花夫人不能予以重用，那豈不是要另外一些屬下寒心麼？」

「也不能怪夫人。」

常玉嵐哦了聲道：「你有……」

翠玉接道：「我有自己的算計，她們只顧到對組織和夫人的忠實，卻忽略了自己的利益了。」

「當她們檢舉她們所依附的兩個男人之後，兩個心存叛逆的男人立刻得到處決，夫人給她們的報賞是成為花奴。」

「花奴，是什麼職司？」

「夫人愛花，所以闢了一處很大的花園，花奴就是留在那座花園中照顧花草。」

「那也不算很壞呀。」

「留在那裡照顧花草的人，就永遠不能離開……」

常玉嵐苦笑了一下，道：「翠玉，為什麼不說的更清楚一些？」

「我所知道的也就是這些了，花奴，在我們而言，是一個很恐怖的工作，我們見到去的人，卻沒看到回來的。」

「那座花園在什麼地方？」

「等我有一天變成花奴的時候，就知道了。」

常玉嵐嘆息了一聲，道：「天下最恐怖的花園，是桃花林，難道還有比桃花林更恐怖的花園？」

翠玉臉色一變道：「公子，我已經表白的很清楚，盡了心力，你肯不肯相信我，已非我能力所及了。好好休息一下吧！離開這地方的時候，你還要受一番折騰。」

常玉嵐點點頭道：「如果百花夫人給我的承諾算數，我現在在這裡的身分，應該是很高了，是麼？」

「不錯，夫人確實想重用你，但還不十分信任你。」

常玉嵐點點頭。

百花夫人進來的時候，翠玉正對常三公子表現了無限的溫柔……

常三公子也確實有些陶醉在溫柔之下。
很少男人能在美女的溫柔照拂下，能完全無動於衷。
百花夫人來得毫無聲息，常三公子一直很留心的聽著周遭的一切動靜，竟然也沒聽到絲毫聲音。
當聽到了百花夫人聲音的時候，她已站在兩人面前了。
「看到你們這份恩愛和親密，我真的有點不忍心拆開你們。」
常玉嵐霍然一驚，忙站起身子，道：「不知夫人駕到，未能迎接……」
他是真的吃驚，驚震於夫人的輕功，如此高明。
翠玉卻跪了下去道：「叩見夫人！」
百花夫人笑了笑，道：「起來，你這丫頭的身分，如何能作常家的三少奶奶。過幾天，我收你為義女。」
「多謝夫人！」
這一次，常玉嵐看清楚了百花夫人。
她竟然未戴面紗。
她是個很美的女人，以常三公子的閱歷之豐，竟然也無法看出她多大年齡。
百花夫人帶著嬌媚、笑意的臉色，突然間一變，罩上了一層寒霜，冷冷地道：「常玉嵐！」
「屬下在。」常玉嵐的反應，亦極快速。
「武當派俗家弟子中哪一個成就最高？」

「聽說三湘黃可依，是近代武當俗家弟子中第一高手。」

百花夫人笑笑道：「人說金陵常家的消息十分靈通，看來果然不錯，黃可依沒有什麼名氣，但他確是武當俗家弟子中第一高手。

「事實上，他在劍法上的成就，不但放眼三湘，無人能出其名，就是整個江湖來說，也算是一流高手，非三公子的常家劍法，難有人是他敵手。」

常玉嵐道：「夫人誇獎，不知夫人是要活人，還是要他屍體？」

「我愛才，尤其是年輕的俊彥人才，黃可依今年二十七歲，出身豪富之家，結交四海英雄，本身的劍術高強，又極富領袖才能。雖無三公子的顯赫家世，但卻是一個才堪大任的人，三公子如若能把他收服，那可是大功一件。」

「在下盡力而為。」

「如是無法使他歸服，也不能留他在江湖上立足。」

「屬下明白，不為我用，即於處死。」

百花夫人點點頭道：「你初入本門，是頭功，也是一件大功，我祝你旗開得勝，馬到成功。」

常玉嵐道：「我會全力以赴，完不成夫人令諭，唯死而已。」

「三公子言重了，你會成功的。」

百花夫人笑了，笑得冷雪解凍，一臉柳媚花嬌。

這個女人的性格，和她的個性一樣，叫人難以估測，她能在笑意迎人中，變的一臉冷漠，冷厲中泛起了笑意。

常玉嵐道：「屬下會盡力施展，不讓夫人失望。」

在常家，這也是一課教育，他們訓練子弟，不是讓他們成為威武不屈，志節凜人的英雄志士，而是要他們成功的完成一件任務，成功的保護住常家領導江南六省的武林權威。

所以，常三公子不是條鐵錚錚的漢子，而是一個能夠隨機應變，剛柔兼具的人物，能屈能伸。

對常玉嵐的表現，百花夫人非常滿意，笑笑道：「翠玉，好好侍候三公子，辦完黃可依這件事，你會成為花主的身分。」

「多謝夫人！」

翠玉盈盈的拜了下去。

但她跪下去的時候，已經不見了百花夫人。

這個神秘莫測的女人，又表現了一手奇異的輕功。

「翠玉，我們走吧！」

翠玉沒有理會常玉嵐，卻伏下身子，以耳貼地聽了一陣，才點點頭，站起身子，道：「她真的走了，三公子準備以什麼樣的身分出現？」

常玉嵐怔了怔道：「我還能選擇……」

翠玉道：「三公子還不太了解百花門，我們能供應你各種不同的身分，出現於江湖，你可以侍從如雲，也可以單槍匹馬……」

「我有這麼大的選擇權力？」

「是的，三公子，夫人只派你去做這件事，但她並不限制你用什麼方法，公子可以選擇你喜歡的方式。」

「哦？」

「夫人選用的人才，不只是一個殺手，而是一個能夠統籌全局的人才，你剛才已經通過了夫人的認可。」

「只有你、我？」

「是的，請公子閉上雙目，咱們離開這裡。」

常玉嵐未再多問，緩緩閉上了眼睛。

翠玉取出了一個黑色的布罩，遮住了常玉嵐的眼睛，一面以極低的聲音說道：「不要妄圖取下面罩，這一段行程很凶險，也是最後一道考驗。」

常玉嵐沒有回答。

感覺中，常玉嵐被放上了一張軟床，被人抬起向前行去。

常玉嵐以最大的心力，擴展感應的本能。

但這卻使感應受到極大的震動。

他聽到了一種嗡嗡的聲音，好像經過了一個很多小蟲飛舞的地方。

軟床停了下來，常三公子被解下了眼罩。

這是個荒涼的郊外，夕陽絢爛，正是近黃昏的時刻。

兩個抬軟床的大漢，已經收起了軟床離去。

站在常三公子面前的，只有一個翠玉。

晚風吹來，飄起了常三公子的衣袂，也飄起了翠玉的秀髮。
常玉嵐嘆息了一聲，道：「夕陽無限好，只是近黃昏……」
「公子，明天太陽又會升上來了！」
常玉嵐笑笑道：「這裡是信陽城郊？」
翠玉點點頭，沒有回答。
但這已經夠了，打了半天轉，並沒有離開信陽，那百花夫人定住在信陽城中。
「會不會有人來接我們？」
翠玉道：「有，夫人的耳目遍布，隨時就可能聽到我們說話。」
常玉嵐四顧了一眼，道：「四野廣闊，不見人蹤，難道百花夫人真有順風耳不成？」
「看！那邊不是有人來了麼？」
真的有人來了。
十丈外，一片雜林中，緩緩的行過來五個人。
天色雖已黃昏，但常玉嵐仍然可以看得很清楚。
五個人，四女一男。
蘭、菊、蓮、梅四婢之外，還有一個穿著黑色長衫的年輕人。
黑衣無情刀，紀無情。
「紀兄，你……」常玉嵐儘量使自己平靜，但仍然無法壓制內心的激動。
紀無情笑了笑，笑得很黯然。

蓮兒一雙秀目，一直盯視著翠玉，卻很溫柔的向常玉嵐道：「公子，紀公子說要帶我們來見你，果然見到你了！」

「哦！你們沒事吧？」

「沒有，我們都很好，只是掛念公子的安危，所以我們也不敢反抗，公子，你也還好吧？」

蓮兒的話裡有一股酸溜溜的味道。

四婢中，蓮兒最美，最聰明，也最受寵愛，所以話也最多，她心中很不服氣，暗暗忖道：「我雖不比那位嬌艷的藍秀，但絕不輸翠玉……」

常玉嵐生長在脂粉群中，所以很了解少女心，由蓮兒的語氣神情中，已瞧出蓮兒的心意，笑笑道：「蓮兒，我很好。」

翠玉很知趣，她明白自己的處境，今後如若想追隨在常玉嵐身邊，必得先和這四個丫頭處好。看情形，蓮兒似是這四婢中的頭子。

輕移蓮步，行近蓮兒，翠玉微微躬身道：「我叫翠玉，姐姐是——」

「三公子身邊的丫頭，蓮兒。」

「我是奉了夫人之命，照顧三公子的。」

話中有話，表明了情非得已，奉命照顧三公子，又暗示了自己身分特殊。

「蓮兒，翠玉姑娘幫了我很大的忙。」

常玉嵐明確的表示了意見。

蓮兒立刻換上了一副笑臉，道：「翠玉姑娘，你是公子的朋友，我們只是追隨公子的丫頭，叫姐姐我如何敢當，以後叫我蓮兒。」

翠玉笑了一笑，道：「我也是從婢的身分，以後追隨三公子的身側，還要請諸位多多照顧。」

蓮兒道：「歡迎得很，咱們公子……」

紀無情突然嘆了一口氣，道：「常兄，現在兄弟發現了一件很重要的事。」

「什麼事？」

「女孩子比男孩子可人多了，如果兄弟還有回到紀家堡的機會，一定要選四個美麗的丫頭，授以刀法，以取代四位刀童，不讓常兄專美於前。」

常玉嵐笑了笑，但笑得很勉強。

六　嫁禍江東

紀無情雖然盡量使自己變得很輕鬆，但他的神情中，卻表現出無可奈何的哀傷。

「紀兄，見過了百花夫人麼？」

「見過了，兄弟就是奉了夫人之命，送還常兄的四位美婢，而且……而且……」下面的話竟說不下去了。

「紀兄，有什麼話儘管直說無妨！」

紀無情垂下了頭去，以極低的聲音道：「兄弟奉命來此，聽候常兄的調遣。」

常玉嵐暗暗忖道：「無情刀、斷腸劍齊名江湖，要他聽我的調遣，自然是件難以啟口的事了。」

「紀兄，我們是好朋友，目下的處境……」

翠玉突然輕輕的道：「三公子，有人來了！」

黃昏已盡，夜色透著迷濛。常玉嵐、紀無情轉頭四顧。果然見一個黑衣人，疾如流星而至。身在一丈之外，停下了腳步。

紀無情看著常玉嵐，冷冷的道：「什麼人？」

他胸中充滿了積忿，臉上泛起了濃重的殺機，右手已握在刀柄上。

黑衣人雙目盯注在紀無情臉上，語氣十分平和的說道：「三湘黃可依，今夜二更時分，經過那條官道……」

「哪一條官道？」

「正東方一里外。」

「你是——」常玉嵐運足了目力，希望能看清這黑衣人的形貌。

「曲五。」

「曲五，這不像一個人的名字。」

「本來就不是名字，只是一個排行號，不過我真的姓曲。」

常玉嵐忽然想到，百花夫人告訴過他，她的手下有五條龍，莫非這黑衣人曲五，就是五龍之一。

「曲兄還有什麼指教？」

「不敢當，曲五奉命前來支援三公子。」

常玉嵐笑笑道：「好！曲兄帶了多少人手？」

曲五道：「兄弟，和四個高手。」

「夫人還交代了些什麼？」

曲五道：「殺死黃可依，是最後的手段，夫人愛才，對這出身武當門下的黃可依，很想收為己用。不過，三公子是這一次攔截黃可依的主首人物，我們都聽命行事，如何處置，還要三公子決定。」

常玉嵐道：「我會見機行事，曲兄的人手……」

「已然守候在官道上。」

「二更時分，距此刻還早得很。」

曲五道：「夫人的指示、令諭，一直無誤，但夫人不大喜歡失敗，所以，我們一向很小心。」

常玉嵐道：「除了曲兄和四個手下之外，夫人還派有人麼？」

「這個兄弟就不知道了！」

「好，曲兄先行一步，和四個屬下會合，我和紀兄隨後就到。」

曲五一拱手，轉向而去。只見人影一閃，已消失在月色中不見了。

常玉嵐一直很留心觀察，發覺他輕功的修為，絕不在自己之下。

紀無情一直靜靜的站著，右手仍然握在刀柄上。

「紀兄，有些時候，必須忍耐點。」

常玉嵐儘量使自己的語氣平和、委婉動聽一些。

紀無情望著翠玉。翠玉立刻轉身離去。

紀無情道：「兄弟只覺得活的很窩囊。」

「為什麼？」

「唉……我……」紀無情轉注到四婢的身上。

常玉嵐揮揮手，四婢也轉身離去。

紀無情雙目轉注在常玉嵐的臉上，道：「常兄，你好像一點也沒有防範之心。」
「紀兄是說翠玉？」
「哼！女色害人，古人誠不欺我。」
常玉嵐道：「她們都避的很遠，紀兄不用多顧慮了！」
紀無情道：「常兄沒有中毒麼？」
「什麼毒？」
「女人身上傳來的奇毒。」
話已經說得很明白，紀無情著了道兒。
常玉嵐點點頭道：「那個女孩子……」
「被我殺了。」
「你……」
「我忍不下這口氣，要了她的命。」
「什麼時候殺的？」
「當她告訴我內情之後。」
「你見過百花夫人了？」
紀無情點點頭道：「見過了，百花夫人似乎並不太關心那個丫頭的生死，勸我留在百花門中。」
「紀兄答應了？」

「兄弟不是怕死，而是覺得死的太冤枉，所以只好答應了，可是——」

「可是什麼？」

「又覺得活的太窩囊，倒不如死了好些。」

常玉嵐低聲道：「紀兄，處此情景，要多多忍耐……」

紀無情道：「忍耐，忍耐到哪一天呢？每天都要服用她們的藥物，否則毒發而死，逃命的時間，不過十二個時辰，如不想死，就得永遠受她們的控制——」

「紀兄，事已至此，不忍耐別無良策。」

紀無情目光轉動，四下探視，口中卻緩緩說道：「常兄似乎很安於這份工作？」

「如不安於這份工作，紀兄，何以教我？」

「可惜呀！可惜！」

「可惜什麼？」

「兄弟四個刀童，竟然被留下，未能有一人追隨身側。」

「紀兄，如肯對百花夫人要求，也許會把四位刀童遣還——」

紀無情冷冷地道：「我已存必死之心，他們四人追隨我七個年頭，以身殉主也是應該的了，只是兄弟有個心願，卻很難完成。」

「哦！紀兄有什麼心願，何妨說出來，兄弟也許能代勞。」

「你我之間，似乎已是道不相同，只怕難相為謀了。」

言詞之間，已充份的流露出對常玉嵐的不滿。

常玉嵐心中忖道：「百花夫人詭計多端，我如和他坦然交談，盡說出胸中之秘，一旦洩漏，必遭殺身之禍，看來只有暫時隱瞞內情，挑起求生之意。」心念電轉，口中緩緩說道：「我們相交極深，紀兄有什麼事，只要兄弟能力所及，定會全力以赴。」

紀無情道：「說出來也不要緊，至於常兄肯不肯為我辦到，那已經無關緊要了。」

「兄弟洗耳恭聽！」

紀無情道：「兄弟死後，只望常兄把我的死訊傳給紀家堡，兄弟在九泉之下，亦將心領此情。」

常玉嵐沉吟了一陣，道：「紀兄如真有不幸，兄弟還活在世上，不論如何，定會把紀兄死訊，傳到紀家堡中……不過……」

「常兄，可是想勸兄弟，打消必死之心？」

「紀兄，死有重於泰山，輕如鴻毛，紀兄，要三思啊！」

紀無情冷笑一聲，道：「一個人的生死大事，完全操縱於別人之手，活著還有什麼意義呢？不過，常兄可以放心，紀無情不會白白死去，明日午時之前，我才會毒發而亡，在午時之前，我會用我有限的生命，取到足夠的代價。」

常玉嵐道：「紀兄的意思是……」

紀無情道：「三湘黃可依，是一位很有名氣的人，兄弟如能救他脫險，死而無憾！」

常玉嵐呆了呆道：「這個，紀兄恐怕是……」

紀無情接道：「我知道，此事，可能會和常兄直接衝突，不過，兄弟儘量避開常兄就是了！」

常玉嵐沉默了。
這是一個死結，紀無情是個說得出就能做得到的人。
常玉嵐在想，想一個能阻止這件事的辦法。
但紀無情堅決的神色，似乎是已經沒有商量的餘地了。
他是英雄，很難忍受把生命操縱在別人手中的痛苦。
忽然間，常玉嵐腦際間，閃過一點靈光，想起了姿色絕世的桃花——藍秀。
「紀兄，難道這個世界上，就沒有一個人可以使紀兄留戀生命麼？」
「不錯，我想不出我還有活下去的理由。」
「桃花，那位艷麗絕世，令人一見難忘的麗人。」
「你是說藍姑娘？」
「對！紀兄，我們是好友，也是情敵，我還想和紀兄一爭長短，看麗人屬誰！」
「這個……這個……」紀無情必死的意志動搖了，雙目中放射出炯炯光芒，道：「其實，兄弟真的死了，這對常兄而言，應該是有益的。」
常玉嵐道：「不，我要競爭，她親口告訴我們，給我們公平的機會。」
「但常兄似乎是已占了上風。」
「那是因為紀兄太消沉，你仔細想想吧！」
紀無情忽然閉上了雙目。
常玉嵐不再理會紀無情，舉步向前行去，他明白，藍秀已激起了紀無情求生的意願和希望。

今夜，浮雲掩月，景物依稀可見。
二更時分，大地一片靜寂。
通往襄樊的官道上，忽然響起了一陣得得蹄聲。
敲碎了夜暗的寂靜。
一匹快馬疾掠而至。
常玉嵐並沒把攔阻此人的工作，寄望於曲五的身上，飛身一躍，擋在路中。
蘭、蓮、菊、梅，跟著行動，四條人影連翩而出，分列在常玉嵐的身側。
五個人一字排開，站滿了大道。
馬上人一勒韁繩，奔行的快馬突然一聲長嘶，停了下來。
馬上人很年輕，看上去並不英俊，但臉上線條明朗，給人一種緊毅、明快的感覺。
常玉嵐冷冷一笑道：「黃可依？」
「不錯，閣下是……」
常玉嵐沒有回答。
黃可依目光轉動，打量了四個女婢一眼，緩緩說道：「『斷腸劍』常三公子！」
常玉嵐輕輕吁了口氣道：「不錯！黃大俠好眼力。」
「當今武林之中，除了常三公子，華衣駿馬，美婢相隨之外，還有什麼人有這種氣魄呢？」
常玉嵐心中暗道：「半夜攔路、截車之意，已然十分明顯，但總不能拔劍就殺，總要找一個翻臉的藉口才行。」

心中念轉，口中冷冷說道：「怎麼，黃兄，可是對兄弟這排場看不順眼？」

黃可依縱聲大笑道：「常三公子風流不下流，美人常隨，不及於亂，江湖道上有誰不知，兄弟對常兄這份定力，敬佩得很。」

這也正是常玉嵐覺得自豪的地方。

這幾句話，常玉嵐倒是聽得順耳得很。

但目下處境，有如人上虎背，箭在弦上，不得不發。

儘管常玉嵐內心之中對黃可依有著一股英雄相惜之感，但口中仍冷冷的說道：「黃可依，你好大的膽子，你敢諷刺我？」

微微一笑，黃可依緩緩躍下馬背道：「常兄，欲加之罪，何患無詞，你深夜攔道，已經是一副非戰不可的姿態，至於言詞罷，借故生非，似乎多此一舉了！」

常玉嵐忽然感到臉上有些發熱，幸好夜色昏暗，看不見臉上的羞紅。

黃可依彈彈長衫上的積塵，緩緩說道：「常家的劍法，天下馳名，黃可依如若不願束手就縛，只怕要勞動三公子出手一戰了。」

常玉嵐道：「武當派以劍法領袖武林，黃兄又自稱武當俗家弟子中第一高手，今宵有緣相會，當得領教高招。」

黃可依淡淡一笑道：「常兄不遠千里而來，就算兄弟不顧應戰，只怕也很難推辭得了……」

常玉嵐一咬牙道：「那就亮劍吧！」

黃可依緩緩取下身佩長劍，淡淡笑道：「能與『斷腸劍』三公子放手一搏，也是人生一大樂事，不過，兄弟希望了解一事。」

「什麼事？」

「彼此素昧生平，可依也自信行為謹慎，不敢有所錯失，常兄千里來此，深夜攔道定有原因，不知可否見告，交手為了什麼？」

常玉嵐沉吟了一陣，道：「黃兄威震三湘，自稱為武當俗家第一名劍，兄弟不服得很。」

黃可依縱聲大笑道：「常三公子何等英雄人物，想來不會謊言相欺，這番話，可是出自內心麼？」

常玉嵐突然嘆息一聲，道：「黃兄既知兄弟有難言之隱，又何必苦苦追問呢？」

說話之間，劍已在手。說完話，忽然一劍刺了出去。

常家的劍法，以快速見稱江湖，這一劍，快如閃電一般。

黃可依閃身避過，沒有還手。

常玉嵐一皺眉，道：「黃兄，可是瞧不起兄弟，不屑還手？」

黃可依嘆息一聲，道：「常兄的劍法凌厲，兄弟擔心，一旦動上了手，只怕會鬧出一個很悲慘的結果。」

常玉嵐道：「黃兄儘管出手，常三死於劍下，亦是絕無怨言。」

黃可依神情肅然的說道：「如果是常兄殺了兄弟呢？」

常玉嵐道：「武當派會為黃兄報仇……」

黃可依道：「如若武當派和常家有了衝突，那不是江湖之福，比起你我的生死之事，更是小巫見大巫了。」

常玉嵐沉吟不語。

武當派在江湖上的勢力，非同小可，真要和常家拚上了，常家很難抵拒得住，至少，也會是一個兩敗俱傷的結果。

只聽一個冷冷的聲音接道：「如果武當派不知道這件事情，而且常三公子也不承認，這件事就神不知鬼不覺了。」

黃可依轉頭看去，只見一個黑衣人站在道旁，腰中佩刀，一長一短，兩把刀。

「什麼人？」

「用不著通名報姓，在下只是揭穿你心中的畏懼。」

「畏懼，我畏懼什麼？」

「死亡。」

黃可依冷然一笑，道：「笑話，大丈夫生而何歡，死而何懼，我——」

「你還胸懷希望，希望武當派中會趕來接應你，在下要提醒你的，你的想法錯了，送你的人，已經掉頭回山，接你的人，還在百里之外。他們不會連夜趕路，也不會找來這裡，除非是他們等候得太久，不過那該是三天以後的事了。」

黃可依道：「諸位對在下的事，倒是清楚得很。」

黑衣人道：「謀定而後動，咱們從不做沒把握的事。」

黃可依長長吁了一口氣，道：「閣下能夠支使常三公子，自非無名之輩，何以不肯報上姓名？」

黑衣人道：「黃可依，你又錯了，常三公子才是咱們這次行動的首腦人物，區區只不過是聽命行事而已。」

常玉嵐心中忖道：「好利害的嫁禍手法，黃可依今夜如能突圍而去，我就是跳入黃河也洗不清這個誤會了。」

難處在，常玉嵐還不能出言說明。

這個黑鍋是揹定了。

果然，黃可依的目光，已轉向常玉嵐。

「我實在想不明白，金陵常家和武當派會有些什麼樣的仇恨，而使我們必須做一場生死之拚？」

誤會已完全對準了常家。

常玉嵐苦笑了一下，道：「有些事情的發生，不一定要有仇恨。」

「哦！那總該有個原因了？」

「有。」

黃可依道：「兄弟願聞其詳。」

常玉嵐道：「以你的成就、盛名，就是招致今夜事件的原因。」

黃可依冷冷地道：「金陵常家難道……」

「常家如何？似乎不是現在要討論的事，眼下最重要的是你黃兄的命運。」

「常兄的意思……」

「你只有兩個選擇，一是降，一是死。」

黃可依搖搖頭，道：「常兄，在下選擇的是放手一搏，常家的劍法雖然高明，但卻未必能就殺得了我。」

忽然飛身而起，擊出一劍。

出手一擊，常玉嵐已看出遇上了勁敵。

黃可依的武功成就，絕不會在無情刀紀無情之下。

躍起揮劍硬接，金刃交鳴聲中，兩個人同時落著實地，這時那黑衣人已然悄無聲息的移動了位置，長短雙刀，同時出鞘。

黃可依心中對這一戰，一直覺得很突然、詭異，並無戀戰之心。

就在他猶豫難決的時刻，那黑衣人已攻了過來。

長刀劈出，黑衣人才冷冷的說道：「黃可依，你已身陷重圍，想突圍而逃的機會，是絕無可能。」

就只兩句話的工夫，已攻出了五刀。

黃可依封開五刀，還了六劍。

他的修養工夫很好，雖然十分不滿這種暗襲圍擊的打法，但還是忍下了沒出口責問常玉嵐。

但常玉嵐卻是極感不安，他究竟是出身武林世家，學的是護身、保命的技藝，對敵手法不見得十分光明，動手相搏時劍招極為狠辣，但行事卻很光明，眼看曲五突施襲擊，心中大大不以為然，但卻無法喝止。

就在他猶豫之際，曲五和黃可依，已展開十分激烈的拚殺。

對常玉嵐，黃可依似乎是一直有些忍讓。

但對曲五就完全不同了，劍勢凌厲，著著迫攻，曲五的長短雙刀，雖然變化詭異，但仍被黃可依連綿的快劍，迫落了下風。

武當劍法，畢竟不凡。

常玉嵐審度情勢，心中大感為難，黃可依表現出的造詣，已非一己之力可以取勝，但又極不願和曲五聯手合攻。

他初入百花門，還無法適應百花門中的行事方法。

曲五已在黃可依強厲的劍勢下，有些招架不住。

只聽那黑衣人冷冷的開口說道：「三公子，如不及時出手，等我傷在對方劍下，你想留下黃可依的機會就不大了。」

話雖說的很婉轉，但卻無疑是一種正面的警告。

常玉嵐一咬牙，揮劍而上。

黃可依封開了常玉嵐的兩劍之後，立刻退後三步，冷笑一聲，道：「三公子準備以多取勝了？」

常玉嵐嘆息一聲，道：「黃兄，這不是一場爭名之會，除了兄弟之外，還有高手隱伏，縱然黃兄能勝過我，也無法脫過今夜之危。」

黃可依冷冷說道：「聽常兄口氣，似乎非殺我不可了？」

「不！黃兄可以棄劍投降，就像兄弟一樣——」

「你？你不是代表金陵常家……」

常玉嵐有些羞愧的道：「不是，兄弟也是受命而來。」

黃可依一臉驚異之色，道：「受命而來，不知是受何人之命？」

「這個，黃兄如肯降服，自然就會明白了！」

只聽另一個聲音說道：「不錯，常三公子身不由己，黃兄，你只能在死亡與降服間，選擇其一。」

「你又是誰？」

「紀無情。」

一身黑衣的紀無情，仗刀緩步而出。

黃可依打量了紀無情一眼，突放聲大笑道：「可笑啊！可嘆啊！」

常玉嵐道：「黃兄……」

黃可依冷冷接道：「『南劍』常世倫、『北刀』紀飛虎，是何等英雄人物，兩位都是承繼盛名少年俠士，今夜，怎的……」

他心中氣忿、震驚，兼而有之，竟然無法罵出口來。

紀無情道：「怎的竟是如此不肖，有辱南劍、北刀的盛名，對麼？」
黃可依道：「豈止是有辱盛名，簡直是叫人難以相信。」
常玉嵐道：「江湖多變，有些事身難由己，黃兄如肯聽兄弟相勸……」
黃可依冷冷接道：「道不同不相為謀，常兄，出手吧！」
常玉嵐嵌身而上，猛然發劍。
黃可依不再相讓，揮劍還擊。
雙劍翻飛，展開了一場十分激烈的搏殺。
常玉嵐一面揮劍搶攻，一面低聲說道：「黃兄，留得青山在，不怕沒柴燒。」
黃可依道：「活著受人譏笑、唾罵，何如奮戰一死？」
曲五和紀無情沒有出手幫忙，兩個人只是靜靜的站立一側觀戰。
黃可依是真動了拚命之心，劍招的快速、凌厲，招招指向常玉嵐的全身要害大穴之處。
這就迫得常玉嵐不得不全力應戰。
一個是武當門下的傑出弟子，一個則盡得家學真傳，兩個少年英豪，因這一戰，各出全力，當真是看得人眼花撩亂，目不暇接。
曲五回顧了紀無情一眼，低聲說道：「拖延時間，對咱們有害無利，咱們一起上去吧！」
紀無情皺皺眉頭，道：「合力群攻一人，一旦傳揚於江湖之上，豈不要落人笑柄？」
曲五道：「咱們百花門行事，一向是只問目的，不擇手段，這一點，只怕還得閣下認清適應。」

紀無情望著曲五，冷冷道：「你是在教訓我？」

曲五道：「我倒不敢，在下只是告訴紀兄，百花門不是個很光明的組織，我們的人向在暗中行事。而且，夫人有著講求效率，不允許失敗的絕對要求，對失敗的人，有著相當嚴酷的懲罰……」

「我知道。」

「紀兄知道最好，不能收服黃可依，那就只有殺了他，而且咱們也不能等得太久……」

「太久的意思是？」

曲五解釋道：「天亮之前，這個地方是武當派的勢力範圍，隨時會有武當門下弟子出現於此。」

紀無情轉臉望去，只見黃可依劍如輪轉，攻多守少，隱隱間，他似已占得上風，不由一嘆道：「他是難得的年輕劍客，殺了他實在可惜。」

曲五淡淡一笑道：「如若不是因為他劍術超絕，夫人又怎麼會讓二位同時出動呢？」

紀無情心中忖道：「黃可依能對付常玉嵐，我收拾曲五這小子，大概勝算很大，如若我現在出手，以握智珠，縱然難逃明日毒發一死，但揭發了百花門的秘密，雖死無憾。」

他的手握在刀柄之上。

無情刀已隨時能發出雷霆的一擊。

紀無情的目光，表面上仍然注視著常玉嵐和黃可依的拚搏，但他真正注意的人卻是曲五。

他不知道，這裡有多少人手，但現身的只有一個曲五。

他也無法預測和曲五動上手後，會變成一個什麼樣子的局面，會引出多少伏兵，但他相信，只要能一擊殺死曲五，縱然能引出另外的伏兵，以黃可依的造詣之高，在自己全力掩護之下，黃可依仍有機會逃走。

黑衣無情刀究竟是一代人傑，他有著絕對掌握自己的主張。

常玉嵐的說服力量不夠強烈，桃花姑娘留給他的癡迷，也在他精密的推斷中，失去了影響。

他決定以生命做代價，對武林中提出一個警告。

在生死和榮譽之間，紀無情決心選擇了榮譽。

但現在唯一使紀無情感覺到困難的是蘭、蓮、菊、梅四婢，這四個可愛的丫頭，很可能會出手攔阻。

只聽曲五冷冷說道：「紀兄，黃可依劍法精絕，紀兄怎不出手助常兄一臂之力……」

紀無情冷笑一聲道：「你是什麼東西，也敢對我紀某人呼來喝去？」

曲五微微一怔道：「你——」

一道飛起的刀光，已暴射而至。

刀光帶起冷芒，籠罩了八尺方圓。

紀無情已然出手，曲五已完全被刀光罩住，除了出手封擋之外，曲五已無法脫出刀光的封鎖。

曲五長劍揮出，封住了一刀。

但紀無情殺機已動，一刀之後，連綿攻出了一十七刀。

十七刀連綿成一片凌厲的刀網，剎那間，一氣攻出。

曲五封開了十七刀，但身上卻受了兩處刀傷，傷勢不太重，還未失去抵抗的能力，但也鮮血淋淋，看上去狀至狼狽。
這突然的變化，使得翠玉和四美婢看得目瞪口呆。
曲五的危機迫在眉稍，翠玉直覺的認為必須要阻止紀無情。
她了解百花門，一次失敗的後果，至少會牽連到常玉嵐和四婢的生命，絕不是紀無情一個人的生死！
百花門，一向不接受失敗。
但百花門對成功的人，也很重賞。
重賞重懲，是百花夫人統治這個神秘門戶的秘訣之一。
「快些出手，攔住他，不能讓他殺了『他』。」
她的意思很明顯，蘭、蓮、菊、梅都知道，「他」是指曲五。
但四婢沒有動。
她們只肯聽常玉嵐的令諭，也最關心常玉嵐的安危，而常三公子，此刻正和黃可依打到了勝負將分的生死關頭。
自然，四婢也想到了紀無情殺死了曲五的嚴重後果。
但翠玉知道得更清楚。
她輕輕嘆息了一聲道：「他死了，我們都最好自絕而死。」
蓮兒一皺眉道：「為什麼？」
生命畢竟是珍貴的，陪一個不相干的人死去，實在是一件很不值得的事。

翠玉笑笑道：「因為有些痛苦，比死亡更難承受。」

只有翠玉知道，百花門懲治叛徒的手法，是如何的殘酷，那不是一個人所能承受得了的痛苦。

忽然間，紀無情收刀而退，曲五長長吁了口氣道：「你失去了這個殺死我的機會，就永遠不會再有。」

紀無情沒有回應，只怔怔的看著他的身後。

「你的刀法雖然凌厲，但最重要的還在你搶去了先機，我也許不能和你平分秋色，但我只要有準備，還可自保……」

忽然間，曲五發覺了，紀無情根本沒聽他說話。

隨著紀無情的眼神，曲五向後望去。

就在他身後三尺處，不知何時，站著一個長髮披垂的少女，一襲白色的衣裙，夜暗中看上去十分清晰。

曲五駭然向後退了五步。

紀無情忽然揚起了右手，冰冷的刀鋒已架上了他的頸上。

白衣少女望著紀無情微微一笑，緩步走向常玉嵐。

「兩位可以住手了！」

聲音嬌脆，但卻很低。

但捨命苦鬥的常玉嵐和黃可依，卻聽得十分清楚。

常玉嵐封架黃可依攻來的一劍，疾退八尺。

黃可依也收住了劍勢。

「是你……」

常玉嵐的聲音有些顫抖，顯是驚異的無法控制。

「很意外嗎？」

「是！完全意外，藍姑娘竟然一直留在這裡？」

來人正是藍秀。

「我一直很關心你們……」

藍秀目光轉動，同時看了常玉嵐和紀無情一眼，這位絕世無倫的少女，在紀無情和常玉嵐之間，一直保持著一種微妙的平衡。

藍秀又道：「你們為我付出了很大的犧牲，我怎能坐視不動。」

淡淡的一句話，表現了無比的關心。

常玉嵐、紀無情都聽得十分感動。

黃可依目注藍秀，道：「你是——」

紀無情接道：「她是仙子。」

黃可依道：「仙子？什麼仙子？」

藍秀道：「桃花仙子。」

「哦！是桃花仙子，那也是百花門中的人了？」

「你也知道百花門？」

「今天晚上才聽到這個組織的名字。」
「那你怎麼就認定我是百花門中的人？」
「桃花也是花的一種，而且，在百花之中代表著——」
「艷麗。」
「也很輕薄，所以在百花之中，它的排行很低。」
紀無情怒道：「黃可依，你說話放肆得很。」
藍秀道：「別怪他，他說的有道理。」
黃可依大笑道：「想不到啊！百花門下也有講道理的人。」
藍秀冷冷地道：「黃可依，你可明白你現在的處境？」
「我知道，很危險，我的機會是九死一生。」
藍秀道：「這一次，你估計錯了！」
黃可依望望紀無情架在曲五頸上的刀，心中暗暗奇怪，暗忖：「這是怎麼回事，他們怎麼會自相殘殺起來？」
心念轉動，口中道：「仙子的意思，是說無一線生機了？」
「那倒不是，你現在連一分的危險也沒有了！」
黃可依淡淡一笑道：「只怕姑娘還沒完全了解在下。」
「我了解，『三湘大俠』黃可俠，頭可斷，血可流，志不可屈。」
「那很好，諸位可以出手了！」

藍秀道：「出師未捷身先死，常使英雄淚滿襟……」

黃可依冷冷接道：「大丈夫立身處世，仰不愧天，俯不怍地，生不負人，死而何憾……」

名門大派的弟子，果然非同凡響。

常玉嵐、紀無情聽得都有些慚愧之感。

藍秀笑笑道：「黃大俠的氣節凜然，可佩可敬，不過，這和江湖風浪，蒼生苦難，有什麼幫助呢？」

黃可依呆了一呆道：「這個……這個……」

藍秀道：「黃大俠為武當門下百年來最傑出的弟子，雄圖未展，大志未伸，就這樣壯烈成仁，實非武當之福，也有負令師培養的苦心了。」

黃可依有點黯然的嘆道：「可悲的是，世上事難有兩全之美，我黃可依出生清白，總不能為了苟全性命，屈志賣身，投靠百花門下吧？」

藍秀淡淡一笑道：「白蓮能出污泥而不染，黃兄只要立身正大，權變一時，又有何妨呢？」

黃可依怔了怔道：「姑娘可否說的清楚點？」

藍秀道：「其實，目下的情形已經很明顯，黃兄只要稍用心思觀察一下，應該心有所悟才是。」

點點頭，黃可依望著紀無情，道：「在下也正覺奇怪，何以，他們會忽然倒戈相向，自相殘殺起來？」

紀無情冷哼一聲道：「黃可依，就算你是個呆子，這真刀真槍的殺法，你也該看出一點頭緒了！」

黃可依道：「咳！在下的江湖經驗，實在欠缺了點。」

紀無情道：「這全場之中，除了翠玉之外，就這小子是真正的百花門中人，殺了他和翠玉，那就一切太平了。」

常玉嵐道：「他們作事小心，只怕這周圍會有埋伏。」

藍秀道：「有，不過都被我制服了。」

紀無情道：「有多少人？」

藍秀道：「四個，都被我制住了穴道，我已經很仔細的勘查過四周，除非百花門別有安排，他們暫時不會把消息傳出去了。」

黃可依看的有些茫然，道：「這究竟是怎麼回事？」

藍秀淡淡地道：「簡明點說，就是要你活下去，和常玉嵐、紀無情一樣，混入百花門中去。」

黃可依道：「那豈不是要引起本門中很大的誤會？」

藍秀道：「關於這一點，你倒不用擔心，因為，一旦真相大白時，你會受到更大的尊重。」

「這個，在下……」

「你不相信？」

「茲事體大，必須要慎重處置才行。」

藍秀點點頭道：「三公子，把事情說給他聽。」

常玉嵐很仔細的描述了事情的經過。

黃可依被說服了。

紀無情卻輕輕的嘆息一聲，刀光一閃，曲五的人頭突然滾到地上。

藍秀望望紀無情沒有說話。

常玉嵐卻淡淡一笑道：「紀兄，你……」

「我是替你們想，留下這個曲五，總是個禍害。」

紀無情還刀入鞘，神情落寞。

藍秀柔聲道：「你替他們想，難道你……」

紀無情道：「不錯，我準備走了，我要回紀家堡去。」

「為什麼？」

「唉……」

「你有什麼難言之隱麼？」

紀無情苦笑道：「我中了毒，希望在毒發之前，快馬加鞭的趕回紀家堡去，我要死在從小生長的地方。」

藍秀笑了一笑，柔聲道：「紀兄，你怎麼能這樣就死了呢?你答應我的事，還沒替我辦到。」

紀無情嘆了一口氣，目注遠方道：「世上有很多的諾言，無法實現，也有很多事情，無可奈何。」

藍秀道：「我聽說百花門中很多人，都被毒藥控制住，又不是你一個，為什麼你一定要死？」

紀無情悠悠的道：「世上有很多種人，有些人可以忍辱負重，有些人卻是無法忍受折磨的。」

藍秀道：「紀兄，小妹可以解你的毒，不過……」
紀無情雙目閃現神光，道：「你能……」
「可是太費時間。」
紀無情黯然不語。
藍秀道：「解你身中之毒的事，包在小妹身上，但不是現在。」
紀無情道：「知道自己身中奇毒，精神上的壓力重過實質的生死，我知道，百花門沒有發覺內情之前，絕對不會讓我死，但我精神上不能負擔這個壓力……」
藍秀道：「紀兄養尊處優，忽然間遇上了這種事情，心理上自是很難適應，不過——天欲降大任於斯人……」
紀無情搖搖頭，接道：「姑娘，我已萬念俱灰，心如枯井，只求姑娘允許在下離去，回紀家堡。唉！本來，我已決定助黃兄一臂之力，讓他逃離此地，以便揭露百花門之秘，但卻沒料到姑娘及時趕來，這對我已經是很快慰了……」
黃可依道：「紀兄盛情，兄弟十分感激！」
常玉嵐道：「紀兄急欲趕回紀家堡，可是貴堡中藏有解毒丹？」
紀無情道：「連藍姑娘都無法解的毒性，就算紀家堡有藏藥，也是無法解毒，兄弟趕回紀家堡，只是想見父母一面罷了。」
常玉嵐道：「這個，紀兄——」
藍秀突然低聲說道：「紀兄，請聽小妹一言……」

她說些什麼，除了紀無情之外，沒有人聽到。

但常玉嵐和黃可依都看到了結果，紀無情剛才那種茫寂的神情，突然間振奮了起來，精神煥發。

同時，他也答應留下來。

黃可依有充份的時間，去打量藍秀。

他見過不少美女，但卻從未見過像藍秀這樣的美女，她似乎是個無美不備的女人，散發著一股誘惑力。

像黃可依這種習練武當上乘心法的高手，也無法抗拒。

所以，黃可依看清楚了藍秀之後，不敢再看，立刻轉過頭去。

藍秀激起了紀無情的豪壯之氣，也告訴他應變的方法，便飄然離去。

她了解自己，絕對不能和男人相處太久，那種強烈的誘惑，會使任何一個男人，失去克制自己的能力。

紀無情雙眉高挑，朗朗說道：「咱們殺死了曲五，但他是死在黃兄的劍下。」

黃可依道：「我明白。」

紀無情道：「所以，黃兄最好在他身上再刺兩劍。」

黃可依依言施行。

紀無情又道：「現在，還要請黃兄殺死四個埋伏的敵人。」

「這個……」

「黃兄，決不能猶豫，也許百花門會很相信常兄的話，不會檢查他們的屍體，但咱們不能不防。」

「好吧！」

紀無情的目光，移注到常玉嵐的身上，道：「常兄，有一件重要的事，要常兄自己來決定了。」

常玉嵐道：「紀兄只管吩咐。」

紀無情道：「要不要把翠玉也殺了？」

常玉嵐道：「紀兄，殺光了百花門中所有的門人，咱們就算把黃兄帶回去，百花夫人也不一定會相信啊！」

紀無情道：「留下她的危險，比殺死她大上十倍，除非……」

「除非怎樣？」

「常兄有把握能使她和咱們合作？」

「我保證。」

紀無情大笑道：「我和黃兄的性命全都交到你常兄的手上了，你要多多小心才是啊！」

「我知道。」

「好吧！兄弟相信常兄對付女人的手段。」

看著紀無情開朗的神情，和剛才判若兩人，常玉嵐心中暗道：「藍秀確實有過人的魔力，不知她用的什麼方法，只幾句話，就把紀無情由消沉中激勵起來。」

三個人統一了說法之後，立刻點上了黃可依的穴道。

紀無情扛上了黃可依，道：「咱們走吧！」

常玉嵐道：「等一等。」

突然拔劍攔在紀無情的面前，道：「什麼人？」

「我！」一個黑衣大漢，疾如流星般飛奔而來，我字出口，人已到了常玉嵐的身前三尺處。

這人臉色如墨，又穿上了一身黑色的衣服，夜色中，很難看清楚。

常玉嵐暗中提聚真氣，手握劍柄，蓄勢待發，口中卻冷冷的說道：「閣下是幹什麼的？」

黑衣大漢笑笑道：「楊三，閣下是『斷腸劍』常玉嵐？」

常玉嵐心中一動，忖道：「楊三，五條龍中的第三條。」

百花門這個組織，雖然神秘，但卻神秘中有序，用姓加上排號，不但掩去了本來的身分，而且一目了然。

常玉嵐無法一下想透的，就是所謂的五條龍，是以年齡大小排列，還是以武功高低來排列？

常氏家族是一個思維慎密的家族，他們對下一代的教育，不但要求能維護常氏家族的聲譽，而且還要具備求生和應付各種變化的能力。

所以，他們在武功上求精求進，也在觀察事物上具有超越的能力，以及應對事物上有著很大的推斷能力。

楊三望望曲五的屍體，淡然一笑道：「我是奉命來協助三公子的，看樣子，我似乎是趕來的晚了一些。」

「一場激烈的搏殺，已成過去，我們有了很大的傷亡，但卻未辱命。」
「三湘黃可依本是個很難對付的人物，但常兄卻能適時完成任務。」
楊三口中讚譽著常玉嵐，人卻行到了曲五的屍體前面，看了一陣，又道：「黃可依的劍法，很凌厲。」
紀無情冷冷說道：「他太好強了一些，如若他能等我和常兄聯手對付黃可依時，他就不會死在黃可依的劍下了。」
楊三看看紀無情，又看看他肩上扛著的黃可依，道：「常兄，死的是——」
「曲五。」
楊三震動了一下道：「曲老五……」
「怎麼?你不認識他?」
「我知道他。」
「那你怎麼……」
「可惜，第一次見面，他已經死去了。」
常玉嵐嘆息一聲道：「相見爭如不見，你來的是晚了一些。」
楊三道：「不知道我還能為常三公子做些什麼事?」
「今夜來說，一切已經結束，希望以後我們還有見面的時候。」
楊三一抱拳，道：「我告辭了，希望三公子見著門主時，能據實說出我趕到的時間，我已盡了最大之力。」

常玉嵐望望天色道：「門主問起時，我會的。」

楊三道：「我會記下常三公子的好處。」

突然轉身一躍，消失在夜色中。

紀無情望望翠玉，舉步向前行去。

常玉嵐明白他的用心，翠玉已變成了一個關鍵人物，她目睹一切經過，如若還讓她活著，她就操縱了眼下所有人的生死。

翠玉緩緩拔出一把匕首，低聲道：「看來，我死了才能使你們放心。」

常玉嵐突然出手，抓住了她的右腕，道：「你活著更有價值，你能有自絕的勇氣和決心，自然也有辨別是非的能力。」

翠玉點點頭道：「我明白公子的意思。」

常玉嵐低聲道：「那就好，我對你充滿感激，也充滿信任。」

「我不會讓你失望的。」

生活在凶險中的人，像常常磨淬的刀刃，使智慧早熟。

常玉嵐一行人走得不快，他們不急於趕路。

望望已明的天色，紀無情突然嘆了一口氣，道：「大白天，扛著一個人走，實在不大好看，可惜，我那四個刀童不在——」

常玉嵐笑了笑，道：「紀兄，我們要相信夫人，她會在我們需要的時候，前來接引我們。」

一陣格格的笑聲，突然飄送過來，道：「常三公子，果然是聰明人。」

常玉嵐停下了腳步，微微垂首，道：「怎敢勞動夫人大駕！」
「我說過，我會重罰，也會重賞，對一個聰明和能幹的人，我一向非常愛護。」
常玉嵐道：「我很慚愧，不能照顧得很周到，黃可依劍法的凌厲，幾乎使我束手，除了翠玉，他們都死在黃可依劍下。」
一輛蓬車，突然馳了過來。
車中傳出了百花夫人的聲音，道：「你們生擒了黃可依，還是值得重賞。把他送上蓬車吧！」
車簾掀動，一個青衣少女飛躍而下。
紀無情把黃可依送上了蓬車。
蓬車立刻掉頭馳去。
青衣少女笑笑說道：「諸位累了，我帶你們休息去。」
常玉嵐道：「夫人不見我們了？」
「會的，不過不是現在。黃可依突然失蹤的事，會引起武當很大的震動，也會引起中原武林的驚慌，一個龐大的搜索行動，即會展開，夫人必須要諸位避開這場麻煩。」
常玉嵐不再多問，隨著那青衣少女行去。
那是一片茅舍，僻處在一處很荒涼的郊野中。
茅舍中，是一對白髮蒼蒼的老夫婦。
他們對闖進來的人，沒有喝問，只是瞪著眼睛看。
青衣少女對這對白髮老人似是極為尊重，由身上取出了一面朱牌，遞了過去。

白髮老人沒有伸手去接，只看了那朱牌一眼，緩緩站起身子，走向一處壁角，伸手在泥牆上一推，壁角突然裂開一個門戶。

青衣少女道：「咱們進去吧！」

常玉嵐、紀無情和四婢、翠玉，再加上那個青衣少女，魚貫而入。

那門戶直入地下一丈多深。

上面看去，那只是一座不起眼的茅舍，但進入地下密室，卻完全不同。

觸目白綾幔繡，地上鋪著很厚的白色毛氈，這一座地下密室，十分寬大，除了兩丈見方的大廳外，還有十個房間。

青衣少女笑笑道：「諸位請在此地好好休息一下，我要趕回去覆命了！」

「姑娘，我們要……」

青衣少女接道：「你們要的，這裡大概都有，萬一有什麼不全之處，諸位只好委屈一下了。」

紀無情道：「姑娘，你誤會咱們的意思了，常兄問你的是，咱們要在此地停留多久才可出去？」

青衣少女微微一笑，道：「不會太久的，過了這一陣風頭之後，夫人自會派人來接你們的。」

紀無情道：「姑娘的意思是說，我們這一住下來，不知何時才能出去了？」

「我確實無法回答諸位。」

常玉嵐揮揮手，道：「好了，姑娘請去吧！吩咐他們一聲，把我們需要用的東西準備好。」

他意在言外，但那青衣少女卻聽得很清楚，笑笑道：「常爺放心，越是重要的東西，越是準備的充分，絕不會誤事。」
紀無情道：「咱們留此時日不定，這座地下密室，雖然設備豪華，但白晝如夜，漫漫時光如何度過，必須有些好酒——」
青衣少女道：「此地存酒甚豐，什麼酒，只管吩咐。」
「這裡想必也有桃花露了？」
青衣少女呆了呆，道：「這個，我就不知道了，不過紀公子想喝桃花露，我會把這件事告訴夫人，夫人必會使諸位如願。」
常玉嵐道：「姑娘見到夫人時，請代我們致謝一聲——」
「婢子一定傳到。」
目送那青衣少女離去之後，紀無情突然長嘆了一聲，道：「論隨機應變之道，在下確實不如常兄。」
常玉嵐一揮手，蓮兒突然一個箭步，躍落門邊，以耳貼門，凝神靜聽。
蓮兒特受常玉嵐的寵愛，自有她可人的地方。
常玉嵐道：「紀兄生性耿直，自具大俠之風，小弟萬萬不及紀兄磊落氣度。」
紀無情苦笑道：「常兄通達轉變，才是領袖之才。」
「紀兄，藍姑娘可已傳授了紀兄解毒之法？」
紀無情怔了怔，道：「常兄的觀察之能，也是叫兄弟佩服得很。」語聲一頓，接道：「她已取走了兄弟身上一粒解藥，希望能找出解毒之法。」

翠玉突然接道：「世上如若真能配出那種解毒的藥物，百花門的實力，立刻可以消去一大半。」

蓮兒突然揚手急揮，而且，人也疾快的滑了回來。

這說明了正有人行了過來。

常玉嵐應變很快，一面示意蘭、菊、梅三婢行入臥室，一面和紀無情相對坐下。

暗門大開，進來的是兩個很標緻的村女。

十八九歲的年齡，粗布衣服，紮著兩條大辮子。

唯一不同的是，少了村女那份羞怯，她們二人進門之後，四道目光，竟然到處打量觀看。

紀無情想發作，但卻強忍下來。

常玉嵐很客氣，客氣地站起身子，道：「兩位姑娘是——」

左面的村姑笑了笑，道：「我叫小風。」

右首的村姑接道：「我叫細雨。」

常玉嵐道：「小風、細雨，兩位姑娘的名字，聽起來倒是別緻的很。」

小風道：「咱們奉命來此侍候各位，各位有什麼需要，只管吩咐。」

常玉嵐道：「先準備一些精美的食物……」

小風道：「有。」

常玉嵐道：「幾壺好酒。」

細雨道：「桃花露只有一罈，喝完了那就喝別的了。」

紀無情道：「有一罈就好。」

小風道：「酒菜立刻送到，諸位還想要什麼，一併吩咐，我們派人去採辦，此地離縣城有一段距離，往返需時，有些東西，諸位吩咐下來，咱們還要採購時間。」

紀無情冷冷地道：「在下冒昧的請問一聲，兩位姑娘可不可以留下伴宿？」

他身中奇毒，對百花門的人，充滿著恨意，雖然極力克制，但如遇上機會，總想給對方一點難看、屈辱，稍出心頭之恨。

細雨望望蓮兒、翠玉，道：「兩位身伴美女如雲，哪裡還會看上我們這布衣荊釵，粗俗女子。」

紀無情道：「不必顧左右而言他，行不行一句話就是。」

細雨道：「我們奉到的令諭是，只要我們能做到的，滿足各位一切要求。」

紀無情道：「那是說，兩位可以留下來了。」

小風道：「門規森嚴，如是兩位一定要我們留下來，那也是沒法子的事了。」

紀無情哈哈一笑道：「小風姑娘，你可知道，我身中奇毒，而且，這種毒可以傳給別人麼？」

小風道：「知道。」

紀無情道：「好，姑娘這份視死如歸的豪氣，叫在下好生佩服。」

小風道：「只怕有一點，公子還不太了解。」

「說說看！」

「咱們進入百花門之後，已決定要為百花門奉獻一切，就算是明知道公子身上有毒，怕也只好任憑奇毒傳染了。」

紀無情呆了一呆，半晌說不出一句話來。

這真是一件不可思議的事，對這種致命的奇毒傳染，這兩個丫頭，竟似是完全不放在心上。

小風、細雨雖然長得不錯，但紀無情並非好色之徒，這兩個人的姿色，也不足以引起紀無情的欲念之心。

天下能使紀無情無法克制自己情慾的，只有一個藍秀。

常玉嵐笑了笑道：「紀公子不過是隨口幾句說笑之言，兩位姑娘請不要放在心上。」

細雨道：「不會的，我們奉命侍候兩位公子，自會全力以赴。」

常玉嵐道：「兩位姑娘各有千秋，紀公子就算有心，也不知該留下兩位中哪一個好，兩位姑娘先請替我們準備食物，紀公子應該如何，自會通知兩位。」

小風、細雨笑了笑，轉身離去。

望著二女離去之後，翠玉突然嘆息了聲，道：「紀公子，她們不怕。」

「為什麼？」

「她們早已服用過防毒的藥物。」

「翠玉姑娘，我有些不明白……」

「紀公子儘管吩咐，小婢知無不言。」

紀無情道：「她們服用了藥物，不畏毒性傳染，姑娘既知箇中之秘，為什麼不設法取得那一種藥物呢？」

翠玉苦笑了一下，道：「紀公子，這件事情，我已經想了很久，才被我想出一點頭緒來。」

紀無情已完全接受了翠玉的忠誠，對這個美麗的少女，也突然生出幾分敬重，道：「在下洗耳恭聽。」

翠玉道：「她們才是百花夫人的真正心腹，紀公子萬不可低估她們。」

常玉嵐道：「她們都有一身很好的武功。」

紀無情道：「常兄看出來了？」

「是！我一直很留心她們，雖然她們的步履、舉止間，儘量嬌柔，但我看得出她們是有意掩飾，不願讓人發覺她們有很精深的造詣。」

七　鐵冠道長

紀無情沉吟著道：「這一點，兄弟倒未留心。」

「兄弟常年和女人相處，觀察她們的行動，自然也會深入一些。」

翠玉低聲道：「紀公子，何不將計就計！」

「將計就計？」

「對！紀公子就在她們之間選擇一人，和她……」

翠玉究竟還是個少女，雖然身歷險境，使智慧早熟，但要她當著眾人之面，說出男女私情，有些地方，也難於出口。

事實上，也用不著她再詳細解說。

紀無情點點頭道：「我明白姑娘的意思，但她們既然是百花夫人的心腹，只怕很難由她們口中探出什麼。」

翠玉搖搖頭道：「公子，不能隨便向她們探問什麼，這要高度的技巧，讓她自己透露出來。」

「這個，只怕……」

「紀公子，這必須通權達變，處此險境，就算添一段風流艷事，也無損公子的聲譽、俠名的。」

紀無情沉吟不語。

翠玉道：「恕我斗膽進言，我已替公子選擇了細雨……」

「細雨？」

「是的。」

「為什麼？」

「百花門是一個奇詭有效的組織，人處在那樣一個環境中，極易產生出一種強烈的應變和觀察能力。我雖然只是個很平凡的女孩子，但我在百花門中已有了相當的時間，公子，我長在那個邪惡的環境中，也最了解邪惡，細雨比小風稍具純性，紀公子如若肯在她身上下功夫，也許會牽動她的真情。」

常玉嵐點點頭道：「紀兄，翠玉說的沒有錯，細雨比小風多了一番溫柔，也更有女人味道。」

紀無情道：「常兄了解女人，勝我十倍，為什麼不和她一較智謀呢？」

常玉嵐笑了笑，道：「我們之間，必須要有一個人，保持著清醒，何況，我有了翠玉……」

紀無情苦笑了一下道：「好吧！只有試試看，不過還要請常兄和翠玉姑娘多多指點。」

翠玉低聲道：「不管紀公子內心如何，但用情上，必須表現一片真誠。」

常玉嵐道：「紀兄，咱們被安排於此，固然是避開武當派的大力搜索，造成迷離，詭秘情勢，以亂江湖人心，但也是百花夫人對咱們的一種考驗——」

紀無情道：「咱們已入她掌握之中，她還要考驗咱們什麼？」

「紀兄，百花夫人很多疑，這個舒適的避難地方，可以供應咱們很好的享受，也可以隨時取咱們的性命。」

「常兄是說她們會在酒飯之中——」

常玉嵐點點頭，低聲道：「這只是辦法之一，除此之外，他們至少還可以想出十種以上的辦法殺死咱們。所以，咱們必須要表現出使百花夫人相信的忠誠，至少，不能讓她對咱們生出任何懷疑來。」

紀無情嘆息了一聲道：「人在矮簷下，似乎不能不低頭了！」

常玉嵐喜道：「紀兄肯作此想，咱們已成功一半了，咱們必須合作，先要成為百花門中的主要力量。」

紀無情接道：「兄弟明白常兄的用心了！」

酒菜很快的送上，不但豐盛，而且口味也很好，應該出自名廚之手。

除了名廚的手藝之外，能做出如此的美味、佳餚，應該有一個很大的廚房。

這說明，除了這座地下密室之外，還有一處藏於地下的密室。

小風、細雨輪流送上酒菜來。

隨時保持一人在現場，斟酒分菜。

紀無情和常玉嵐取得了一種默契之後，心情忽然開朗起來。

此刻，留在席中斟酒的是細雨，細雨的神情很愉快，臉上一直帶著三分的嬌媚笑意。

紀無情淡淡一笑，道：「細雨姑娘，請坐下共飲一杯如何？」

細雨道：「不用了，夫人給我們限制很嚴，招待客人，不能隨便坐下。」
紀無情道：「在下既然要姑娘坐下，自然會替姑娘擔當。」
細雨笑笑道：「公子，酒席宴前，眾目睽睽，就算是公子有什麼話想吩咐我，也是不太方便，何不忍耐片刻——」
話說得很膽大，也很露骨，而且，臉上帶著微笑，毫無羞怯之態。
紀無情淡淡一笑，道：「細雨姑娘，酒可壯膽，在下雖然出身武林世家，但實在是膽色不夠。」
細雨道：「酒可以壯膽，但也可以亂性，紀公子是有身分的人，如若在你的好友常三公子的面前出了醜，那可是件留人笑柄的事。」
常玉嵐笑了笑道：「英雄與美人，在下常年有女為伴，對這等事情，倒不會放在心上的。」
細雨淡淡一笑道：「男女之間，界限不明，我還認為只有百花門才有的事，想不到北刀、南劍兩大世家中，竟然也有這樣的情形。」
紀無情冷冷地看了她一眼，道：「細雨姑娘，在下已經是百花門中的人，一切的作為，都將是百花門中的規矩。」
細雨道：「哦！」
常玉嵐道：「細雨姑娘，這中間只怕是有一點誤會。」
細雨道：「常三公子指教？」
常玉嵐道：「金陵常家，不是耕讀相傳，也沒有各大門派那種嚴肅的門規約束，但卻也有和百花門大不相同的地方。」

細雨道：「男女混雜，關係糜爛，同是男女，我想不出，還有什麼不同的地方。」

常玉嵐笑笑道：「人之不同，各如其面，細雨姑娘如是不信，不妨問問常年追隨在我身側的幾個丫頭。」

細雨望望蓮兒、蘭兒，接道：「她們幾個，確實不錯，正是含苞待放的青春少女，三公子能和她們正常相處，那真是定力可佩了。」

常玉嵐笑笑道：「細雨姑娘可以不相信，但在下說的卻是實話。」

這時，小風突然跑了進來，低聲道：「諸位，緊急情勢，準備應變！」

紀無情推杯而起道：「什麼事？」

「有人找來了。」

「什麼人？」

「大概是武當派的人吧！」

紀無情緩緩坐了下去，道：「只是武當派的人？」

小風道：「詳情還不大清楚，不過，這裡是武當派的地盤，而且，他們之中，至少有兩個人穿著道裝。」

常玉嵐道：「這地方如此隱秘，就算武當派的大舉搜查，也未必找得到。」

小風道：「少林、武當兩派，一向被武林人尊崇為泰山、北斗，可不能太低估了他們。」

幾聲連續的蓬然大震，突然傳了進來。

小風忽然退後七步。
那是地下密室中一處壁角。
紀無情雖奇怪，但他卻看不出小風退到壁角的用心。
但常玉嵐知道，那是一處可以監視全局的死角，也是最有利的地形，又可避開衝入密室的敵人。
蘭、蓮、菊、梅四婢早已亮出了兵刃，擺出了迎敵的陣勢。
但常三公子揮揮手，四婢立刻退下，而且退到房中去。
翠玉坐著沒動。
常玉嵐手勢的含意，只有四婢能夠了解，現在大廳中的人，只有紀無情、常玉嵐、翠玉和小風、細雨。
密門突然大開。
兩個仗劍的中年道士，魚貫行了進來。
門外傳來兵刃的交擊搏殺之聲。
小風忽然退到了紀無情身側。
「『斷腸劍』常三公子。」
常玉嵐尷尬的一笑道：「白羽道長，想不到，我們竟會在這兒見面。」
當先而入的道人，長劍忽然間平放胸前，笑了笑道：「的確很意外，看樣子，常三公子不像是階下囚。」

小風道：「本來就不是，常三公子和紀公子，都是我們的貴賓。」

白羽道長目光轉注到紀無情的臉上，道：「紀公子，莫非是黑衣無情刀？」

紀無情笑笑道：「正是在下。」

白羽道長道：「南劍、北刀，兩位年輕高手，竟然會聚在一起，而且在——」

小風接道：「斷腸劍、無情刀，都是非常人物，他們的行蹤、作為，自然也常在人的意料之外——」

白羽道長的臉色十分冷肅，雙目盯住常玉嵐和紀無情的臉上，緩緩說道：「兩位可有什麼解釋？」

紀無情沒有見過白羽道長，但他聽到過白羽道長的聲名，武當門下，第一名劍。

黃可依和白羽道長同屬一代，一個玄門中的名劍，一個俗家子弟中的高手。

小風道：「解釋什麼？」

白羽道長臉色微微變了一下，道：「久聞常三公子，手下有四大美婢相處，姑娘是其中之一？」

無法預測的局勢如何發展，常玉嵐和紀無情只好暫不作聲。

小風笑道：「三公子不屑和道長多言，只好由小婢代答了！」

白羽道長長吁了一口氣道：「常三公子就算不願和貧道交往，彼此交談幾句，也不致失了常三公子身分啊！」

常玉嵐明明知道小風在蓄意挑撥，但卻無法出口爭辯。

紀無情原本有一股暴發的衝勁，但見到白羽道長之後，卻突然冷靜下來。他想到了桃花姑娘藍秀，藍秀要他留在這裡，就不能暴露身分。

矛盾，常玉嵐、紀無情，都陷在矛盾中。

既想借機會揭露百花門的秘密，又不願立刻把用生命換得的信任毀去，破壞了藍秀的計劃。

對抗矛盾最好的辦法，就是沉默。

白羽道長的修養雖然很好，但也似乎是有些忍不下去了，臉色一變道：「常三公子，紀公子，如若沒有很好的解釋，那貧道只有得罪了！」

小風冷冷道：「你如此放肆，難道常三公子和紀公子還怕你不成？」

她似乎是存心要挑起一場搏殺。

局面已形成劍拔弩張，白羽道長似乎已準備出手了。

常玉嵐突然開口道：「不知道道長要我們解釋什麼？」

小風道：「對啊！我們在此地飲酒作樂，應沒有招惹你們武當派，為什麼要——」

白羽道長道：「姑娘口舌如刀，似是樣樣能夠作主？」

「本來——」

常玉嵐冷冷一笑道：「小風姑娘，你不覺得話說得太多了些？」

紀無情道：「我和常兄，耳未聾，口未啞，用不著姑娘代我們作主。」

小風道：「我——」

常玉嵐笑了笑道：「姑娘，咱們和武當派無怨無仇，總不能糊糊塗塗的就和人家打起來，對麼？」

小風道：「可是，已經打起來了！」

密室外兵刃撞擊之聲，連綿不絕，打鬥仍十分熱烈。

常玉嵐道：「這可能是一場誤會。」

白羽道長神情冷肅，道：「既然是一場誤會，貧道覺得應該解說清楚。」

「常某人也正有此意。」

「貧道洗耳恭聽。」

常家人行事的手段，雖然激烈一點，但他們確實是維護江湖上正義傳統的一個代表力量。

常氏家族，威震江南半壁，比名氣、實力，絕不在武當之下。

白羽道長，拿出了最大的耐心。

常玉嵐吁了一口氣，緩緩說道：「我和紀公子，到此飲酒作樂，不知道是否觸犯了武林大忌？」

白羽道長皺皺眉，道：「三公子風流之名，天下皆知，自然不算禁忌，貧道也不是問的這個。」

「那就好，道長破了我和紀公子的酒興。」

白羽道長冷冷地道：「三公子，這就是解釋麼？」

只聽幾聲慘叫，傳了進來。

紀無情一凜拍桌子道：「你們殺了人了？」

「是！殺了兩個人，一男一女——」
說話的是一個中年道長，正由大開的密門行了進來。
他手中的長劍，仍在滴血。
「鐵冠道長！」
常玉嵐一眼看出來人的身分。
「正是貧道，常三公子難道也參予了這場紛爭？」鐵冠道長的年紀雖比白羽道長大了一些，但也不過大個三五歲。
但白羽道長對鐵冠道長的尊重，卻是視之如師，忙躬身一禮，退到一側。
論起輩份來，鐵冠道長比白羽道長高了一輩。
究竟是名門大派，規戒森嚴，鐵冠道長已入室中，白羽道長立刻退到一側，讓出了主持大局的身分來。
紀無情不認識鐵冠道長。
但他卻聽過這個名字，武當派鐵字輩中，最年輕的高手，是江湖上出了名難纏的一號人物。
常玉嵐對白羽可以不假辭色，但對鐵冠道長卻不敢太狂傲，提起了鐵冠道長的輩份，也比他高一輩。
鐵冠道長是武當派掌門人的師弟。
「恕晚進不明白道長的意思？」
鐵冠道長笑了笑道：「三公子，認識那兩個人麼？」

頭。」

「不認識。」

鐵冠道長道：「不管你說的是真是假，貧道可以告訴三公子，他們是江湖上失蹤多年的大魔頭。」

紀無情一驚道：「他們是——」

「斷魂叟和追命嫗。」

常玉嵐呆了一呆道：「是他們兩個？」

鐵冠道長道：「三公子也知道這兩個人？」

「知道，三十年前，他們確實是很有名的黑道梟雄，常某雖然沒見過他們，但常家紀事簿上，載有他們的武功、來歷，以道長的年歲計算，也不應該見過他們。」

鐵冠道長道：「所以，我們才損傷了兩條人命，他們的死亡，才使我看出了他們的來歷。」

「哦！」

「三公子知道，死的是武當門下八大劍手中的兩個，也是最精銳的武當門中弟子，三公子卻能使兩個老魔頭，為你們守護門戶。」

常玉嵐望了紀無情一眼，道：「紀兄，看來今天咱們很難解釋明白了！」

鐵冠道長道：「不錯，三公子如若無法解釋明白，只好屈駕了！」

「什麼意思？」

「屈駕到武當派三清觀中作客幾日，我們會向常老英雄交涉……」

常玉嵐笑笑道：「家父已不管事了。」

「但他不能不管自己的兒子。」

常玉嵐劍眉聳動，俊目放光，但仍是忍了下去，這一次，他沒看紀無情，而把目光轉向小風。

他無法了解這兒的實力，除了斷魂叟、追命嫗之外，是否還有別的高人隱在此處？

但室中的情形，他已經暗中計算了一下。

對付白羽道長，常玉嵐自信可以一拚，但卻沒有勝過鐵冠道長的把握，至多，是一個勉可應付的局面。

如若武當派還有隨行的高手，這一戰的勝負，不言可喻了。

除非，百花門在這裡還有像斷魂、追命那樣的高手，才可一拚。

但斷魂叟、追命嫗，已經死去。

可悲的是，目前的局面，已經很難有轉圜的餘地了，不是拚命一戰，就是束手就縛，跟人家到武當山去。

更想不到的是，一直多口的小風，現在卻一語不發。

對常玉嵐有詢問的目光，恍如不見。

常玉嵐嘆了一口氣，道：「小風姑娘，你怎麼忽然間不說話了？」

紀無情對常玉嵐十分了解，看他神情，已知道情形於己不利，暗暗皺眉。

小風開口了，笑了笑道：「三公子，不是不讓小婢說話麼？」

鐵冠道長對北刀、南劍兩大世家，也有幾分顧忌，非到必要的時候，也不願和他們訴諸一戰。

何況，目前情況混亂，鐵冠道長也想看出點眉目來。

所以，他很有耐心的等著。

常玉嵐道：「這麼說來，你很聽我的話了？」

「小婢一向聽話。」

「那很好，你可以先走一步了！」

「小婢遵命！」

常玉嵐心中明白鐵冠和白羽都不會讓她離開密室。

但小風沒有出去，卻向蘭、蓮、菊、梅藏身的房間行去，這一下，完全出乎了常玉嵐的意料之外。

紀無情搖搖頭，苦笑道：「就算是一頭狐狸，也比不過她的狡猾。」

鐵冠道長一直在很用心的看，但仍然看不太明白，回顧了白羽道長一眼，道：「這是怎麼回事？」

白羽道長恭謹的應道：「回師叔的話，他們之間，似乎很不協調。」

鐵冠道長道：「常家子弟，在江湖上是何等聲威，三公子何不明說了吧？」

常玉嵐苦笑了一下，道：「道長，如若我和紀公子拚命一搏，會是一個什麼樣子的結果呢？」

鐵冠冷冷地道：「那會傷了武當派和南劍、北刀兩大世家的和氣，不過，今日之局，已成了水火之勢。常三公子如若不能說出一個使貧道信服的理由，也不肯屈駕隨貧道回武當山一行，貧道也無法顧及後果，大家放手一戰了。」

言詞咄咄逼人。

常玉嵐的右手，緩緩握住了劍柄，笑了笑，道：「好像很難用口舌說清楚了。」
鐵冠道長道：「很好，三公子的劍法，貧道聞名已久，今日有幸領教！」
常玉嵐淡淡的一笑，道：「道長，動手之前，晚進想請求一事，不知是否見允？」
「三公子請說？」
「常家的人，頭可斷，血可流，但卻不能忍受屈辱，咱們一動上手，必是生死相搏之局，在下自知勝算不大，但請道長把追隨常某的四個女婢，平安的送回常家去。」
「這個，這個……」
「常家的規法，雖不及貴門派的嚴厲，但大節不虧，他們不弄清是非之前，絕不會和貴派為敵。」
鐵冠道長點點頭。
常玉嵐道：「像今日這種局面，就算道長把我殺了，常家人也不會追究此事，而最好的證人，就是我的四個女婢。」
鐵冠道：「好吧，你要他們出來。」
常玉嵐高聲說道：「蘭、菊、蓮、梅，你們出來吧！」
鐵冠望了四女一眼，道：「剛才那個姑娘不是？」
「不是。」
「哦……」
常玉嵐目光一掠四婢，道：「你們聽著，我和鐵冠道長之戰，不許你們插手，我如戰死，也不許你們復仇，鐵冠道長已答應把你們送回金陵──」

蓮兒急道：「公子──」

「住口，回去見老爺之後，就說我和鐵冠道長一戰，很公平，不用給我報仇了！」

四個女婢淚如雨下。

鐵冠道長深深嘆息了一聲，道：「四位姑娘不要再哭了，也許，這一戰死的是我也說不定呢！」

四婢舉手拭淚，默然不語。

常玉嵐道：「紀兄，我挑戰鐵冠道長，不論勝敗，都不許你插手。」

紀無情道：「為什麼？」

「咱們相交一場，我總不能在死時拖你墊背呀。」

紀無情笑了笑道：「常兄，常家和武當派素有交往，紀家遠在冀北，和武當派談不上交情，你如死了，他們還會放過我麼？」

常玉嵐道：「紀兄，武當派是正大門戶，行事一向光明磊落，你可以選白羽道長決一勝負……」

紀無情哈哈一笑道：「常兄的意思，可是希望我勝了白羽道長，人家就會放我離去？」

「這是唯一的機會。」

「這是如意算盤……」

常玉嵐目注鐵冠，道：「道長，北刀、南劍，挑戰武當門下兩大高手，以勝負定生死去留，道長可否見允？」

「這個……」

紀無情大聲喝道：「常兄盛情，兄弟心領了，用不著替兄弟安排……」

這時，小風突然閃身而出，接道：「公子，小婢現在可否說幾句話？」

紀無情道：「要你說話，你不說，現在又來多嘴。」

小風道：「一方面時機未到，一方面，小婢也想看看兩位公子的氣概。」

「現在你看到了？」

「看到了，所以兩位公子也用不著再拚命了！」

這一下，不但常玉嵐聽得一呆，就是紀無情和鐵冠道長，也聽得一怔。

蘭、蓮、菊、梅四婢，更是瞪大了眼睛望著小風出神。

小風目光轉注鐵冠道長，笑笑道：「道長，你是他們的領頭人了？」

「不錯！」

小風道：「你如肯放下兵刃，他們也就不會非打不可了，對吧？」

鐵冠道長冷冷地道：「你是在癡人說夢！」

「我說的是實話。」

「滿口胡言，貧道先劈了你！」

長劍一揮而停，臉色大變。

小風笑了笑，道：「道長是武當派中百年難見的奇才，和黃可依並稱為玄、俗兩大高手，為什麼竟不敢殺我一個丫頭？」

其實，場中人都看清楚了，鐵冠道長非不為也，實不能也。

常玉嵐看糊塗了，低聲道：「小風姑娘，怎麼回事？」

小風突然出手如風，一把奪下鐵冠道長手中的長劍，笑笑道：「三公子，看到了吧！我這個多嘴的丫頭，不但多話，而且手底下也有兩下子啊！」

這時，白羽道長也舉動了一下手中長劍，但只舉動一下而已。

鐵冠道長臉上一片激忿之色，目注常玉嵐道：「你好卑鄙！」

常玉嵐搖搖頭道：「小風姑娘，這究竟怎麼回事？」

鐵冠道長道：「不用再裝作了，常玉嵐，你逞口舌之利，編出了一套動人的說詞，卻利用這時候暗中下毒。」

「下毒——」

小風道：「不錯，一種無色無味的毒藥。」

目光一掠常玉嵐，接道：「不過，你們不能責怪常公子，他不知情，而且他也一樣中了毒。」

突然出手，奪下了常玉嵐的佩劍。

常玉嵐明明看到她衝過來，就是閃避不開。

原來，常玉嵐忽然覺得全身力道頓失，用不出一點勁來。

紀無情用力一拔刀，竟然握刀不穩，蓬然一聲落在地上。

那顯然不是裝作。

常玉嵐苦笑道：「小風姑娘，連我們也中毒了？」

小風道：「這樣才安全呀！你們就算想拚命也拚不起來了！」

這時，白羽道長身側的一位中年道長，突然向外行去，小風一揮手，拋出了奪自鐵冠道長手中的長劍。

長劍穿過了那道人的後背，竟然活生生將那道人釘牢在牆壁上。

鮮血泉湧而出。

小風道：「你們已經完全沒有了抵抗能力，我不想殺你們，但如誰想逃走，那個就是榜樣。」

這時，一個嬌甜的聲音遙遙傳了進來，聲音入耳，人已到了門口。

來人黑巾蒙面，正是那神秘的百花夫人。

「孩子，你表現的太好了！」

她沒有說出小風的名字，但在場的人，誰都聽得出她說的是小風。

小風躬身行了一禮，道：「女兒無能，致使斷魂叟、追命嫗，死於武當弟子劍下。」

百花夫人格格笑道：「孩子，雖然死了他們兩個，你卻生擒了鐵冠、白羽，再加上傷亡的弟子，武當派的實力，至少會減去一大半。」

小風道：「娘，外面的情勢怎麼樣了？」

百花夫人道：「已完全被控制住了，武當派搜尋來此的，一共三十八個人，死了廿一個，生擒十七個，一網打盡。擒住的這十七個人，都是武功比較高強一些的，至於那些碌碌庸手，娘不想留他們，殺了也好。」

鐵冠道長望了百花夫人一眼，道：「你是什麼人？」
百花夫人道：「我就是你們想找的人……」目光一掠常玉嵐，道：「三公子，你也辛苦了。」
常玉嵐明白百花夫人的用心，道：「夫人，這可是安排好的陷阱？」
百花夫人道：「不是。不過，武當派發動的非常迅快，可惜的是，他們低估了我的應變能力，一著錯，滿盤皆輸，損傷了他們大部份的實力。」
鐵冠、白羽道長雖然都中了毒，失去了拚戰的能力，但他們的神智並未受到影響，而且口能言，耳能聽。
隨著鐵冠、白羽道長進入密室的四個武當弟子，也中了毒，失去了抗拒的能力。
以鐵冠道長和白羽道長的功力，都無法抗拒的毒藥，四個武當門下弟子，自無再戰之能，但以鐵冠道長見多識廣，竟然不知如何中的毒。
百花夫人突然舉手一揮，道：「給常三公子和紀公子服下解藥。」
兩粒白色的丹丸，飛入了小風手中。
小風笑笑道：「兩位服下後，立刻就可以恢復功力了。」
常玉嵐、紀無情都有著啼笑皆非之感。
南、北兩大少年高手，竟然被一個十六七歲的女孩子玩弄於股掌之上。
但兩個人心裡都非常明白，此時此刻，除了表現出順從之外，別無良策。
對症之藥，奇效無匹，兩個人藥服下，立即感到功力恢復。
百花夫人嬌甜的聲音，透過黑色的面紗傳了過來，道：「對你們的表現，只能算差強人意，不過，我對人很寬宏，不想追究太多。以後，希望你們能表現出對百花門，更大的忠心。」

常玉嵐道：「這一切的變化，都太突然了，我們完全沒有準備。」

小風道：「如果兩位早知內情，也許在表現上，就不會這麼自然了。」

鐵冠道長冷笑一聲，道：「想不到常三公子和紀公子，竟然早已投入百花門下？」

小風道：「我想你應該早了解你的處境了。」

鐵冠道長冷冷地道：「大不了一條命……」

百花夫人笑了笑道：「好，我很喜歡英雄人物，也久聞鐵冠道長的名氣，如若真不能把你們收入百花門下，那也只有殺了你們，以減少幾個勁敵。不過，慷慨赴死易，從容就義難，我倒要看看，武當門下的弟子，是不是真的鐵打金剛，道心堅定。給我帶走！」

六個勁裝少女行了進來，帶走了鐵冠、白羽道長和四個道人。

百花夫人輕輕吁了口氣，銳利的目光，透過了黑色的面紗，一掠常玉嵐和紀無情，道：「兩位心中，也許還有很多疑問，不妨和小風談談。」

忽然轉身，飄然而去。

原本劍拔弩張，十分熱鬧的密室，此刻，突然恢復了寧靜。

百花夫人帶走武當派門人，室中只剩下了常玉嵐、紀無情、翠玉、小風、細雨和蘭、蓮、菊、梅四婢。

人數不算少，但卻靜得聽不到一點聲息。

還是小風先開口了，笑道：「兩位心中是不是有很多疑問？」

常玉嵐道：「不錯，不過，我想有些事不應該問。」

紀無情道：「問了也是白問。」

「不會，我會儘量的給你們一個滿意的答覆，我娘雖然不太滿意你們的表現，但她還是通過了對你們的考驗，從現在起，你們才算是真正百花門中的人。」

常玉嵐一皺眉道：「姑娘，我和夫人早有約定——」

「我知道，我娘會讓常公子很快的成為一個最有名望和權勢的人。」

「姑娘，常家雖然不是武林中最大的家族，但我對常家擁有的一切，很滿足，和夫人之約是——」

「我娘會遵守和你的約定，三公子不用懷疑。」

常玉嵐望望紀無情，苦笑一下，道：「好！咱們不說這個，我想知道，姑娘是幾時下的毒？」

小風道：「兩位都是常在江湖上走動的人，難道看不出來？」

紀無情道：「在下能肯定的是，並不是在下酒菜之中。」

小風道：「如果下在酒菜之中，鐵冠、白羽自然不會中毒了！」

常玉嵐輕輕吁了口氣，道：「常家的記事簿中，記載著十九種下毒手法，但在下也瞧不出姑娘何時下手。」

「那是說我的手法，是在十九種之外了？」

「所以，才要向姑娘請教！」

「其實我的下毒手法並不是太高明，高明的是配製毒藥的人，它無色無味，但又無所不在。」

常玉嵐、紀無情相顧愕然。

小風笑笑道：「就算我告訴兩位，下一次，你們還是無法預防。」

紀無情道：「有這種事？」

常玉嵐道：「姑娘能否說出來讓我們聽聽？」

「可以，不過不是現在。」

紀無情道：「那是說，我們還不能得到姑娘信任？」

「那倒不是，而是我在告訴兩位之前，必須先要我娘同意。」

完全是推托之辭。

但常玉嵐和紀無情卻無法再問下去。

略一沉吟，常玉嵐道：「姑娘真是門主的女兒？」

「自然是真的了，不過女兒也有很多種。」

「義女？」

「對！我娘有三個義女，我就是其中之一。」

常玉嵐望了細雨一眼，道：「細雨姑娘也是麼？」

細雨笑笑道：「我是真正的丫頭，小風姑娘的女婢。」

「哦！」常玉嵐吁了口氣，道：「另外兩位，咱們見過否？」

小風道：「也許見過，只是常公子無法知道她們真正的身分，百花門最喜隱龍術，每個人都會隱藏的很好，越重要的人，越是隱藏的完美。」

「果然是個神秘組織。」

這一句話，倒是常玉嵐出自內心的稱讚。

小風忽然嘆息一聲道：「兩位如果沒有別的事，小妹告辭了！」

紀無情道：「告辭？為什麼？我們剛剛發覺了姑娘的智慧，正想多請教一二！」

「不！我的力量能夠發揮到極大效果，原因就是我一直隱藏在暗中，兩位一直把我當侍候人的女婢看待。現在，在兩位公子的面前，我已經完完全全的暴露了自己，所以，也無法和兩位相處下去了！」

常玉嵐呆了呆道：「你的意思是——」

小風道：「百花門正在擴展力量，希望在一年之內，控制中原武林的數股強大力量，我的工作很多，也很忙。或許在不久之後，我們還會碰頭，不過，那時候我可能是另一種面目，另一種身分，兩位保重。」

她說走就走，立刻舉步向外行去。

常玉嵐急道：「姑娘止步！」

「三公子，有什麼事？」

常玉嵐道：「蛇無頭不行，鳥無翅不飛，姑娘已隱隱成為我們的首腦人物，你如離去，我們今後要如何行動？」

這幾句稱讚之言，聽得小風臉上泛起了喜悅之色，笑道：「翠玉姑娘會告訴兩位下一步的去處、行動。」

常玉嵐臉上一變，未再多問。
如若翠玉也是百花夫人真正的心腹，常玉嵐和紀無情就全無秘密可言了。
小風一招手，帶著細雨離去。
望著兩人背影消失，常玉嵐才緩緩轉過目光望著翠玉，道：「姑娘，請指教咱們下一步的行動去處。」
一面暗暗凝取功力，準備猝然發難，一舉之下擊斃翠玉。
翠玉似是已發覺到處境的危險，淡淡一笑，道：「小風給了我一個錦囊，我還沒有拆閱。」
由懷中取出錦囊，遞了過去。
常玉嵐暗叫了一聲慚愧，伸手接過。
打開錦囊，取出了一張白箋，只見上面寫道：「即赴開封，殺司馬長風。」
九個簡單的字，看得常玉嵐一身冷汗。
常玉嵐見過司馬長風，他是父親的好友，中原道上的領袖人物。
「一劍擎天」司馬長風，已很少在江湖上走動，但他受到的敬重，並沒有因他不再過問江湖中的事情而減低。
開封府郊司馬山莊的金字匾額，是司馬長風六十歲生日的那一年，天下英雄在祝壽大會上聯名送的。
那塊匾額上，還有常三公子父親的名字。
就在那年，司馬長風金盆洗手，封劍退休，不再過問江湖中事。

紀無情也看到了白箋上的字跡，震驚的感覺，決不在常玉嵐之下。

「怎麼辦？」紀無情忍不住心中的激動叫道。

平復了一下心中震驚的心情，常玉嵐收起了錦囊，道：「不論如何，咱們都得趕到開封去。」

紀無情嘆息一聲，道：「常兄可認識司馬駿？」

常玉嵐道：「只聞其名，但卻沒有見過，紀兄見過他？」

紀無情道：「不但見過，而且還是金蘭手足，八拜之交。」

「哦！聽說他已得司馬大俠的劍法真傳？」

紀無情點點頭，道：「司馬大俠膝前，只有駿兄一子，而且是晚年所育，駿兄生性至孝，堅守父母在不遠遊的古訓，不肯在江湖上行走，要承歡父母膝前。」

常玉嵐道：「所以，江湖上只知有司馬長風，卻不知有司馬駿。」

紀無情道：「常兄，如若他肯在江湖上行走，以他的武功，闖出的聲譽絕不在你我之下。」

常玉嵐嘆息了一聲，說：「紀兄和司馬駿是八拜之交，但司馬長風也是家父的莫逆之交，這一道密令，好生叫人為難。」

紀無情道：「咱們可以向百花夫人請求——」

常玉嵐搖搖頭道：「不行，別說咱們無法求見門主，就算能見到，也不能開口，那是違反門規的事。」

紀無情低聲說：「別說司馬山莊的高手很多，就單是司馬駿和司馬長風兩支劍，想也非你我能力所及！」

「我相信百花夫人不會只派你我兩個人去，必然有很多幫助咱們的人，這次對付武當派的事件中，紀兄也該看出來了，百花門在江湖上隱藏著很大實力。」

「常兄的意思是……」

「先到開封府去，見機而行。」

紀無情四顧了一眼，低聲道：「難道常兄真的要去刺殺司馬長風？」

常玉嵐苦笑道：「除了到開封府中一行之外，紀兄還有何良策？」

「兄弟覺得，咱們用不著在這百花門中留下來了！」

「哦！」

「常兄，咱們可以想法子通知令尊和家父，會合司馬山莊三方的力量，和百花門一決勝負。」

「時機還不成熟。」

「幾時才算成熟？咱們已看到了武當派全軍覆沒，難道還要眼看著司馬山莊成為飛灰不可？」

「紀兄，別低估了百花門，咱們一有行動，必會被他發覺。」

「走馬行船三分險，何況，在江湖上闖蕩，如若事事都要顧慮的萬無一失，那只怕永無成熟的時機了。」

常玉嵐道：「紀兄，難道你忘了桃花姑娘藍秀？」

「我沒有忘記她，但我覺得，咱們不能再聽她的安排了，我們不能眼看司馬山莊毀去，尤其是毀在你我手中。」

常玉嵐道：「兄弟也有同感，咱們到開封再說吧！」

這時，門外突然傳來了馬嘶之聲。

常玉嵐神情一變，道：「有人來了，咱們出去瞧瞧！」

門外邊，停著幾匹駿馬，和一輛豪華的蓬車。

紀無情的四個刀童，赫然也在場中。

他們黑衣佩刀，和過去完全一樣。

一見紀無情，立刻跪拜下去。

按捺住心中的激動，紀無情一揮手道：「起來，起來，你們沒什麼事吧？」

四個刀童應聲而起，道：「我們很好，今日能得再見公子，他們果然沒有騙我。」

聽口氣，紀無情已明白，四個刀童無恙，而且，也不知這些時日的真相，紀無情也不便說明。

常玉嵐回顧了一眼，高聲說道：「哪一位送來車馬，請現身一見。」

蓬車中跳出一個少女，道：「我！」

「你是——」

「我只是一個送車馬來的丫頭，你們人手很全，自己可以駕車、騎馬，所以我要先回去了！」

「多謝姑娘。」

那少女理了一下鬢邊的散髮，笑道：「車上有五千兩白銀，以應三公子和紀公子之需，兩位如若沒別的事，可以動身了。」

常玉嵐道：「此地的善後之事——」

「用不著兩位公子操心。」

常玉嵐道：「好！那我們立刻上路。」

紀無情道：「現有五匹駿馬，常兄和從婢坐車，兄弟和四個刀童騎馬。」

常玉嵐點點頭道：「似乎門主早已替我們安排好了。」

那送車的少女笑了笑道：「這輛車很寬大，是可以使常公子坐的很舒適，只是不知道三公子的手下，是否有會趕車的人？」

蓮兒道：「我會。」

「好，那就請諸位上路，聽說事情很緊急，諸位還不能一路遊山玩水的走過去。」

「姑娘可知我們要到什麼地方嗎？」

「不知道，不過，我知道限期。」

「什麼限期？」

「諸位趕到的限期。現在是八月初一，諸位一定要在八月十日之前趕到，我要覆命去了。」

轉身疾奔而去。

紀無情吁一口氣道：「常兄，看來時間還很充裕，不知常兄要做何打算？」

常玉嵐道：「上路吧！」

轉身跳上馬車去。

紀無情一揮手，四個刀童飛身上馬，排成了兩前兩後的隊形。

這是紀無情在江湖上行走時常用的行進之法，四個刀童兩前兩後，四個刀童仍然沒有忘記。

紀無情心中忽然一動，低聲道：「你們四個人，是不是每天要服用藥物？」

四個刀童，也有名字，以琴、劍、飛、環為名。

劍童搖搖頭道：「沒有，五日前，我們服過一次藥物，以後就未再服用了。」

「哦！是不是會有不舒服的感覺？」

「不會。」

琴童也道：「我和過去完全一樣，全無不適之感。」

紀無情未再多問。

但他心中卻像風車轉一般，不停的轉動。

四個刀童服用的解藥，是否可以解去常玉嵐和自己身上之毒？

司馬長風除了劍法高明之外，醫道也極為精深，不知他的精深醫道，能不能解去百花門中的奇毒？

桃花姑娘藍秀，是不是會即時趕到開封？

紀無情感覺到必須要見見藍秀，要告訴她，自己再無法遵守她的約定。

不論背叛百花門的後果如何嚴重，他也不能對付司馬長風。

紀無情忖思過目前的情勢之後，決定事前不和常玉嵐商量，到開封先告訴司馬長風內情，再逼常三公子決定。

暗中打定主意之後，心裡反而輕鬆了很多。

北刀世家，向以俠義自居，家風相傳，理、義當先，對委身投入百花門中一事，紀無情的心中，一直有一股強烈的反抗意識。

但為了藍秀，他一直隱忍下去。

可是要他去傷害司馬長風，他無法再忍下去了，權衡過輕重之後，暗裡做了決定。

縱馬四顧，但見綠苗遍地，迎面清風中，隱隱帶著寒意，雁陣排空，已然是深秋的季節了。

摸摸腰間的佩刀，紀無情突然有著江湖興亡，雙肩有責的感覺。

回頭望去，但見蓮兒揚鞭馳來，秋風飄起她長髮衣袂，玉容如花，心神專注，流露出對主人無限忠誠。

不禁暗暗一嘆，忖道：「常玉嵐這四個從婢，不但年輕貌美，一身武功，最可愛的是她們對主人那份忠誠。大有生死相隨，終身不渝的感覺。」

這馳車的蓮兒，更是四婢中的翹楚。

車簾低垂，不知常三公子在車中的情景，四婢環伺，難道是在品嘗那溫柔滋味？

事實上，常三公子一直在閉目沉思。

自從上了這輛蓬車之後，就閉目而坐。

常家收集天下豐富的資料，使他一出道就充滿著應付各種變化的智慧，加上幾年的江湖歷練，更使他充滿自信。

自信能應付江湖上各種詭異的變化。

但這一次，常玉嵐自覺完全失敗了。

他在閉目思索，思索這一次失敗的原因。

藍秀，只是一個美麗的少女，為什麼能使他一見鍾情，而且，有如陷身泥沼，不克自拔之感。

對別人，還可以說得過去，但常三公子卻不應該如此的難以自禁。

他自幼就生長在脂粉群中，隨身四婢，都是千挑萬選的人物。

她們不但資質好，而且還容貌美。

表面上看去，常三公子是一個風流人物，寶劍、名駒、美女，但事實上，這也是一種磨練。

古往今來，無數的英雄事業，都敗在女人手中。

那一份魂牽夢繞的情懷，能使鋼鐵一般的英雄，轉眼化作繞指柔，甘願拜倒在石榴裙下。

常玉嵐美婢相隨，而且一個個甘願獻身，但常三公子卻能控制的很好。

不讓情慾泛濫。

為什麼藍秀竟然有力量使他失去了控制自己的能力？

不錯，藍秀的特殊，美的醉人如酒，但也不可能使他常玉嵐完全亂了章法，完全的聽她吩咐甘蹈險惡，造成了今日局面。

常玉嵐一直在想，想明白為什麼自己是如此的缺少定力，為了藍秀竟然會拔劍拚命厮殺。

桃花藍秀，又怎會有那樣的魔力，使自己陷溺進去？

……

忽然間，常玉嵐睜開了眼睛，望望環繞在周圍的蘭、菊、梅、翠玉四個美女，輕輕吁一口氣，欲言又止。

蘭兒笑一笑，道：「公子，你想說什麼？」

常玉嵐目光轉動，仔細打量四個女人。

蘭兒輕輕吁了口氣，道：「公子，你好煩，是麼？」

常玉嵐道：「我終於想明白了！」

蘭、菊、梅互望了一眼。

仍是蘭兒開口道：「明白什麼？」

常玉嵐道：「那是魅力，也是一種武功，所以，男人都很難抗拒！」

這幾句話，沒頭沒腦，說得她們瞠目不知所對。

蘭兒苦笑一下，道：「公子，你在說什麼？」

常玉嵐道：「沒有什麼，只是一句感慨之言罷了。」

看了翠玉一眼，閉目不言。

翠玉一揚柳眉兒，欲言又止。

車中又沉默下來了。

常三公子又陷入了沉思中。

紀無情心中拿定了主意，反而不再和常玉嵐多談近事，而且心情開朗，談笑風生，只是絕口不提司馬山莊的事。

這一段行程十分平靜，既無百花門中的人來連絡，也沒有見著藍秀出現。

這倒是完全出乎常玉嵐意料之外。

不過，這也好，落得清閒。

八　司馬山莊

這日，進了開封齊城，算算時間，竟然早到了三日。

但紀無情卻沒有停下住店的意思，竟然策馬直奔司馬山莊。

常玉嵐倒是有些沉不住氣了，喝令蓮兒停車，道：「紀兄，咱們早到了三日。」

紀無情道：「我知道，反正要咱們限期之前趕到，自然是越早越好。」

常玉嵐道：「過尤不及，兄弟的意思，咱們應該先在開封住下，好好的商量一下，再趕往司馬山莊不遲。」

「好，咱們先找個客棧住下來！」

「兄弟只到過這開封府中一次，不太熟悉。」

「幸好，這裡我很熟，咱們住在黃河大客棧吧！」

黃河大客棧，實在很大，他們在第三進院落中，一座跨院住下。

叫過了酒菜之後，常玉嵐揮手摒退了侍酒的兩個女婢，現在房中席上，只剩下了常玉嵐、紀無情兩人對飲。

以常玉嵐的精明，早已發覺了紀無情的反常情緒。

但常玉嵐卻一直忍下來，沒有追問。

如今，已到了開封府城，距離司馬山莊，只不過數里行程。

常玉嵐喝乾一杯酒，笑道：「我已派四婢守護在這跨院四周，任何人只要進入跨院，立刻可以接到她們的稟報。」

「哦！」常玉嵐一皺眉頭，道：「紀兄，兄弟的意思是說，現在咱們說話很安全。」

紀無情道：「我知道，常兄的精細，一向勝過兄弟很多。」

「紀兄，兄弟想聽聽你的高見。」

「高見，什麼高見？」

「紀兄分明早已胸有成竹，但不知何故，卻不肯告訴兄弟？」

「這些時日之中，一向都由常兄作主，兄弟一向是聽命行動——」

常玉嵐嘆息一聲，道：「看來我們之間，似乎是有些誤會了！」

紀無情一笑道：「常兄的意思是——」

「咱們要如何進入司馬山莊，紀兄可曾想過了？」

「想過。」

「領教！」

「咱們一行人，就這樣進入司馬山莊，以兄弟和司馬駿的交情，就算咱們再多的人，他們也會接待。」

「進入司馬山莊之後呢？」

「這就不是兄弟能作主的事了。」

常玉嵐苦笑了一下道：「紀兄的意思是……」

紀無情接道：「兄弟是應該聽常兄之命行事。我想百花門早已有了安排，就算常兄現在胸無成竹，但兄弟相信必會接到百花門中的精密指令，那時吩咐兄弟一聲就是。」

常玉嵐沉吟了一陣，道：「紀兄，這幾天，咱們之間好像忽然有了距離，是麼？」

「常兄多慮了！」

常玉嵐輕吁了口氣，注視著紀無情道：「先不管紀兄的打算如何，但兄弟還是和過去一樣。」

「常兄有話請說，兄弟洗耳恭聽。」

「照常情推斷，咱們此刻應該接到百花門的指令了。」

紀無情目中神光一閃，道：「怎麼?常兄，真的沒有接到指示?」

「這就是紀兄的誤會之處了，難不成，要兄弟起誓，紀兄才肯相信麼?」

紀無情沉吟了一陣，道：「那倒不必，常兄可是想聽聽兄弟的意見?」

「是!」

紀無情道：「兄弟的意思是想先進入司馬山莊，再作計議!」

「對司馬長風，紀兄要如何交代?」

「不用交代。」

「司馬長風是何等老練的人物，咱們這一行人進入司馬山莊，如若沒有一番言詞，那豈不是要引起司馬長風的懷疑了?」

「兄弟實在想不出任何一種說法，能使司馬莊主相信，如其徒逞口舌之利，反不如不說的好！」

「咱們可能是早到了一些，何不在此住——」

這時，忽聽蓮兒的聲音傳了過來，道：「什麼人？」

常玉嵐霍然站起了身子，道：「來了，也許可以澄清紀兄對兄弟的誤會了！」

紀無情長長吸一口氣，納入丹田，轉眼向外望去。

只見蓮兒帶著一個灰衣老者，緩緩行了過來。

蓮兒，似是故意走得很慢，以便爭取常玉嵐多一點的準備時間。

常玉嵐低聲道：「紀兄，沉住氣，千萬不可激動，小不忍則亂大謀。」

紀無情看了常玉嵐一眼，未置可否。

蓮兒行至門口處，停了下來，道：「這位王掌櫃，要見公子。」

常玉嵐抱拳，道：「在下常玉嵐，掌櫃請進來喝一杯！」

灰衣老者笑了笑，緩步而入。

蓮兒卻守在門口，沒有跟進來。

常玉嵐親手擺好一付杯筷，道：「掌櫃請坐！」

灰衣老者點頭一笑，望著紀無情道：「這位是紀公子了？」

「在下紀無情。」

灰衣老者道：「好，好，我借花獻佛，先敬兩位一杯。」

舉杯一飲而盡。

常玉嵐、紀無情，也只好陪了一杯。

灰衣老者緩緩落座，四下瞧了一眼。

常玉嵐一揮手，道：「蓮兒退下，沒有我和紀兄的招呼，任何人都不能接近這兒。」

蓮兒躬身而去。

灰衣老者才笑笑道：「兩位來的快了些！」

紀無情道：「我們並沒有趕的很急。」

灰衣老人道：「但路上也沒有耽誤，照我的算法，兩位最快是明天才到。」

「幸好，我的準備也很完美，所以才能及時趕來，見兩位公子。」

常玉嵐道：「王兄，帶有夫人指令？」

灰衣老者道：「我只是轉達夫人指示，常三公子的智力、武功，都受到了門主的重視，所以不會給你太多的干預。」

常玉嵐心中暗暗忖道：「這百花門確是可怕，這個姓王的，分明是開封城中一個很重要的人物，但他卻默默無聞。但是，提起江湖中的事，卻又如數家珍一般，這種隱秘的身分，他如不肯出面，實在是很難找得到他。」

紀無情忽然冷笑一聲，道：「我們如何能相信你也是百花門中人？」

灰衣老者看上去面貌慈和，不惹眼，但他對事的態度，卻是鎮靜、沉著。

他冷冷的看了紀無情一眼，緩緩說道：「那很容易，你們可以問我一些絕對隱秘的問題。兩位已經是百花門中的人了，但兩位也沒有佩帶任何一種標誌，百花門中的人第一要件，就是永遠站在暗處。」

常玉嵐道：「話雖是不錯，不過太危險，萬一弄錯了人，豈不是要壞了大事？」

灰衣老者笑一笑道：「我們不會有失誤，如果需要暗記會面的，門主會給你們很好的安排，等一會，我會告訴你們很多事，也會告訴你們應用的方法。」

常玉嵐雙目盯注在灰衣老者的臉上瞧了一陣，道：「你好像不是本來面目？」

灰衣老者道：「常三公子，這些都不重要，重要的是，你們先要相信我的身分，我們是自己人，才能說出很多隱秘。」

「你如真是百花門中人，應該知道我們來此的目的。」

「我知道。」

「說說看？」

「你們來找司馬長風，而且殺了他。」

紀無情冷冷地說：「說說容易，但司馬長風豈是容易被殺的人物？」

灰衣老者道：「不容易，所以門主才要兩位親自出馬。」

常玉嵐道：「你認為，我們有殺死他的能力？」

「所以，有很多人會幫助你們。」

「你也是其中之一？」

灰衣老者點點頭，笑道：「不錯，我奉夫人之命支援你們，對兩位提供最大的幫助……」

紀無情接道：「好，先說說看，你能幫助我們什麼？」

「幫助兩位完成大任，殺了司馬長風，瓦解司馬山莊。」

紀無情道：「別說司馬山莊中高手很多，單是司馬長風，就非我和常三公子能夠殺得了的。」

灰衣老者笑笑道：「看來，紀公子對司馬山莊近日的情形，還不了解……」

紀無情呆了呆道：「司馬山莊怎麼了？」

「半個月前，司馬山莊就開始有了森嚴的門禁。」

「為什麼？」

「因為司馬長風很精明，發覺了一個潛伏在莊中的奸細。」

「是我們百花門的人？」

灰衣老者點點頭道：「但司馬長風還未掌握線索。那個人身分敗露之後，立刻服毒而死，死得很乾淨，沒有留下任何線索。聞說莊中還有血魔幫的人潛伏在內，更增加了事情的複雜性……。門主隨時都有指示，二位只要遵令行事，後天開始行動，不得有誤。」

兩匹快馬，鐵蹄不著地的狂奔。

掀起的塵土像天上舒捲的秋雲，揚得又遠又高，連人帶馬都像籠罩在一團其大無比的濃煙裡。

突然，騎在馬上稍為領先的常玉嵐一勒韁繩，將馬陡然停下，那馬兒猝不及防，人立起來。

隨後的紀無情急忙扣緊馬韁，不解地道：「常兄，有什麼不對麼？」

常玉嵐抹去了額上汗珠，道：「紀兄，我們已一口氣跑了二個多時辰了，是不是走錯路了？」

「不會吧！」紀無情四下打量著：「小弟雖沒有到過司馬山莊，但出了開封城向東，應該是沒錯的。」

常三公子極目遠眺道：「前面不遠好像有一叢樹林，但願那就是司馬山莊了！」

「但願如此！」

兩人緩轡並馬而行。

紀無情舊話重提道：「常兄，此去司馬山莊，小弟可是毫無主意，一切聽命於你！」

常玉嵐苦笑了一下道：「見機而行，好在這一次只是試探一下司馬山莊的虛實，紀兄，記住千萬不要衝動，以免露出破綻！」

「唉……」

「紀兄怎麼啦？」

「想不到我紀無情落得今天這麼狼狽，要不是……」

常玉嵐接道：「要不是有藍秀姑娘的影子，紀兄恐怕不會忍受！」

紀無情揚眉苦笑道：「常兄，我們彼此彼此吧！」

「紀兄，你看——」

轉了個變道，突然現出一條筆直的箭道。

箭道兩側種著兩排高大的梧桐，約莫隔著五尺就是一株，順著箭道延伸下去，怕不下數十丈遠近。

紀無情道：「應該是司馬山莊的入口了！」

常玉嵐點頭道：「除了司馬山莊，也不會有這份氣慨！」

說著話，常玉嵐催馬上前。

箭道的盡頭，現出了一座牌樓，水磨青石，高聳入雲，四對石獅子，分開成三個大門入口。

奇怪的是牌樓上既沒刻有司馬山莊的字樣，左右石柱上連一般照例的對聯也沒有看到。

常玉嵐略一打量，策馬進了牌樓。

「二位少俠請留步！」

常玉嵐、紀無情聞言一驚，忙勒住馬頭。

青影疾飄而至，一位年若五十的青衣老者，含笑拱手，立於牌樓之後，攔住了他們的去路。

常玉嵐飄身下馬，拱手道：「請問老丈，此地可是司馬山莊？」

這時，紀無情也已躍下馬背，接著道：「我們是司馬老莊主的晚輩，路過開封專誠拜訪！」

「哦！」青衣老者毫無驚奇之色，連連頷首道：「進了無字界碑，就是司馬山莊，牌樓以外，是官家的貢田，老朽斗膽，請問二位……」

「在下常玉嵐。」

「哦！金陵世家常少俠，這位是？」

「紀無情。」

「老朽聞名已久，北刀紀大俠紀飛虎的傳人！」

常、紀二人互換了一個眼神，同時開口道：「請問閣下——」

「老朽乃是個下人，不值一提，就是報上名字，二位也未必聽過。」

「您老客氣！」常玉嵐微笑道：「有個名字也好稱呼！」

「呵！」青衣老者不經意的一笑，緩緩地道：「二位叫我『伍管家』好啦！老朽的名字叫伍岳！」

此言一出，常玉嵐不由一楞。

「千佛手」伍岳，二十年前可是響噹噹的字號，在常家的資料中自成一冊，常三公子很明白的記得——

二十年前，伍岳來自山海關外，沒有人知道他的師承門派，武功詭異莫測，從來不用刀劍利器，赤手空拳走遍黃河西岸大江南北，同八大門派的高手都曾印證過，奇怪的是都沒有分出勝負來。

而且伍岳既不開山授徒，也不設幫立派，從未與人結樑子鬧事端。

伍岳怎會進了司馬山莊？

而又自稱是下人？這就透著奇怪。

常玉嵐心中犯疑，臉上卻連忙肅容拱手說道：「原來是二十年前威震南北，人稱『千佛手』的伍老前輩。」

「不敢！」伍岳不住的搖頭道：「浪得虛名，只怪那時少不更事！」

少不更事這四個字出自伍岳的無心之言，聽在常玉嵐、紀無情的心中，覺得十分不是味道。

紀無情把話題一轉道：「何老前輩，請問老莊主司馬長風和少莊主可在莊內，可否煩請引領，容我等拜見？」

常玉嵐也道：「煩勞之處就此謝過！」

伍岳淡淡一笑道：「敝上已二十年不出山莊，少莊主又去了河套，不在莊內，不過……」

他說到此處，沉吟不語，一雙光芒四射的眼神，不住的打量常、紀二人。

常玉嵐面帶微笑道：「莫非有不便之處嗎？」

伍岳面色一正，不似先前一團和氣，十分嚴肅的道：「老莊主封劍歸隱之後，很少接見外人。二位乃世家之後，又是當代少年英傑，也許能破例一見，不知二位少俠可知道司馬山莊會客的規矩？」

「規矩？」常玉嵐愕然道：「什麼規矩？」

「二位請隨我來！」

伍岳的話音未落，人已飄然而起，未見著力，也未見起勢，飄忽之際，真像一縷青煙，遠去十餘丈之遙。

身法之快，即使像常玉嵐、紀無情這兩個高手也為之驚訝，兩人互相交換了一下眼色，躍上馬背，抖韁追去。

穿過一片樹林，迎面一排五間紅瓦黃牆的敞廳，人高石碑上刻著三個龍飛鳳舞的大字——迎賓館。

伍岳已側立在石碑左廂，朗聲道：「二位少俠，左廂房是明心堂，請！」

靜悄悄的迎賓館，除了伍岳之外，不見半個人影。

落葉蕭蕭。

寂靜無嘩。

常三公子與紀無情翻身下馬，將馬繫於馬樁之上，拱手道：「有勞帶路！」

明心堂空蕩蕩的，正面懸掛著一幅丈餘高的「達摩一葦渡江圖」，此外既沒陳設，連個桌椅也沒有。

伍岳跨進門檻，已朗聲道：「上面乃是達摩聖像，凡是進入本莊武林同道，應在祖師之前明心。司馬山莊乃是一片乾淨土，歷經三代，整整五十年，沒有動過刀槍，也沒有見過血光，二位少俠能諒解本莊多年留傳的這點苦衷嗎？」

這是探問的口吻，也是司馬山莊的規矩。

常、紀二人，不得不連連點頭。

「好！」伍岳似乎已了解二人用點頭來回答的含義，接著又朗聲說道：「請到右廂寄刀堂！」

右廂大小與左廂完全一樣，但是牆壁上卻沒有任何圖像，左、右、上方，多了一些兵器架子。

伍岳輕聲道：「二位少俠，請寄下刀劍，老朽才好帶路進莊。」

常玉嵐一怔道：「寄下刀劍？」

「是！」伍岳躬身為禮道：「三公子，這是本莊的一點陋習，數十年如一日！」

紀無情十分不耐的道：「沒有例外嗎？」

他口中說著，右手已按上刀柄，滿臉不快之色。

常玉嵐跨步上前，一施眼色，生恐紀無情魯莽，含笑對伍岳道：「晚輩誠心拜訪老莊主，是因家父與老莊主交非泛泛……」

不料，伍岳不待常玉嵐話說完，忽的臉色一沉，面帶寒霜，厲聲道：「就是令尊到此，也得按本莊規矩而行，司馬山莊不是賣青菜蘿蔔的菜市，可以討價還價的！兩位就不用耽擱時間了！」

紀無情出身武林世家，遊走江湖以來，可說春風得意，何曾受過這個？

加上自從身染奇毒以來，處處受制於人，滿腹辛酸，情緒本已是勉強壓下來，如今面對面受伍岳的喝叱，哪還忍受得了？

因此，腳下游走半步，也沉聲道：「客不離貨，船不離舵，武林人放下兵器……」

常玉嵐生恐未見到正主先就鬧翻，豈不壞了大事，急忙攔在紀無情前面，強打笑容，拱手向伍岳道：「在下與紀兄來此晉見，出於至誠，再說南劍北刀與司馬山莊是通家之好，也是江湖盡知之事，伍老前輩，你能否免去寄刀留劍，給我和紀兄一個薄面？」

伍岳冷漠的道：「除非二位將老朽廢在此地，把我姓伍的七步流血，擺平在寄刀堂中！」

這話是說絕了！

黑影一掠而起，長短刀劃出一大一小兩道銀芒光環，紀無情的無情刀陡然撲向伍岳的身前。

來勢迅疾，常玉嵐阻已不及。

嘿嘿一聲冷笑，青衫衣袂微振，伍岳腳下未動，肩頭側傾斜晃，人已在無情刀光之外，口中道：「老朽讓你一百招！」

南劍、北刀威震江湖。

紀無情氣急而發，威力自是不弱，聞言更如火上加油，咬牙格格作響，一口氣連環十八刀，刀帶起厲嘯，招招專找要害。

伍岳真的毫不還手反擊，一雙大袖左揚右拂，前撲後揮，像一陣旋風，圍著紀無情的刀光滴溜溜打轉，像是寒森森的刀圈之外，鑲著一層青邊。

常三公子暗暗焦急。

想不到還沒有進入司馬山莊，就遇上這等岔事，而兩人的纏鬥如影隨形，即使是想分開也不容易。

以「黑衣無情刀」紀無情的功力，在方圓不到五丈的空間，五十餘招之內動不了一個不還手的敵人，連常玉嵐也不敢相信。

可是，眼前的事實確是如此。

常三公子退到一角，冷眼旁觀，也看不出伍岳的縱躍騰挪是哪一種功夫。

「伍大叔，怎麼跟客人纏上啦？」

一聲嬌滴滴的呼喚，接著是一絲茉莉香味，門口出現一位通身淡紫衣衫的少女。

忽地青煙急旋，伍岳騰起丈餘，整個人像貼在大廳的脊樑之上，低聲道：「茉莉姑娘，你難得出莊！」

常玉嵐口雖不言，心中暗喊了一聲：「高明！」

因為在這方圓五丈的狹窄之地，紀無情怒極操刀，對手不論退向何方，無情刀既已施展，必然一發難收，追蹤進擊伍岳非死必傷，此一騰空收招，乃是唯一生路。

紀無情氣得面色大變，一聳身，分明是要縱身進招。

此時，名叫茉莉的少女，早已嬌喝道：「紀少俠，夠了，奉莊主之命，請二位隨我進莊！」

常玉嵐打量這少女一陣，微笑道：「姑娘，莊主可曾提到寄刀堂之事？」

茉莉盈盈一笑，露出兩個深深的酒渦，輕聲說道：「這是司馬山莊的規矩，誰也沒法侵犯！」

紀無情聞言，大聲道：「常兄，請恕小弟半途而廢，你進莊去吧，小弟先回去，在開封府等常兄的消息。」

「紀少俠！」茉莉款款向前，盈盈一笑道：「莊主交代，本莊規矩壞不得，二位少俠又是本莊貴賓，所以想出一個兩全其美的辦法，紀少俠，既來之則安之，就不必折騰來，又折騰去了！」

茉莉說時，順手扯下腰際兩幅汗巾，又道：「請二位公子將刀劍包紮起來，暫交我保管片刻，出了寄刀堂，立刻原璧歸趙，奉還給二位，這該可以了吧！」

她一面說著，一面蓮步輕移，施施然走向二人，將紫巾同時遞給兩人。

常三公子忙不迭的道：「多謝姑娘，難得莊主設想周到，在下感激不盡！」

這是權宜之計，常玉嵐又對紀無情施了個眼色，口中提醒他道：「紀兄，這辦法不但好，而且妙，反正我們目的是拜見老莊主，對不對？」

茉莉催促著道：「是呀！二位公子就快請吧！」

一說一對之際，刀劍都已裹好。

茉莉接過包紮的刀劍，肅容請客，轉面向伍岳道：「伍大叔，我這就帶著他們二位去見莊主。」

越過迎賓館。

秋山漸瘦，野草枯黃。

這兒的所謂山，也不過是丘陵斜坡。
走在前面的茉莉，忽然停下腳步，將刀劍擲還給常紀二人，突的粉面含怒，秀眉上掀，壓低了嗓門，凌厲的喝道：「你二人的行為，令人失望，不怕露出破綻任務失敗嗎？百花門是從來沒有失敗兩個字的。」
常玉嵐大吃一驚。
對於天下聞名的司馬山莊，以百花門無孔不入的手段，臥底也許不難，而臥底的人能獲得莊主司馬長風親信，乃是不可思議之事。
她真的是百花門的人？
常玉嵐出身金陵世家，對江湖的伎倆可說是知之甚詳，又經過這一連串的奇異遭遇，凡事格外小心。
因此，他怕紀無情沉不住氣，搶著裝糊塗，兩眼露出茫然不解的神情，道：「茉莉姑娘，你在說什麼？在下不懂！」
紀無情明白常玉嵐的心意，一面手按接過來的刀柄，一面也故作失驚的道：「露出什麼破綻，什麼失敗？」
茉莉只是冷冷一笑，微仰螓首，望著將要正中的太陽，又在胸前繡著朵茉莉花的香囊之中，摸出一個玲瓏小巧的翠綠玉瓶，迎空一揚，含笑不語。
一雙水汪汪的眼睛掃視常玉嵐與紀無情，嘴角微動，是冷漠、是譏笑，是威脅、有誘惑，更有一份得意。

常玉嵐不明就裡，正待開口。

忽然，心頭一震，幾乎嚇出一身冷汗。

因為，他稍一回頭，看見紀無情臉色鐵青，額頭可見粒粒豆大汗珠，扶在刀柄上的手，分明是在發抖，痛苦的情形一望可知。

尤其他平日精光閃閃的英姿挺發的一雙眼睛，此時黯然失色，一付乞求哀憐的味道，完全暴露無遺。

常三公子不愧是金陵世家，就在這千鈞一髮，即將露出馬腳的剎那間，急忙收斂精神，放鬆全身肌肉，整個人也像頹然欲倒的樣子，喘著道：「給我！給我！」

常家在武林之中雖有其真才實學，劍法獨到之處，但金陵常家的智慧，更是別人無法比擬的。

常玉嵐既然看出茉莉取出翠綠玉瓶在先，又發覺紀無情的痛苦情形，就在腦海內閃電的引起了七天限期的陰影。

紀無情七天已屆，沒有服用解藥，之所以並沒有使毒性發作，原本是由於心情緊張，才支撐著。一旦看見了裝解藥的玉瓶，賊由心生，整個精神立即崩潰，這完全是心理反應。

冰雪聰明的常玉嵐，立刻想到了自己沒中毒，乃是一項生死交關的秘密。

假如這項秘密被人識破，不但翠玉與自己性命難保，今生今世再想見藍秀，恐怕是辦不到了。

再說，如今身繫江湖的安危，焉能大意。

所以，他不但裝成毒發的模樣，而且甚至比真的毒性發作的紀無情還要痛苦，還要迫切的需要解藥。

茉莉淡淡一笑，揚揚手中玉瓶，冷漠地道：「二位，你們是不見棺材不掉淚，現在才想起需要本門的靈丹是嗎？」

紀無情此刻雙目淚流，鼻孔中也垂下了兩條鼻涕，像一堆泥似的，曲捲在地。

常玉嵐也縮成一團，道：「我們按照門主的指示，提前趕到開封……」

「住口！」

「茉莉姑娘……」

「你們二人忘了本門的禁忌，就是大大錯誤！」

常玉嵐故作發抖，痛苦呻吟。

紀無情道：「我們犯了什麼禁忌？」

茉莉冷冷的道：「南劍北刀美婢俊童，乃是武林皆知，你們今天為什麼不帶他們同行？這是錯誤之一。

「沒見到正主就動手，這是漏洞，也是錯誤之二。

「不在黃河客棧等門主送解藥去就採取行動，你們瞧瞧這副狼狽的樣子，哪像兩位少年高手，武林世家的豪客，簡直是癩皮狗，別人縱然猜不出你們的行動，也會引起疑心，這不是第三個絕大錯誤嗎？」

滔滔不絕，不但森顏色厲，而且連癩皮狗都罵出來了。

紀無情此時已視而不見，聽而不聞，嘴角垂涎夾著白沫，躺在枯草堆裡。

常三公子何曾受過這等喝叱辱罵？

但是，他不敢發作，也索性一聲不響，為了掩飾臉上神色，將整個面孔貼在地上，雙腳抖個不已。

眼看兩人的痛苦情形，茉莉也似乎數說夠了，她從玉瓶內倒出四顆白色藥丸，先塞兩粒到常公子口中，另兩粒給紀無情服下。

常玉嵐趁她彎下腰給紀無情餵藥之際，吐出藥丸，納入懷中。

片刻——

紀無情舒展四肢，人已完全清醒。

常玉嵐也依樣畫葫蘆，伸了個懶腰，彈彈身上的碎草，拱手對茉莉說道：「多謝姑娘賜藥！」

「我只是奉命行事！」茉莉毫不動容，接著道：「司馬駿去了河套，司馬長風每月要閉關三天，你二人來得正好，那老兒恰好今晚子時開關，希望你們不要令門主失望。」

話落，人已飄然而起。

常言道：「侯門深似海」。

是說達官顯貴的庭院深深幾許。

想不到司馬山莊比達官顯貴庭院不但毫無遜色，而且有過之而無不及。

幽篁千竿，落葉簌簌。

叢竹林中聳立著飛簷獸角，「司馬山莊」四個泥金大字橫匾，怕不有八尺高丈二長。

兩側粉牆緊圍，看不見莊內情形。

莊門兩側，雁翅肅立著十二名莊漢，個個青布包頭，緊身衣靠，每人手中一根齊眉棍，像泥塑木雕似的，紋風不動。

常、紀兩家，雖也是武林世家，但究竟比不上江湖一門一派泰山北斗的司馬山莊這份氣勢的。

常三公子心想，這樣嚴密的關防，想要動司馬山莊的歪腦筋，不是件容易的事。

人同此心，心同此理。

紀無情也覺著憑功夫要闖司馬山莊，可能是凶多吉少。

兩人不約而同的互望對方，四目交投，又是苦苦一笑。

茉莉低聲道：「二位，記住，百花門是沒有失敗過的，從現在起，我有我在此地的身分，你們自己保重。」

話沒落音，司馬山莊的大門開處，一位銀髮老人緩步而出，一身絳紫長衫，雲履緩移，拱手帶笑。

紀無情與常三公子兩人並肩向前，拱手為禮，齊聲道：「前輩……」

銀髮老人忙不迭還禮，朗聲道：「司馬山莊副總管趙松，奉莊主之命，迎接兩位少俠……」

常三公子不由心中一懍，「雪山皓叟」趙松竟屈充司馬山莊的副總管，使人不敢相信。

紀無情也大感驚奇。

因為「雪山皓叟」趙松，論輩份乃是雪山一門現任掌門的師叔，雪山派雖未排名八大門派，卻也是武林中人盡皆知的武林一脈。

趙松也不是無名之輩，怎能在此屈居副總管？

兩人發呆之際，趙松又道：「二位請！」

茉莉眼看常、紀二人有些失態，忙低聲催促道：「兩位請吧！婢子帶路！」

說著，蓮步輕移，率先舉步。

不料，趙松緩緩的道：「茉莉姑娘，莊主令諭，請姑娘打掃東花閣，二位少俠由老奴引路，老莊主在聽風軒見客。」

茉莉聞言應了一聲：「哦！好吧！二位少俠，婢子失陪了！」轉過莊門，逕自向東去了。

青石板鋪成的通道，兩側種著奇種丹桂，露紅橙黃，花香四溢。

常玉嵐心思細密，一面有意放慢腳步，一面試探的向趙松道：「總管，這位茉莉姑娘她是負責貴莊接待貴賓的執事嗎？」

「哈哈！」趙松爽朗一笑道：「茉莉是老莊主貼身侍婢，莊主命她迎客，乃是破題兒第一遭，可見二位在莊主心目中的份量。」

「慚愧！」常玉嵐口中漫聲而應，四下打量。

一連穿過五進敞廳，空洞洞的不見人影。

眼前一大片花圃，鋪滿了秋海棠。

雪山皓叟止住腳步，含笑道：「二位，老朽只能送到這裡，莊主想已在聽風軒候駕，按莊規由總管引見，就此告別！」

他說著走到花圃盡頭的一座盤架之前，用手指向懸在架上的黃澄澄銅盤連彈三下。

銅盤約莫桌面大小，厚可五寸，最少有七百斤之重，然而趙松指彈之下若不經意，而發出的清脆之聲，上透霄漢，回響嗡嗡歷久不絕。

這份功夫，使人咋舌。

盤聲未已，一位黃衣少年，由五丈之外飄然而至，好快的身法，連常三公子都沒看出他是怎麼起步的，人已到了面前，拱手迎客道：「費天行奉莊主之命迎接常三公子與紀少俠！」

「噫！」常三公子失聲驚呼。

紀無情更加上前一步道：「費兄，是你？」

「別來無恙，紀兄，還沒有忘記三年前西安小聚？」

常三公子道：「費兄，何時離開丐幫，又為何在此……」

「三公子！」費天行依然帶笑道：「在下濫竽充數，現任本莊總管，請二位多多指教！」

費天行文采風流，武功獨特，對丐幫八荒棒法不但出神入化，而且青出於藍，比現任丐幫掌門「九變駝龍」常傑毫無遜色。

他與常、紀二人都有幾面之緣，酒量之大，江湖皆知，即便是桃花露，也能兩罈不醉，江湖武林全以丐幫未來的幫主相許，而他本人也放蕩不羈，瀟灑飄逸。

像這樣一個玩世的遊俠，為何在司馬山莊做起總管來？耐人尋味。

常三公子儘管納悶，費天行又道：「莊主候駕多時，二俠請隨在下來吧！」

轉過月洞門，別有天地。

簡直像到了阿房宮。

五步一樓，十步一閣。

一片樹枝濃蔭掩映裡，是座十分精緻的內室。

「哈哈哈……」朗笑如鳳鳴龍嘯，從室內傳出。

綸巾鶴氅，雲襪朱履，面色赤紅，三綹花滲短髭的司馬長風已迎出臺階。

費天行十分恭謹，垂首低聲道：「常、紀二位少俠到！」

司馬長風揮揮手，後退行了出去。

常玉嵐與紀無情一見這等陣仗，加上一連串的奇異，心中完全沒了主意，不自覺的上前幾步，躬身垂手道：「晚輩見過老莊主！」

「二位世侄！」司馬長風雙手一攤道：「怎麼拘起俗禮來了？該叫老夫一聲世伯呀！進來！進來！」

屋內，早已擺好了酒菜，十分豐盛。

四個十餘歲的俊童，侍立一旁，一色青衣小帽。

司馬長風朗聲道：「二位賢侄一路想來已餓了，來！難得故人有子如此英俊，陪做伯伯的喝幾杯！」

常玉嵐滿腹心事，只苦無法開口。

紀無情根本沒了主意，索性等常玉嵐安排。

然而，一頓酒直吃到掌燈時分，司馬長風總是在飲酒上找話講，完全沒有常、紀二人開口的機會。

好容易酒足飯飽。

常玉嵐心想，現在該試探著說說了！

誰知司馬長風哈欠連連，瞇著眼道：「老了，今天是酒逢知已喝過量了，二位賢侄，請到東客房安歇，咱們明天再細談吧！」

皓月當空，夜涼如水。

常玉嵐滿腹心事，哪裡能入睡。

突地，人影一閃，推窗而入，來人身法之快無法形容。

常三公子本沒闔眼，一躍——

誰知，那黑影晃眼到了床前，並指點到。

「喀」的一聲，常玉嵐的啞麻雙穴已被點個正著，有口難言，通體發軟。

最糟的是紀無情，睡夢中也同樣被制。

常三公子此時方才看出，點了自己穴道的不是別人，卻原來是世伯司馬長風。

心中暗喊了一聲——一切都完了，諒必是司馬長風已知道了兩人來意，所以白天不露痕跡，現在才出其不意的下手。

紀無情的穴道被制，人也驚醒，發現床上的常玉嵐也如癡如呆，心中當然明白是怎麼回事了。

他除了閉目等死之外，別的沒有半點生機，由於心有未甘，所以牙咬得格格作響。

司馬長風一言不發，一手挾了常玉嵐，一手挾了紀無情，一式風擲殘雲，竄出了窗外去。

月到中天。

夜色沉寂。

常玉嵐口不能言，但心中不斷的思索，睜開雙眼，不斷打量四下景物。

司馬長風所走的原來是日間舊路。

片刻，已回到聽風軒。

聽風軒內無燈無火四周黑沉沉的，借著竹窗透進的月色，所有的陳設與日間所見並無兩樣。

只見司馬長風騰身躍上屋內正中圓型木雕花桌面，似乎一陣輕微的旋動，連人帶桌竟然逐漸下沉。

約莫過了盞茶時分。

桌子微微一震，下沉之物隨之一停。

司馬長風放開了挾著的常玉嵐與紀無情，隨手在懷中取出了火摺子，刷的一聲抖亮起來，快如閃電的在常、紀二人玉枕穴點到，一面口中說道：「二位賢侄，為伯的多有得罪了！」

穴道被解，紀無情略一運氣，覺得並未受到內傷，騰身退了半步，怒沖沖的喝問：「這是司馬山莊的待客之道嗎？」

常玉嵐滿腹疑雲必須弄個清楚，又見司馬長風並無加害之意，因此揮揮手，不讓紀無情發作。轉身，面向司馬長風道：「世伯，深夜將小侄二人制住穴道，帶來此處，卻是為何？請世伯見告！」

「唉……」

司馬長風先深深的嘆了口氣，雙目四下掃視一遍，壓低嗓門道：「此地非談話之所，二位功力已經恢復，請隨我來！」

常玉嵐更加不解道：「難道這等密道還會走漏風聲？」

「哼！」司馬長風冷冷一笑道：「人心難測，江湖險惡，司馬山莊又何能例外……走吧！」

他說著，就向左側地道走去。

常玉嵐這時才發現，這座方圓不足五丈的地下密道，左右前後，就有六個地道通口，一定是通往六處無疑。

他暗暗用手勢向紀無情打了個招呼，一面制止他，在未弄明真相之前不要發作，一面也示意處處提防生變。

地道曲曲折折，左拐右彎，大約有三五百步，腳下已有漸漸上升之感。

果然，出口處乃是一座古墓的大石碑之後。

此時，月已西沉，繁星滿天。

常玉嵐心思細密，就在鑽出洞口，一手按上石碑之時，暗施功力，用大拇指與食指在石碑邊緣重重捏了一下，約莫著應該留下銅錢大小的指印。

司馬長風拂去石碑前塵土，先自坐下。

然後，又示意常玉嵐、紀無情也席地而坐，這才說道：「二位賢侄在江湖上走動，可曾聽說有人要取老夫性命？」

此言一出，常玉嵐心中一震，紀無情也覺不安。

兩人互望一眼，尚未答話。

司馬長風又道：「老夫一死並不足惜，可是平靜多年的武林又要掀起浩劫，不知要使多少人的骨肉離散，家破人亡。這是我不願見到的！」

常玉嵐眼見坐在石碑前的武林前輩愁雲密布，眼中泛出悲天憫人之色，不由道：「世伯難道有什麼耳聞嗎？小侄無知，尚未聽到什麼風聲。」

紀無情的心思沒有常玉嵐深沉，因此，只有附合著道：「是！是的，常兄說得一點也不錯。」

不料，司馬長風面色肅然道：「何止風聲，司馬山莊內就有江湖不肖，武林敗類，受了邪門歪派的指使，打算乘機而動。」

這彷彿是點明了常、紀二人的來意，司馬長風說的每一個字、每一句話，似乎都是對著二人而發。

紀無情已感坐不安位，暗暗運功凝氣，雙目神色凝重，牢牢的盯在司馬長風雙肩之上，怕他突然發動措手不及。

常玉嵐雖然比較沉著，但也暗暗提防。

但表面上，他強自笑道：「司馬山莊領袖武林，世伯乃是泰山北斗，就是真有不知死活的人想要惹事生非，恐怕他是癡心妄想！」

「怎麼？」司馬長風霍地彈身而起，像是十分吃驚，又十分難以相信的道：「難道二位賢侄真的毫無所知？」

常、紀二人也站起來，不住搖頭。

這時，司馬長風忽然解開衣襟，褪開上身，突的轉身背對二人，十分悲戚的道：「兩位賢侄，請看老朽背後的掌印。」

月色雖已偏西，皎潔如同白晝。

司馬長風肌肉結實，皮膚白晰的背上，卻留著一隻血紅的左手掌印，五指分明腥紅刺目。

金陵常家對武林各派武功，都知之甚詳，對江湖遺事瑣聞，更是瞭如指掌。

常玉嵐一見，不由失聲驚呼：「血魔掌？」

司馬長風繫好衣衫，轉面微笑道：「賢侄不愧金陵世家傳人，一眼就看出是血魔掌。」

常三公子拱手道：「老伯誇獎，小侄幼時曾瀏覽祖傳武林檔案，記得有這麼一首似詩非詩，似偈非偈的幾句話：『血魔血光，武林遭殃，血魔重現，江湖大亂，但逢甲子，煙消雲散。』當時並不懂它的含義，是不是指血魔幫而言？」

「不錯！」司馬長風點點頭道：「整整一甲子，六十年前，我也不過是初出道的無名小卒，曾隨家師到長安西郊，有幸得親眼看到八門九派除血魔的武林盛會，想不到六十年後的今天，血魔復出，唉！血腥浩劫！」

紀無情對血魔幫之事，只聽說過一鱗半爪，此時不由插口道：「司馬山莊關防甚嚴，等閒之輩插翅難入，老世伯怎會……」

司馬長風幽幽一嘆道：「慚愧，司馬山莊現在是龍蛇混雜，不瞞二位說，有些人是老朽策動打算共同對付血魔幫的高手。他們代表所屬幫派留在莊內隨時計議大事，準備應付臨時大變，有的當然是久已潛伏在莊內的奸細，雖然尚未現身，但也是埋下的火藥。」

常玉嵐道：「人之不同各如其面，善善惡惡在所難免！」

「實不相瞞，老朽身受魔掌之傷，連兩位賢侄在內只四個人知道。」

「哦！」

「一個是小兒！」

紀無情搶著道：「另一人是誰？」

「老朽自己！」司馬長風忽然凝注著二人道：「賢侄，長江後浪推前浪，血魔重現，江湖大動難免。武林的延續，只有寄望在下一代的身上，放眼目前，足以擔當大任者，常世侄與紀世侄應該當仁不讓。所以，老朽才推心置腹，請二位看在通家之好的情份，善待小兒，替司馬山莊保留一脈煙火，老朽感激不盡！」

這位武林大老說到傷心之處，不由老淚縱橫，拱手齊眉，嗚咽不已，令人萬分感激。

紀無情呆若木雞，一時不知如何是好。

常玉嵐也心亂如麻。

面對望重武林老人悲淒的淚眼，哀傷的神色，以及懇切的付託，常、紀兩人忘了此行的目的，也不由跟著眼眶濕潤，鼻頭發酸。

常玉嵐戚然道：「世伯，血魔掌之傷是怎麼來的？以老世伯的修為，血魔是怎麼得手的？」

司馬長風搖搖頭，不由臉上飛霞，咬著牙道：「一月之前，老夫照例在天色微明之時到聽風軒定神打坐。歹徒突然由身後襲擊，幸虧當時老夫通身真氣剛巧遊在脊背九穴，否則恐怕五臟粉碎，早已沒命了！」

紀無情道：「難道沒有療傷之法，治傷之藥？」

司馬長風搖搖頭道：「難，尚幸老朽七十年練氣行功沒斷，又立刻借閉關之期，靜靜的調息了二十八天，才能止住掌傷惡化。」

常三公子皺緊眉頭道：「世伯，據你所知這傷勢何時才能痊癒！」

「痊癒？」司馬長風淒然一笑道：「以老朽計算，尚能活得一百天，百日之後，掌印之處潰爛，通身化膿，血肉齊腐，怕只留得一身老骨頭了！」

「世伯！」

常、紀二人幾乎是同時失聲驚呼。

司馬長風忽然一甩大袖，叫了聲：「有人！」

人如梟鷹騰空，已平地上拔五丈。

常玉嵐、紀無情也雙雙騰身，如影隨形彈腰追去。

但見二十丈外一點黑影星飛丸瀉，像離弦之箭，向土坡後奔去。

司馬長風不愧是武林俊彥，人在空中擰腰連連，去勢之快，連自認為頂尖的少年高手常三公子與紀無情也被他拋後五、七丈左右。

饒是如此，那黑點已渺如黃鶴，影蹤俱無。

司馬長風神色黯然，滿臉無奈道：「司馬長風要是沒有身負血魔掌傷，他也逃走不掉，而今……唉！」

遠處雞鳴。

天色欲曙。

常三公子面對司馬長風，不知怎的，心中不但完全忘卻了百花門百花夫人的嚴厲無比的令諭，以及到司馬山莊的目的。

而且，覺著這位一代武林宗師，不應該一步一步的走向死亡，因為那不但是司馬長風一個人的悲哀，也是整個武林的悲哀。

說是惺惺相惜也好。

說是人性本善與生俱來的正義之感也好，總之，對於司馬長風的傷勢，直覺得如同身受。

紀無情不但有這個想法，而且意味著若是司馬長風落入血魔幫之手，南劍北刀也休想例外。

乘著落後尚有五丈左右，紀無情低聲問道：「常兄，血魔重出，你我要怎麼打算？」

「小弟一時還沒主意，紀兄有何高見？」

「司馬老莊主一代人傑，而今數著日子等死，夠淒慘的，難道還要照計行事？」

「紀兄，憑你我恐怕還不夠份量，虎死威風在，薑是老的辣！」

「何況費天行，趙松、伍岳都不是好相與的，對嗎？」

「是要從長計議！」

紀無情沒再多言。

此刻，兩人雖放慢腳程，但也已到了司馬長風之前。

沒等二人開口，司馬長風忽然面帶歉意的說道：「常家世侄，老朽忽然想起一件事，意欲煩勞你去一趟終南山！」

這是完全想不到的，常玉嵐直覺的道：「世伯有什麼吩咐？」

司馬長風道：「令尊大人與終南盤龍谷『妙手回春』丁定一的交情如何？」

「乃是生死之交。」

「若是賢侄能夠憐憫我這把老骨頭，出面找丁定一要一帖九曲袪毒丹，我也許能多活十天半月，替我們武林多盡一點力。」

常玉嵐根本沒有拒絕的餘地。

因為，「妙手回春」丁定一與金陵常家幾代情誼，江湖人盡皆知，丁定一為了不願捲入江湖恩怨，不肯輕易替武林人醫傷解毒，也是公認的事實。

司馬長風這番話，充滿了悲哀，聽得出是十二萬分的無奈。

英雄末路，實在堪憐。

所以，常三公子連連點頭道：「小侄理當效命，那就不再進莊打擾，等求得解藥再來拜見。」

「紀世侄，你隨老夫進莊多盤桓幾天！」

紀無情道：「小侄陪常兄一起去終南山，就此告辭！」

司馬長風大喜過望道：「有紀世侄一同前往，老夫更加放心，兩位古道熱腸，老夫感激不盡，可是，兩位的坐騎尚在莊內。」

「不妨！」常玉嵐道：「世伯保重！」

望著常、紀二人去遠，司馬長風臉上的氣色，隨著初升的旭日光芒四射，不像是身染重傷奇毒的老人。

開封府為大宋建都之地，人文薈萃，商賈雲集。

黃河大客棧住在相國市附近，乃是府城中心，最熱鬧的地方。

此刻，萬頭鑽動，途為之塞，

不少公門中人，個個愁眉苦臉，出出進進，面色凝重。

常玉嵐與紀無情排開眾人，正待進店。

四個衙役揮動手中皮鞭，迎面抽來，口中吆喝道：「有什麼好看的？閃開，想扯上人命官司嗎？」

紀無情閃開鞭影，大聲道：「我們是住店的客人！」

「住店的也不行，你沒看見嗎？」一個彷彿是捕快頭兒的叫著，掀開臺階上的草蓆。

原來，草蓆下掩著的是一個一臉血肉模糊的死屍，因為臉上皮開肉綻，已分辨不出是誰，但是那身灰布衫褲，分明是店裡的王掌櫃。

正在此時，人堆裡伸出一隻粉白雪嫩的玉手，扯扯常玉嵐的衣角，低聲道：「三公子，跟我來！」

常三公子從聲音中就可以聽出是蓮兒的聲音，心知出了事，忙對紀無情道：「既然公爺不准，我們就別進去了！」

紀無情不明就裡，道：「那怎麼行……」

蓮兒擠出人群，一施眼色道：「紀公子，我們已經搬走了，跟我來吧！」

紀無情這才明白，連連點頭，一齊擠出人群。

蓮兒悶聲不響，看慢實快，不去熱鬧大街，在小巷內東彎西拐，到了一座斷牆頹壁的藥王祠前，又四下打量一番才道：「公子，我們就住在這裡。」

翠玉、四個刀童以及蘭、菊、梅三婢，一見自己主人回來，個個喜形於色，迎上前去見禮。

蓮兒喘了口大氣，才道：「公子，你同紀公子清晨離店不久，店內忽然來了個紅衣人，不知怎的和王掌櫃吵起來。」

常玉嵐道：「紅衣人？長得什麼樣？」

「頭上套著血紅面罩，只露出一對眼睛。」

「哦！王掌櫃……」

「婢子聽見爭吵，從樓上探頭出來想看看，只聽見王掌櫃的怒聲喝道：『我自問沒錯』，誰知紅衣人一言不發突然右手五指戟張，快如閃電向王掌櫃迎面抓去，王掌櫃連喊都來不及，仰面倒地好可怕！那紅衣人一掌擊斃了人，不見他轉身即原地倒射而去，身法之快只剩一縷紅光，晃眼不見人影。」

常玉嵐雙眉緊皺，沉吟不語。

王掌櫃分明是百花門的眼線，為何突然遭人襲擊而暴斃？

紅衣人又是誰？

紀無情見常玉嵐久久不語，不由道：「常兄，依你判斷，紅衣人是何來路？」

常玉嵐搖搖頭，雙眉皺成一字。

他分明是在竭力思索。

紀無情低聲道：「是否與血魔有關？」

「眼前尚不敢亂猜！」常玉嵐口中應著，人仍舊陷入沉思中。

一陣馬蹄得得之聲，由遠到近，不前不後，正停在藥王祠前。

紀無情道：「有人追來了！」

一言未了，篤！篤！篤！敲門之聲響起，其實，藥王祠的外牆已頹廊破敗，門只是一個樣子而已。

紀無情離門最近，折身喝道：「什麼人？」

呀的一聲，門已被推開。

門外站著一個草笠黑布短衣的漢子，土裡土氣的問道：「有一位金陵來的常公子在嗎？」

常三公子道：「我就是常玉嵐。」

那漢子楞楞的道：「城西包府坑，有人寄放一箱東西，請常公子去取！」

「你是奉何人所差？箱裡是什麼東西？」

「不知道，一位老人家叫我帶口信，給我五十文腳力錢。」

紀無情大怒道：「你裝呆賣傻！」

喝聲中探手扣住那漢子的腕脈，雙眼冒火道：「又要什麼把戲？說！」

雖然紀無情只用了三分力道，那漢子已像殺豬般叫得震天價響，臉上豆大汗珠可見。

常玉嵐一見，忙道：「紀兄，他是真的不知道，放他去吧！」

紀無情恨恨的道：「滾！」

常玉嵐略一思索，道：「此地不宜久留，看來連王掌櫃之死，也可能與我們有關，蓮兒，套好車，我們準備走吧！」

紀無情道：「要到哪兒？」

「先到包府坑！」

包府坑在開封，是一個很有名的地方，是有宋一代名臣包拯的府第，由於年久失修，已成了荒蕪宅院。

一行人進了雜草叢生的廢墟。

最顯眼的枯枝之上，竟然掛著一幅麻布，迎風飄揚，原來，上面用木炭寫著「常玉嵐親收」五個字。

就在麻布飄揚之下的亂草堆裡，赫然有一個其大無比的紅漆羊皮衣箱。

常玉嵐略一遲疑，阻止眾人向前，立樁作勢，氣透丹田，雙手遙遙平伸，用內力逕向箱子扳去。

他的原意是防箱中被人做了手腳，或有奇毒。

箱子依勢而開。

所有在場的人莫不大吃一驚。

箱子裡躺著一具屍體。

紀無情大聲道：「常兄，這屍體……」

常玉嵐看的更加清楚，喃喃的道：「是茉莉的屍首！」

不錯，直挺挺的躺在皮箱之內的，正是百花門安在司馬山莊的內樁眼線，百花門中的茉莉姑娘。

一直沒有說話的翠玉，這時卻面如死灰，嘴唇鐵青，一臉驚恐之色，幾乎用發抖的聲音道：「二位公子，茉莉姑娘同王掌櫃一死，恐怕你我都在危險之中，離死不遠！」

常玉嵐反問道：「翠玉，你怎麼知道？」

翠玉道：「這是殺雞儆猴的先兆，二位進了司馬山莊，無功而返，在本門來說，就是任務失敗！」

紀無情道：「即使是任務失敗，該死的也該是我與常兄，與他二人何關？」

翠玉神情黯然的道：「本門門規，一樁任務的失敗，所有知情的人都不分首從，一律處死！」

常玉嵐道：「有這麼嚴厲嗎？」

「門規如此，就是公子的四位姐姐，紀家的四位刀童也在所難免！」

「嘿嘿嘿……」一陣怪笑傳來，雜草斷瓦堆後，出現了五條人影，齊向他們這邊欺近過來。

為首的一人暴眼虬髯，額上生了一個尖尖的肉瘤，好像一枝獨角，咧著特大的嘴，對常三公子道：「這位敢情是金陵常三公子？」

常三公子一面暗用眼角示意，要紀無情等防範戒備，一面沉聲道：「在下正是常玉嵐，有何指教？」

九　絕代佳人

不料，那大漢聞言，突然上前半步，低頭垂首，十分恭謹的道：「屬下劉二，奉命聽候差遣！」

本來是劍拔弩張，山雨欲來之勢，立刻煙消雲散。

常玉嵐心知來的乃是百花門中五條龍之一，既稱劉二，必是五條龍中的第二條，手下功夫自在曲五、楊三之上。

因此，帶笑道：「劉兄太謙了，在下初到汴京，目前還不知對方實情，請問劉兄，門主可有什麼指示？」

「嘿嘿！」劉二依舊怪笑連連，應道：「屬下只是奉命聽候常兄差遣，其餘的事一概不知。」

「原來如此，我有事煩勞你代為稟告門主……」

「屬下定當照辦！」

「好！」常三公子上前三步，低聲道：「對方老的雖在，離死不遠，小的外出；為了斬草除根，一時不宜動手！」

劉二似乎對常玉嵐來到開封的任務全不知曉，因此，瞪大了一雙暴眼道：「老的？小的……」

常玉嵐已看出劉二的心思，也就順著情勢，不加說明的道：「照我的話上稟門主，劉兄弟，你就不必多問了。」

「是！是！」劉二連應了兩聲，對身後的四人舉手一揮，五條人影飄出了半傾的土牆之外。

常玉嵐目送劉二等去後，才對眾人道：「找一可避風雨之處，今晚就歇在這裡。」

對於王掌櫃和茉莉之死，先前都以為是百花夫人懲罰任務失敗的第一步。

劉二的現身，無形之中證明翠玉的猜測有誤，假如王掌櫃和茉莉是死於門規，劉二決不會在這種情況下出現。

要是百花夫人已知道任務失敗，對付一向看重的常玉嵐與紀無情，必然是親自出馬，或是設法騙回信陽州下手。

眼前的常三公子，心中千頭萬緒，不知如何是好！

既然答應了司馬長風，要替他去終南山找丁定一討取解毒藥，是絕對不可失信的。

因為，司馬山莊的命運，關係著整個武林的存亡。

而且，司馬長風與常家交稱莫逆，於公於私，都是義不容辭的事。

更何況，若是由於自己去一趟終南山，救了司馬長風一條性命，進而消彌了江湖一場血雨腥風，金陵常家今後的武林地位，必是更為光大。

血魔幫的重現江湖，是一甲子的大事，假若誰能遏止，必是萬家生佛，挽救千萬人的性命。

因此，常三公子趺坐在蓮兒鋪好的馬鞍厚毯之上，對紀無情道：「紀兄，小弟對當前之事一時沒了主見，你可有萬全之策？」

紀無情道：「小弟正想問你，不瞞常兄說，我現在像一盆漿糊，糊裡糊塗，哎呀！忘了大事！」

他的話鋒突然一轉，人也一躍而起，騰身撲向雜草之中的箱子。

常三公子不由奇怪。

等他看見紀無情翻動箱中茉莉的屍體時，心中這才大悟。

原來紀無情在司馬山莊路上看見茉莉香囊之中有一瓶解藥。

果然不出常玉嵐所料。

這正所謂事不關己，關己則亂，常三公子未受到毒害，所以沒有這個念頭，紀無情視解藥比性命還重要，所以念念不忘，隨時會想到。

真的在茉莉的身上找到了綠玉小瓶，紀無情喜不自勝的道：「常兄，這要命的玩意，咱們弟兄二一添作五！」

常三公子本沒中毒，真想不要。

然而，這是除了翠玉之外沒有第三人知道的秘密，焉能輕易洩漏，手上雖然接下了半瓶解藥，內心甚為不安。

紀無情對自己抱著有福同享，有難同當的一片義氣情懷，自己卻不能把秘密坦誠相告，相形之下，越覺紀無情是個血性漢子，值得一交的朋友。

常三公子另外從紀無情搜出解藥的事實上，益發證明茉莉不是死在百花夫人之手，否則怎會把百花門控制人的解藥留下。

那麼，王掌櫃與茉莉，又是死在何人之手？
一個謎！
一個令人百思不解的謎。
這時，由刀童去街上採買的食物，已端了上來，居然十分豐盛，還有汴梁出名的大麯酒。
離中秋只剩兩天。
銀漢玉盤、秋蟲唧唧。
常玉嵐、紀無情這兩位武林世家的年輕一代，在荒涼寂靜的景色裡舉杯對飲，不免有失落之感。
翠玉與四婢已在西邊尚未頹廢的房裡入睡。
本來，四個刀童還侍候在廊下，紀無情也要他們到東廂中歇息。
他兩人互相舉杯，不約而同的苦苦一笑。
常三公子不由感慨的道：「紀兄，想不到你我是同一命運，今天的遭遇偏偏又不能對外宣揚。」
紀無情道：「誰能了解我們呢？來！喝吧！一醉解千愁。」
常玉嵐道：「怕的是酒入愁腸愁更愁！」
猛然，一陣奇異的香息，隨著夜風飄來。
常玉嵐嗅了一嗅道：「咦！好一股桃花露的香味！」
紀無情嗅了幾下，似乎也覺得常三公子說的不錯，但是口中卻道：「常兄，你可能是想桃花露想得著迷了，這時候哪會……」

「難道只想酒，不想人？」

聲音之嬌如黃鶯出谷。

聲音之美如燕語呢喃。

月光之下彷彿一粒明星從天上落下，連月亮也為之失色。

常玉嵐、紀無情不由呆住，本來舉起的酒杯，就像被定身法給定住了，竟然不知道收回去。

而最是奇怪的，他二人的四隻神韻懾入的眼睛，一齊落在簷前。

簷前迎風對月而立的，正是他二人朝思暮想而無法推開的倩影。

使人神不守舍的化身——藍秀姑娘。

月色雖好，夜霧迷濛。

藍秀俏立在簷下，且不進屋，朱唇輕啟道：「二位公子好雅興，對月舉杯，比獨酌的李太白，要瀟灑得多了。」

她說話的神情，隱隱間有一股不可抗拒的魅力，把常玉嵐、紀無情連人帶心，都給吸引住了，一時竟然呆若木雞，楞楞的說不出話來。

許久！

藍秀又盈盈一笑，施施上前道：「辛苦二位，我來敬二位一杯！」

此刻，常、紀二人如夢初醒，同時站了起來，吶吶的道：「藍姑娘，再也想不到你的芳駕會降臨荒屋。」

藍秀星眸斜飄，低聲道：「我是隨時隨地與二位同在的呀！」

這句不經意的話，說不盡包含著多大的力量，聽在常、紀兩人心中，直有起死回生的效果，忘卻了一切委屈與折磨。

藍秀又道：「我的人來了，為了表示我的一點薄意，還帶了兩位想喝的桃花露。」

紀無情道：「只要藍姑娘你來，桃花露倒在其次！」

藍秀櫻唇微動道：「是嗎？」

紀無情搶著激動的道：「在下言出由衷，如有虛假，必遭惡報！」

常三公子也接著道：「真的，在下內心，也與紀兄有同感！」

「小妹非常感動！」藍秀的臉上有一層哀怨，又道：「對於二位之約，定不食言，蒲柳之姿，多蒙厚愛，一旦家父之仇得雪，必有所報！」

說到這裡，伸出一雙蔥白似的尖尖十指，分左右按在常紀二人肩上，又道：「不知兩位信得過我嗎？」

柔荑似的十指，似乎有一股暖流。

常玉嵐、紀無情被這股暖流由肩頭直逼心脾，全身像被融化了，又像被巫師催眠一般，直到藍秀雙手收回，兩人才深深呼了一口氣。

藍秀這才正色道：「據小妹所知，血魔幫又將重現江湖，可能與我父仇有關，我是一事不煩二主，三年之內，還請兩位多多偏勞。」

常玉嵐、紀無情同時道：「理當效勞！」

藍秀又嫵媚的一使眼色道：「對於二位少俠，小妹片刻不忘，雖以三年為期，但願早早實現我們的約定，以免小妹深閨久盼！」

她的語音婉轉動人，她的嫵媚神態，尤足使這兩位世家公子如沐春風，有暖洋洋的滋味，也有難以抗拒的衝動。

常玉嵐道：「絕不使姑娘失望！」

紀無情也道：「紀某粉身碎骨，當報美人深恩於萬一。」

藍秀道：「小妹等候二位佳音。」

說時，雙掌輕拍三響。

「桃花老人」陶林左右手各提一罈難得一飲的桃花露疾步而入。

藍秀道：「這兩罈薄酒，略表敬意，小妹告辭，二位珍重！」

月光下飄飄忽忽，轉眼消失在荒蕪蔓草之中。

目送那婀娜多姿的身影直到不見，常三公子才幽然一聲長嘆道：「世間哪有這等美如仙女一般的女子？」

紀無情夢幻一般的囈語著道：「秋水為神玉為骨，加上冰雪樣聰明，我紀某幾生修到的福份！」

「黑衣無情刀」紀無情，好像突然變了一個人，變成一個文縐縐的老學究，搖頭晃腦，令人好笑。

常玉嵐有一絲酸溜溜的意味，冷冷一笑道：「紀兄，不要忘了，縱然藍姑娘讓你一親芳澤，恐怕你也沒這個福份！」

紀無情臉色一沉道：「常兄何出此言？」

常三公子道：「我只是提醒紀兄，你是身有百花門奇毒的人而已！」

紀無情被他兜頭澆了一桶冷水，不由黯然神傷，但口中卻不服氣的道：「你呢？常兄，哈哈……」

「我……」常玉嵐本來想說出他並沒中毒，但我字出口，心生警戒，連忙改口道：「我覺得這是一項天大的阻礙，要想親近美人，先要設法解去這身劇毒，唉！這可不是一朝半夕的事。」

紀無情道：「我們是同病相憐，常兄！」

常玉嵐含含糊糊的道：「是！紀兄，最難消受美人恩，這桃花露夠今宵一醉了！」

「今朝有酒今朝醉，明日愁來明日憂，我們痛痛快快的喝它個不醉不歸。」

秋夜淒清！

幾片浮雲掩住月光。

兩個少年俠士，真的是酩酊大醉，忘了夜寒露重，雙雙伏在桃花露的空罈上睡得十分的香甜。

常三公子等六男五女，浩浩蕩蕩的進了孟津城。

孟津，乃是黃河渡口，位居舟車要衝，市集繁榮，人煙稠密。

紀無情策馬當先，勒轡緩行。

忽然，一個衣衫襤褸的花子，探手抓緊馬韁，大聲問道：「馬上敢是『無情刀』紀公子！」

紀無情奇道：「在下正是紀無情，閣下是……」

「紀公子！」花子迫不及待的道：「貴府可能發生事故，請公子速回！」

「寒舍發生了什麼事？」

「這就不知道了。」

「你是……」

「小的只是奉了本門長老之命，傳個口信，其餘無可奉告，再見！」

那花子放開韁繩，擠入人群中，轉眼不見。

常玉嵐的錦車也已停下，一躍離了車轅，趕上前來，問道：「紀兄，發生了什麼事情嗎？」

紀無情道：「那人語焉不詳，只說寒舍發生事故，要我速回。」

常玉嵐皺眉道：「那人是什麼來路，又奉何人所差？」

「看似丐幫中人！」紀無情面帶憂慮道：「似乎只奉命傳話，所以問不出頭緒來！」

「那麼紀兄你……」

「寧可信其有，不可信其無！」紀無情道：「好在已離南陽不遠，小弟想回去一看究竟。」

常玉嵐面帶戚容，湊近他耳畔，低聲道：「只怕百花夫人不會放過。」

「好在小弟已有半瓶解藥……」

「不是解藥問題。」

「那是什麼？」

「對於這次任務毫無交代，只怕……」

「難道說常兄不放我回去一看？」

因為百花夫人臨交付任務之時，說明是由常玉嵐為主，紀無情應受他的指領，所以紀無情才有此一問。

常玉嵐道：「紀兄別誤會，依小弟之見，紀兄不妨等落店住下之後，人不知鬼不覺的趕回南陽，至於解藥，我這半瓶也願奉上，以明心跡！」

紀無情這才釋然道：「常兄說的極是，小弟的智慧差常兄太遠了，就依常兄，住店之後再走！」

常玉嵐道：「務要守秘，連刀童也不要帶。」

紀無情道：「自然，以免引人疑惑！」

此時，紀無情已經下馬，將馬交給刀童，與常玉嵐安步當車，找了西城關外一家通慶客棧暫時住下。

紀無情等眾人睡穩，才到常玉嵐房中告辭道：「常兄，小弟此去以三日為期，請常兄在此小住三天等候小弟。」

常玉嵐一面將半瓶解藥取出，交到紀無情手中，一面笑笑說道：「請代我向伯父伯母請安！」

紀無情激動的道：「常兄將解藥給了兄弟，萬一需用？」

「放心！」常玉嵐心有歉疚，但事關重大不便明言，只好道：「百花夫人要利用你我，想來不會斷了解藥的來路，帶著吧！」

「多謝常兄！」

「紀兄！」常玉嵐又叮嚀道：「三天之後，或者是事出緊迫，常某勢要離開通慶客棧，紀兄只向往終南山的大路趕去好了！」

「小弟知道！」紀無情骨肉情深，心懸家中安危，話沒落音，人已向茫茫夜色中彈身而去。

常玉嵐眼看紀無情悄然而行，心中不自覺有一縷感傷情懷。

他與紀無情雖然是由印證武功而結識，但多年來情同手足，一種說不出的情誼，深植在彼此心中。

這種感情，是超乎親情的至性形成，一旦分手，怎能禁生離的悵惘？

紀無情既是武林世家，又是一代高手，而今要回自己的家探望父母，本是光明正大的事，但此時還要偷偷摸摸不敢張揚，是何等不公平的事。

身染奇毒，受人所制，尤其是少年氣盛性格急躁的紀無情，痛苦只能埋在心裡，形同生不如死，這滋味局外人是難以想像的。

但常三公子乃是過來人，焉能不耿耿於懷，他送走了紀無情，一時哪能入睡，凝目窗前，仰對碧空，不由感慨萬千。

蠟燭有心也惜別，伴人垂淚到天明。

桌上殘燭將熄，天色漸漸發白。

常三公子正要和衣而臥，休息片刻。

忽然，敞開的窗門微動，一條瘦小的人影疾射而入。

常玉嵐大吃一驚，喝道：「什麼人？」

瘦小人影揚起手中七尺長棒，點滅了桌上殘燭，尖聲喝道：「小輩，有種的就隨我來吧！」

他是完全為了引出常玉嵐而來。

因此，借著點熄燭火之勢，人已一彈出了窗子。

「想走！」常玉嵐沉喝，如影隨形追到窗外。

那人身法奇快，手中長棒幾個點地，連縱帶躍，向孟津城郊外撲去，不住的回頭瞧瞧追來的常玉嵐。

常玉嵐哪裡肯捨，啣尾疾追，眼看就要追上，那人折身斜飄數丈，已落在一座七層石塔之前。

運力之巧，著勢之靈，分明是位高手。

雖然出於被動，收勢略遲半步，但常玉嵐不是弱者，僅只分厘之差，落花飄葉點塵不驚，也已挺立在那人五尺之前。

「好！」瘦小人影喝了聲好，才道：「金陵世家，果然不凡！」

常玉嵐道：「閣下何人？聲音好生耳熟！」

瘦小人影冷冷一笑道：「絕世少年高手，還聽得出老花子的討飯口音嗎？」

天色雖然未亮，拂曉的星光反映之下，常三公子不由失聲叫道：「原來是丐幫執法長老！」

「虧你還記得！」

原來，瘦小人影正是丐幫五大長老之一，「赤面靈猿」焦泰。

焦泰將手中棒橫在胸前，朗聲道：「常玉嵐，丐幫數十年採的是閉關自守政策，你遠從金陵，來到孟津所為何事？老花子引你來此，就是要告訴你，孟澤城是本幫總舵所在地，不容別人動什麼歪腦筋的。」

常三公子淡淡一笑道：「原來如此，焦長老難道說認為常玉嵐會動歪腦筋嗎？」

焦泰雙目含嗔怒道：「你心裡明白！」

常玉嵐不甘示弱道：「在下不明白。」

「放肆！」焦泰乃一門長老，丐幫長老，在幫內的地位不在幫主之下，在武林中也是受人敬重的人物。

因為，丐幫弟子滿天下，人眾嘴雜，固然良莠不齊，但是耳目之多，消息之靈，不容任何門派忽視。

也因丐幫特別重義氣，門規嚴謹，算得名門正派，即使是邪魔外道，也要禮讓三分。

身為執法長老的焦泰，何曾受人頂撞，不由怒氣上沖，手中棒抖了抖。

常玉嵐仰天一笑，毫不為意的道：「哈哈！焦長老，你到我金陵常家，受上賓之禮招待，想不到我常玉嵐到貴幫的地盤，就受這種回報，哈哈！江湖傳言丐幫最重正氣，這不是待客之道吧？」

焦泰不由一楞，倒也不過剎那之間，又已沉下臉來，喝道：「人必自侮，然後人侮之！」

常三公子勃然大怒地：「常某何處自侮？」

「難道要我挑明？」

「不要信口開河，挑明又有何妨！」

焦泰露出了不屑神色，一字一字的道：「勾結江湖敗類，劫持武當弟子！」

此言一出，常玉嵐心中頓時似遭雷擊，愕然呆在當地。

武當一派，百餘年受人尊敬，乃是望重武林的名門正派，一舉一動，深受江湖人士的重視。

但是，常玉嵐想不到自己參與了此事不久，便已傳遍江湖。

自己固然會因此而為人所咒罵，只怕是連帶著壞了金陵常家在江湖上的聲譽，甚而受江湖各門派的聯手攻擊。

茲事體大，常玉嵐不得不強辯道：「焦長老，在下劫持武當弟子，是你親眼目睹的嗎？」

焦泰道：「本長老並未親眼目睹！」

「僅憑傳言？」

「當然不是。」

「須知耳聽是虛。」

「自然有親眼目睹之人。」

「哦？」

「要不要當面對質？」

焦泰並不等常三公子的回答，忽然仰天發出一聲刺耳的長嘯，裂帛入雲，聲動四野。

嘯聲乍起，石塔之上颼颼颼……

十餘人影紛紛落下，一式烏竹長棒，分明是丐幫中的高手，早已埋伏在此。

常三公子心想，既是清一色的丐幫中人，諒來沒有親眼目睹之人，不覺稍覺寬心，冷冷一笑道：「原來是有預謀，所以才引本公子到此，想不到你們要恃仗人多勢眾。」

十餘丐幫弟子，早已散在四方，將常三公子團團圍在核心，個個蓄勢待發，聲勢確是驚人。

焦泰沉聲道：「還有一位親眼目睹之人，可惜他已成殘廢，不能自己前來！」

常三公子道：「你以為我會相信你的話！姓焦的，既然存心要動手，不要再找什麼藉口，常某今晚是全接了！」

說著，長劍出鞘，一式五嶽朝天凝神聚氣，待機而發。

不料，石塔後面，四個道裝打扮的壯漢，抬出一乘軟轎，緩緩現身。

焦泰雙目如電，沉聲吼道：「常老三，這就是鐵冠道長，也是你常家劍法下的半死人，你該沒忘記吧！他不但是親眼目睹之人，而且是身受你血腥手法的被害者。」

此刻，天已大明。

常玉嵐只見鐵冠道長躺在軟兜之內，雙手雙腳都僅剩下五寸左右的肉樁，整個人已不成人形了，如同一個人肉大木桶。

使人不敢逼視，淒慘之狀令人鼻酸。

那鐵冠道長聲如游絲，音細如蚊，幾乎是哭著斷斷續續的道：「我……忍痛……保留……一口氣……就……是要證明……常家的罪……狀……常……」

說到後來，已是有氣無聲，微弱的完全聽不出他在喘氣，還是在說話。

一門的宗師，如此之慘，常玉嵐幾乎也流出淚來。

焦泰一掄手中棒，咬牙切齒的道：「姓常的小輩，你還不棄劍認罪？」

事已至此，常三公子無法辯解，硬著心腸喝道：「內情並不簡單，你姓焦的也管不到我金陵常家。」

「天下人管天下事！」焦泰一揮棒大喝道：「拿下狂徒，交給常世倫！」

喝聲中，棒花化成一片星光，夾著呼呼風雷之聲，直取常玉嵐的上中下三盤要害。

暴吼連連，十餘丐幫弟子，狂飈似的聯手攻到。

常三公子絲毫不以為意。

因為，他已看出，除了焦泰之外，十餘人中並無長老級的高手在。

憑著常家劍法，對付一個丐幫長老，縱非穩操勝算，三百招內也不致落在下風，另外的十餘人，根本不必放在眼內。

高手過招，一分修為，一分實力，人多反而成了弱點。

群毆群鬥，對付泛泛之輩可以用聲勢唬人，對付高手，人越多，高手的功力越有旋迴之處。

人多了而個別功力稍差之一方必先死傷，一方面助長了高手的聲威，二方面挫了人多一方的銳氣。

所以常三公子氣定神閒，橫劍當胸，眼看十餘根棒影遞到，冷笑一聲，突然招展夜戰八方，一支劍化為千萬朵劍花，勢子才使到一半，快如電光石火，原來夜戰八方招式忽然變做分花拂柳，認定四方的棒影掃去。

常家劍法果然不同凡響，常玉嵐浸淫十餘年，尤有獨到之處，快如閃電，勢同風雷，端的駭人。

焦泰自己固然忙不迭收棒撤身，同時口中大喊道：「大家小心！」

十餘丐幫弟子，耳聞自己長老大聲示警，齊齊抽身疾退。

哪裡來得及？

一連清脆聲響，地上已多了五截斷棒。

常三公子此刻若是乘勝進擊，最少有五人非死必傷。

但是，他既與丐幫無怨無仇，適才又聽焦泰說要將自己送回金陵交給父親，最少證明丐幫並沒有刻意要他性命的念頭。

同時，眼看著武當鐵冠道長的慘狀，內心不免有幾分慚愧。

所以在丐幫眾人敗退之後，收劍站立原地，朗聲喝道：「原來不過如此，焦長老，我看今夜之事，到此為止吧！」

焦泰聞言怒道：「姓常的，鐵冠道長被你慘絕人寰的處置，原本不是丐幫的事，站在武林一脈，丐幫既然插手，由不得丐幫，也由不得你！」

常玉嵐道：「真章已見，常某我是得饒人處且饒人，至於我與武當的事，時期到了自有交代，不勞你們丐幫操心，後會有期！」

他回劍入鞘，騰身而起。

「公子慢走！」

喝聲來自十丈之外，不但在場之人都聽得清清楚楚，而且嗡嗡之聲歷久不絕，來人內功修為已有相當火候。

常玉嵐向喝聲之處望去，心中暗喊一聲：「糟！」

原來是百花門五條龍之一，暴眼虬髯，額生肉瘤的劉一。

常玉嵐做夢也沒想到劉二會在此時現身。

對當前的情形太不利了。首先，造成自己投入百花門的鐵證，日後跳到黃河也洗不清；第二傳入江湖，丟盡了金陵常家的顏面；第三、丐幫耳目遍天下，風聲不逕而走，今後處處受人卑視，到處都有仇家。

另外，不知劉二又帶來百花夫人甚麼令人為難的命令，而且此次遠去終南山求藥之事，也是百花夫人所不知道的，風聲洩漏，必然受阻。

就在他猶豫之際。

劉二已到了當場，戟指著丐幫中人大吼大叫道：「你們這群臭要飯的，是活得不耐煩了嗎？」

焦泰看清了劉二，忽然驚恐的道：「你！『獨角蛟』劉天殘！」

「咦！」劉二微微一楞，接著咬牙冷冷一哼道：「叫花子，你認得老夫，更不能讓你活命！」

招隨聲起，話落招到，不用兵刃，雙手十指箕張，撲向焦泰抓去。

焦泰舉棒化解，直搗劉二腕脈。

劉二不閃不躲，左手疾翻，抓住了搗來的黑竹棒，右手隨勢上前，五指插向焦泰的喉結大穴。

啊——

淒厲之聲刺耳驚魂。

血光四濺！

焦泰仰天「咚」的一聲，直挺挺的倒下。

這正應了說時遲那時快的一句鼓兒詞，連常玉嵐想阻止都來不及。

丐幫弟子鼓噪一聲，揮棒齊向劉二攻到。

常三公子一見，生恐他們白白犧牲了性命，橫劍搶在劉二的身前，沉聲喝道：「憑你們行嗎？」

他們眾人乃是一時衝動，基於敵愾同仇的一股氣而已，被常玉嵐這聲斷喝，已恢復了幾分理智。

常三公子又指著地上喉頭仍在滲血的焦泰，大聲說道：「要死也得留幾個收拾屍首的！」

「三公子！」劉二振臂欲起，望著常玉嵐道：「索興打發個乾淨！」

常玉嵐淡淡的道：「無名小卒，讓他去吧！」

「是！」

二個人這麼一問一答的工夫，丐幫子弟已急急抬起焦泰，連同武當的四個道士，腳下抹油，狼狽而去。

常玉嵐試探著問道：「劉兄，不知夫人有新的指示沒有？」

劉二躬身為禮道：「屬下奉令聽三公子之命，本門規在任務未完成之前，是不可能再見到門主的。」

「哦！」常三公子聞言，心中的顧慮大減，又問道：「司馬山莊的情形，劉兄可知有何變化？」

劉二道：「小弟唯一知道的事，就是跟隨公子，其餘的事一概不知！三公子，半月來，可把我急壞了！」

「怎麼啦？」

「因為在汴梁城找不到你，我像無頭蒼蠅，到處鑽動！」

常三公子眉頭一皺，計上心來，故作十分神秘的道：「劉兄，我是有意避開司馬山莊的耳目，因為我一行浩浩蕩蕩，目標實在太大，正想找劉兄辦另一件事。」

「三公子儘管吩咐！」

常三公子道：「煩勞劉兄星夜趕回汴梁，不分晝夜，打探進出司馬山莊之人，一一記下，我回到汴梁城，仍在包府坑見面！」

劉二不住的點頭，應了一聲：「是！」

頭也不回，向先前來時路上狂奔而去。

常三公子騎在紀無情留下來的馬上，緩轡而行。

從那兩前兩後的黑衣刀童身上，彷彿紀無情的影子並未離去，心中再也抹不去故友情深的無盡懷念。

紀無情一代武林世家，絕世年輕高手，而今竟然身染無藥可醫的奇毒，昔日的豪情壯志，消磨於一夕風流之中。

現在，又面臨家庭變故，此番悄然趕回，形單影隻，淒涼之狀可想而知。

從紀無情的遭遇，常三公子不由想到了自己。

駿馬美婢，遨遊於名山大川，何等的逍遙自在。

而今日淪落到受人驅策，雖然自己比紀無情有一個中毒與未中毒的差別，然而，幾面做人的滋味，完全失去了往日瀟灑飄逸隨心所欲的自由，陷入處處小心，連一言半語也擔心露了馬腳的虛偽做作，造成的心靈落寞，甚至比紀無情還要痛苦。

一葉知秋。

從丐幫的事件，料想自己的名聲，在武林之中，一定傳言得非常狼藉，對未來的金陵常家，當然有不利的影響。

最使常三公子自己無法解釋的一個最大疑問，就是到底是甚麼力量使自己陷於泥沼而不能自拔？

藍秀！

心隨意動，一念想到藍秀，常三公子的雙目之中，散放出一種異樣的光芒，臉上微微發熱，霞發雙頰，嘴內覺得發乾，通身有說不出的異樣感覺。

「難道我真的為了藍秀？她真的是世界上最完美的女人？她真的令人一見難忘？她……她……」

常三公子奇怪的是自己的變化。

原來對於美色當前毫不動心，美人在抱無動於衷的性情，為甚麼不能抗拒藍秀那種說不出來的魅力呢？

他真的想不通！

最後，他無可奈何的想出一項不算理由的理由，那就是緣份。

緣份？一個看不見摸不到的抽象名詞，就這樣把常三公子給牢牢套住，拉進了江湖的漩渦之中。

此時，彩霞滿天，歸鴉數點。

落日的餘暉，灑滿了終南山的古道，沿著山澗，無數株楓樹，血紅的楓葉，像是一幅豪華的大地毯，映目生輝。

揮鞭御車的蓮兒，嬌聲喊道：「公子，這裡近水倚山，楓紅如火，我們就歇下明天再趕路吧！」

終南山，常三公子是曾經來過的。

「妙手回春」丁定一就住在盤龍谷深處的鋤藥草堂，約莫著尚有一天路程。

因此，常三公子漫聲應道：「好吧！」

蓮兒聞言，喜形於色，長鞭迎風一甩，勒住馬韁一躍下車。

她是常三公子最得寵的人，自己也以為深深了解公子的性情，投其所好的選擇在楓葉紅如二月花的山隈水涯住下，一定能使公子飽覽山光水色，消除旅途勞頓。

其實，她哪知常三公子內心真正的憂愁，乃是遊山玩水不可忘懷的。

蓮兒跟隨常三公子闖蕩江湖已非一日，因此，蓬車之內早已隨帶著荒山宿營的一應之物。

眾人七手八腳架好營帳，準備食物。

翠玉私下已瞧出常三公子心事重重，見他獨對夕陽，那股落寞的神情，走近了去，低聲道：

「公子，你在想些什麼？」

常三公子淡淡一笑道：「我在想……想百花夫人既在司馬山莊安置了茉莉姑娘，要取司馬長風的性命，應該易如反掌，方法甚多，為什麼要派我們去做沒把握的事？」

翠玉嘆了口氣道：「百花門野心勃勃，意欲獨霸武林，公子乃是聰明絕頂的人，難道還想不出其中道理嗎？」

常三公子道：「道理何在？」

「一石數鳥。」

「一石數鳥？是哪數鳥？」

「要引起武林各門派互相殘殺！」

「她可以漁翁得利？」

「要收攬像公子這種少年高手，以為她用。」

「造成眾矢之的，斷了我的退路，對不對？」

翠玉連連點頭。

常三公子咬牙道：「好惡毒的手段。」

翠玉又道：「還有一事，可能是公子想不到的。」

「哦！翠玉，你知道？」

翠玉道：「百花夫人除了不擇手段，來拉攏少年高手之外，她四下網羅美女，並且是多多益善。」

「美女？」常三公子真的不解：「哦！我明白了，供做她散布奇毒之用，像對付紀無情與我一樣。」

不料翠玉搖搖頭道：「這只是理由的一小部份，最大的用意，是百花夫人要以美色代替武力，用美的誘惑代替武功修為，她要以美女的魅力，統治天下武林，控制住整個江湖！」

常三公子大感震驚。

因為，這是一個非常奇怪的想法。

武林中人，任誰也沒想到要以美女的魅力來統治江湖。

假若在常三公子沒遇到藍秀之前，任何人說出這個奇妙的構想，他都不會相信，也不會去聽。

現在，他不但相信，而且認為這是絕對可能的，那將比武林中任何功夫都具有威力，比任何方法都要厲害千萬倍。

因為，世界上任何男人，都會在女性的魅力之下屈服，除非你沒遇到你心目中認為滿意的女人。

這是人性的弱點。

誰能掌握到人性的弱點，誰就會成功。

翠玉見常玉嵐久久不語，不由道：「公子，你在想什麼？」

常三公子這才回過意來，笑笑道：「虧她想得出，這實在是很厲害的一步棋。」

他想起了自己與翠玉的一段事。

說實在的，翠玉也不是一般俗脂庸粉，怎奈常三公子經常生活在脂粉堆裡，加上眼光特高，所以才能避免中毒。

最重要的一點，是常三公子是在見到藍秀之後，正所謂「曾經滄海難為水，除卻巫山不是雲」，否則，人與生俱來的那點野性，可能也會爆發。

翠玉不明白常三公子在想些什麼，因此，她幽幽的道：「公子對我是否還有什麼疑惑之處？」

常三公子忙說道：「這是從何說起？翠玉，你冒著生命的危險，對我可說是恩人，我疑惑什麼？」

「近些天我們連一句話都沒說！」

「你寂寞？」

「有四個姐姐陪伴，並不寂寞，我只是有些話要跟你說！」

「哦！」

翠玉張口欲言又止。

常三公子道：「現在身在荒郊，你可以大膽的講，放心的講！」

翠玉習慣的四下看看，才道：「有人盯著我們已經追蹤下來了。」

常三公子不由大驚道：「啊！誰？」

「當然是百花門的人！」翠玉壓低聲音道：「將計就計，索興點明，你就說是要斬草除根，先找司馬山莊的下一代，對於來人，你千萬別殺他！」

「找少莊主司馬駿？」

「對！」

「好……」

「瞧見沒有，山澗蘆葦之中的兩條人影。」

果然，常三公子原先是背對山澗，經翠玉提醒，凝神望去，已隱隱看出了伏在草叢中的兩個人影。

於是，低聲對翠玉道：「我先發制人！」

話聲才落，坐姿不變，雙肩提時，人已向山澗射去。

快如電掣，迅若風雷。

埋伏之人也不是弱者，一見常玉嵐彈身向山澗飛來，便知行藏已經敗露，兩人四掌相接，用力推拍，借勢左右彈開，躍出三丈外。

常三公子人在空中，一時無法折身轉式，雙腳落實，故作不知的喝道：「鬼鬼祟祟意欲何為？」

兩人並未逃跑，因為他們深知逃不出常玉嵐快速身法和一流輕功。

因此，一齊向前，含笑拱手道：「屬下『花狽』馬堂、『青狼』趙明，見過公子！」

常三公子朗聲一笑道：「哈哈！原來是狼狽雙絕，常某早已聞名。」

狼狽雙絕齊聲道：「多謝公子誇獎！」

常三公子料不到在江湖上惡名昭彰的狼狽雙絕也已投入百花門，此時不宜揭穿，心中暗暗冷笑。

於是，沉聲道：「我們井水不犯河水，二位一路跟蹤，卻是為何？」

「青狼」趙明頗為得意的道：「現在我們兄弟可不能說是與你常三公子井水不犯河水了！」

「對！」「花狽」馬堂陰沉一笑，接著道：「我兄弟倆現在是百花門的外堂執事，專門四下打探。」

常三公子心中暗暗罵了一聲敗類，但是，表面上卻疑惑的追問道：「門主為何未曾提起？」

趙明口沫橫飛，一副得意忘形的神情道：「我兄弟的行動秘密。」

馬堂搖頭晃腦的道：「現在就是奉門主之命，跟隨公子，暗暗的保護！」

常玉嵐心中雖然十分厭惡這二人的醜惡嘴臉，但還是強捺怒火道：「既然如此，你們來得正好，我有一個口信，勞駕上報門主。」

兩人一聽，忙道：「請吩咐！」

常三公子故作神秘，湊近二人耳畔，低聲道：「快去上報夫人，司馬長風身負嚴重內傷，我現在一方面要以代他求藥為掩護，好借機接近他，等時間成熟定能完成任務；二則要追查司馬駿的下落，斬草除根！」

趙明、馬堂果然十分認真的聽著。

他們心中十分得意，不覺形之於色。

因為這是天大的秘密，一則證明常三公子把自己當成心腹看待，二則可以面見百花夫人，說不定會提升自己在百花門的地位。

常三公子用一虛一實的消息，要借狼狽雙絕之口，穩住百花夫人之心，同時也可以達到甩開二人追蹤的目的。

眼看著雙絕得意的神情，心中暗暗好笑，面上卻神情凝重的道：「事關重大，務必親自向門主稟報，快去吧！」

狼狽雙絕應聲道：「公子放心！」

幾個縱躍，已隱沒入黃昏冷霧山嵐之中。

常三公子不由冷冷一笑。

笑聲，在山谷中迴盪，歷久不絕。

盤龍谷，在終南山深處。

鋤草藥堂又在盤龍谷的深處。

白雲掩映，紅葉飛霞，儼然如世外桃源。

「妙手回春」丁定一布衣竹笠，手持藤杖迎風而立，攔在竹籬柴扉之前，不疾不徐的道：「賢侄，以老朽與令尊大人的交情，你遠自江南而來，我應倒履而迎，以上賓之禮款待故人之子，但是，盤龍谷乃是清淨之地，實在不便留客！」

常玉嵐一時楞在當場，臉上紅齊耳根，囁嚅的道：「老伯，冒昧拜訪，實有不得已的苦衷，容小侄慢慢告稟！」

丁定一十分堅決的道：「蝸居鋤草藥堂，實在不堪招待賢侄等一行，改日親到金陵，向貴府告罪！」

常三公子正待請求。

蓮兒卻搶著說道：「丁老爺子，兩年之前，你老人家到我們金陵，我們老爺是怎麼款待你的？」

丁定一並不以為忤，笑道：「姑娘責備得極是，怎奈此一時也，彼一時也，這裡怎比得上金陵常府！」

蓮兒乃是常家的寵婢，在金陵常家，如同一個女婢的總管。

常氏老夫婦所以派她隨同自己愛子出遊，也是因為她善解人意，口齒伶俐，遇事精明能幹。

所以，她仍辯道：「丁老爺子，深山荒野，你不收留，難道你要我們公子餐風露宿，再說，鋤草藥堂一連五進，莫說我們這幾個人，再來八十、一百也住得下呀！」

常三公子眼見蓮兒情急之下語語進逼，忙喝道：「蓮兒，不得無禮！」

恰在這時，竹籬背後，一聲嬌喚道：「丁二伯！」一條嬌小的人影連蹦帶跳的跑了過來。

常三公子不由微微一楞，幾乎不相信自己的眼睛。

那廝叫丁二伯跑過來的，原來是個紅衣少女。

常三公子所見過的少女不在少數，怎奈這紅衣少女長得太像那個神秘莫測的桃花仙子藍秀了。

要不是她的神態較為活潑天真，又似乎年齡稍為小兩三歲，可說毫無分別。

即使如此，若是她同藍秀站在一起，衣著相同，常三公子自己也分不出誰是真，誰是假來。

她，簡直是藍秀的影子。

這就是常三公子目瞪口呆愣在那裡的原因。

「妙手回春」丁定一見了紅衣少女，不由雙眉緊皺，連聲道：「蕙姑娘，你怎麼一個人跑來了？」

名叫蕙姑娘的少女，先不回答丁定一的話，睜著一對滴溜溜彷彿會說話的眼睛，望著常三公子等一大群人，天真的拍手叫起來：「哎喲！好多人！好好玩，我從來沒見過這麼多人，丁二伯，他們是你的朋友嗎？」

丁定一苦笑道：「是！是的。」

蕙姑娘更加歡喜的跳起來道：「這可好了，我有人陪著玩了。」

丁定一道：「不要胡鬧，他們馬上就會走的！」

蕙姑娘一聽，立刻把小嘴噘起來，一副要哭的樣子。

她拉著丁定一的手，用力搖動，口中叫道：「丁二伯，叫他們不要走！快嘛！快叫他們不要走！」

鬼靈精的蓮兒會心一笑，忽然上前一步，拉著蕙姑娘十分親切的道：「喲！蕙姑娘，你好美，我從來沒見過這麼美的姑娘。」

蕙姑娘本來要哭，聞言臉上又滿是笑容，道：「真的嗎？」

「當然是真的了！」

「那，你們就不要走呀？」

蓮兒生恐她的詭計落空，不等丁定一開口，接著又道：「不是我們要走，是你二伯不留我們！」

這一招果然有效。

蕙姑娘仰臉望丁定一道：「二伯，是真的嗎？」

丁定一哼了聲道：「不是不留，是不方便！」

誰知，蕙姑娘雙眼一翻，對著蓮兒笑道：「不要緊，丁二伯不留你們，到我們家裡去住好了！」

「蕙兒！」丁定一十分焦急，一手拉過蕙姑娘，口中大聲道：「不要胡鬧，你爹知道會罰你的！」

蕙姑娘把頭搖得像花郎鼓，洋洋自得的嬌笑道：「才不會呢！我爹說，他以前呀最好客了。」

久久不發一言的常三公子，也乘機插上一嘴道：「丁老伯，既然你這裡不便留小姪等一行，必有難言之隱，那小侄等就到這位蕙姑娘家裡借宿一宵，明天再作打算！」

丁定一聞言，面色一正道：「萬萬行不得，蕙姑娘的爹是不見客的。」

蕙姑娘可真急了，連連跺腳道：「不！不！」

丁定一長長一嘆道：「歪纏！歪纏！」他略一思索又道：「好吧！常賢侄，算我認了，你們到西廂房安頓下來吧！」

蕙姑娘喜得小嘴合不攏來，大叫道：「丁二伯真好！」

常三公子也忙著拱手一揖道：「多謝世伯！」

丁定一嘆了一口長氣，對著蕙姑娘道：「我真拿你沒辦法，半天雲裡冒出你這個丫頭，把我的主意都打消了，你來幹什麼？」

蕙姑娘調皮的道：「我爹叫我來請二伯去吃洗翠潭剛釣上來的鯉魚。」

「這會我哪有功夫去吃魚？」

「我知道，我去告訴爹，就說伯伯家來了一大堆客人。」

她說完又偏過頭來，對常三公子做了一個鬼臉，舌頭猛然伸出口外，轉身跑去，一雙小辮子搖呀搖的，腳下好快。

丁定一這才對常三公子道：「我這兒只有我一個孤老頭子，可沒法招呼，讓她們住進西廂，你隨我來！」

常三公子應了聲是，隨在丁定一後面，一步一趨的向後進走去。

這是鋤藥草堂的最後一進，左首荷池的蓮葉已殘，右首假山上苔蘚泛紫，只有幾排藥圃，還開著些說不出名的小花。

丁定一進了精緻的小房，面色凝重先坐在竹椅之上，指著對面的椅子道：「賢侄，先坐下。」

常三公子聰明絕頂，一見丁定一的臉色，心知必有重大事故發生。

先前丁定一拒絕留客，已經事出異常，因為丁、常兩家的交情甚為深厚，常三公子之所以冒然自告奮勇來替司馬長風求藥，自諒頗有把握。

何況，「一劍擎天」司馬長風，乃是武林至尊，人人崇敬的名門正派一代宗師，當然更沒問題。

不料丁定一會有意料之外的反應。

常三公子落座之後，迫不及待的道：「丁老伯，拒絕小侄進入鋤藥草堂，不知是為了何故？」

丁定一未答，先搖搖頭，手持短髯道：「賢侄，你的人沒到，仇家已到，難道還要問我理由嗎？」

此言一出，常三公子大出意外，幾乎一驚而起，忙道：「仇家？丁世伯，我的仇家到盤龍谷來？這，這是不可能的事。」

丁定一面有不悅之色道：「難道我這個做伯伯的還騙你不成？」

「小侄不是這意思，只是……」

「金陵常家也算武林正宗，武當一脈名列八大門派，你究竟為了何事，逼得鐵拂道長找我來要你父出面？」

鐵拂道長乃是武當現任掌門，在江湖上可是響噹噹的金字招牌，竟然親自出面，找上常家知交，此乃武當一門守著江湖的規矩。

凡是名門正派，講究的是理直氣壯，即使萬不得已要在刀劍上見真章，也一定要師出有名，先禮後兵。

鐵拂道長不直接找上金陵，興師問罪，其理由也在此，免得引得兵連禍結，惹起武林牽涉太廣的糾紛。

丁定一見常三公子陷入沉思之中，又加重語氣道：「武當一派明來明去卻也罷了，另外有人留刀寄柬，也是對著你而來，又是什麼來路？」

常三公子更加吃驚道：「留刀寄柬？」

丁定一順手在桌下取出一柄五寸左右寒芒閃射，似匕首非匕首，似短劍非短劍的兵器來，揚了揚道：「喏！這是刀，還有柬！」

說著，又從一大疊藥書之中，取出一張兩寸來寬，七寸長短的紅紙小柬。

常三公子接過，但見小柬上寫著──

「金陵常家不肖子，

淪為武林一邪魔。

江湖敗類人可誅，

莫使血腥污山河。」

常三公子如墜五里煙霧之中。

這究竟是誰呢？為何要散布這惡毒的謠言，最重要的是盤龍谷鋤藥草堂，並非武林宗派，丁定一雖與武林中人有親密的往來，並沒有參與江湖恩怨。

而竟然被鐵拂道長找上門於先，又有人寄柬留刀於後，其餘武林幫派，必然也有同樣情形。

今後金陵常家對待此事固然是百口莫辯，而常玉嵐以後更是四面楚歌，到處碰壁，危險是可以想像的了。

他一再的覆誦柬上的字句，不解的問道：「丁世伯，這寄柬留刀之人，是明來還是暗來？」

「半明半暗。」

「半明半暗？什麼意思？」

「他能進入鋤藥草堂寸草不驚，寄柬留刀之後，當然也可以神不知鬼不覺的一走了之，可是，他故意冷笑一聲，驚醒老夫，驚鴻一瞥之後，他才施展上乘輕功離去。」

「伯父可曾看清那人的模樣？」

「一身烈火般血紅衣褲，臉上也套著赤焰面罩，高挑身材，輕功火候不凡！賢侄，想必你會知道他是哪一路的！」

常三公子茫然搖頭道：「小侄實在不知！」

但是，他想起了在開封城王掌櫃之死，蓮兒曾說她見到擊斃王掌櫃的人，不正是通身紅衣，面套血紅頭套嗎？

王掌櫃乃是百花門中的暗樁，遭了毒手，又證明不是受門規的制裁，紅衣人當然不是百花門中的人。

常玉嵐自出江湖，除了在情不得已之下與武當正面衝突，還有與丐幫的一場誤會，並未與任何人結下樑子。

再說，以常玉嵐對江湖之事所知之多，記憶中並無紅衣人的傳聞。

這是一個謎。

而又是常玉嵐必須揭開的一個謎。

因此，他望著滿臉疑雲的丁定一道：「不管知與不知，此人既然點明了要找小侄，小侄也只好認了。」

丁定一聞言道：「如此說來，你是知道是誰幹的了？」

常三公子苦苦一笑道：「武林沒有長期的朋友，江湖沒有永遠的秘密，總有水落石出的一天，小侄不才，自會了結！」

丁定一道：「江湖險惡，賢侄應該立刻回轉金陵，令尊大人必有獨到的見解！」

他當然不明白現在的常玉嵐，已是身不由己，哪能把災禍帶回金陵。

常三公子漫聲應道：「多謝世伯，小侄此來是向世伯求一帖妙藥，料不到有仇家先我而來，累及清靜的鋤藥草堂，小侄罪該萬死！」

丁定一道：「求藥？誰病了？」

常三公子已無心在此停留，也不願多作解釋，只道：「一帖解毒之藥，如蒙伯父惠允賜給，小侄立刻離開盤龍谷。」

「誰中了毒？什麼毒？」

「中毒的是『一劍擎天』司馬長風。」

丁定一大驚道：「司馬山莊的司馬長風？」

「對！」

「他中了什麼毒？」

「血魔掌。」

不料，此言一出，丁定一收起先前吃驚的神色，仰面哈哈大笑起來。

「哈哈哈哈！哈哈……」

常三公子一見，不由愣住了，道：「世伯為何如此大笑？難道說，司馬老莊主與你有何深仇大恨？」

丁定一收斂狂笑，臉上仍保留著冷冷的笑容道：「我並非幸災樂禍，希望司馬長風毒發身亡，我只笑你賢侄千里迢迢來尋我丁老頭開心！」

「伯父，此話從何說起？」

丁定一神色一正道：「賢侄，你忘了，司馬長風本身就精通岐黃之術，其醫術與丁某乃是伯仲之間。」

一言提醒了常三公子，司馬長風的高明醫術，乃是武林皆知，常玉嵐也知之甚詳。

但常玉嵐略略一楞之後，又分辯道：「一則血魔掌傷，是在背後，二則可能是對解除血魔掌缺少藥方，因此……」

丁定一右手一揚，阻止他說下去，道：「武功修為，老朽可能不及你，醫傷療毒治病用藥，你可比不得老朽了！哈哈……」

常玉嵐臉上有些發熱，忙道：「小侄無知，請老伯指教！」

丁定一這才正色道：「外傷看傷口，內毒問脈息，與毒傷何處完全無關，醫家重在問切，此為人盡皆知之理。再說解毒祛毒，藥理則一，百毒百解藥物，本草綱目載之甚詳，除此之外別無任何靈丹妙藥。武家內功修為，亦可分解奇毒，但憑個人修為。司馬長風為武林頂尖人物，此何待老朽多言？」

常三公子只有唯唯喏喏的份兒。

因為丁定一之言，乃是至理的解說，清楚的判斷。

十　英雄末路

丁定一停了一下，探著身子接近常玉嵐，壓低聲音道：「賢侄，據老朽所知，血魔掌乃是一種硬橋硬馬全憑元氣所聚的陽剛力道，足以震碎人的內腑五臟，但是絕對沒有你所說的奇毒呀？」

一席話說得常三公子目瞪口呆，臉上紅一陣白一陣，木雞般坐在竹椅上，半晌像停止了呼吸。

丁定一眼見常玉嵐像鬥敗了的公雞，不由大笑道：「若不是賢侄你開我這老伯伯的玩笑，就是你被別人蒙住了，此事從長計議吧！天色不早，你回西廂歇著，有事明天再談！」

「多謝伯父指教，小侄明天就回開封……」

「不必急在一時，明天再定行止也還不遲，西廂有柴有米，沒有海味，但山珍甚多，你們自行舉炊，我要到洗翠潭吃活鯉魚去了！」

他似乎習慣的朗朗而笑，笑聲有如鶴鳴清澈爽朗，那份飄逸並非濁世爭利奪名之人所能比擬。

常三公子回到西廂，已是掌燈時分。

蓮兒等俱已安排好了，擺出滿桌的菜餚，加上所帶食物，還有山西汾酒。

常三公子哪裡有心用飯，一面有一口無一口的獨酌，一面暗暗嘀咕。

丁定一說的不錯，血魔掌乃是極為霸道的陽剛功夫，由於它發掌貫足了功力，所以即使沒有直接按實，也能血凝氣結，所以才有血紅掌印，並無毒性。

自己在常家的檔案之中，原曾見過有關血魔的記載，在司馬山莊竟然沒有想到，而現在經丁定一這一提，才恍然大悟。

司馬長風為何要說中了奇毒呢？

他是在騙人嗎？又為何要騙人呢？

以司馬山莊的武林聲勢，一劍擎天的江湖地位，被人硬拍一掌，並不是光榮的事，他受傷難道全是假的？

最使常玉嵐想不通的，是那寄柬留刀的紅衣人。

紅衣人一再出現，是為何而來？

若是為了常玉嵐而來，為何不直接面對面的解決呢？

此時，常玉嵐舉杯獨酌，不由又想起「黑衣無情刀」紀無情來，紀家到底發生了何事？

如今三天之約過了多時，應該追到盤龍谷來了。

還有，丁定一拒絕留客，一定是有所顧忌，他顧忌什麼呢？

為什麼在那名叫蕙姑娘的一吵一鬧，丁定一又改變初衷，開門迎客，讓自己一行等住了下來？

想到蕙姑娘，常玉嵐不由眼睛一亮。

她太像藍秀了。

藍秀，使人動心，使人打心底迷戀的姑娘，脈脈含羞的倩影，彷彿就站立在眼前，那麼真，那麼切……

常玉嵐似乎忘了形，癡癡的舉杯道：「常某敬你一杯！」

「你敬我，我從來不喝酒呀！」嬌聲來自門外。

幾乎使常玉嵐倒退三步，麗影閃動，果然是那熟悉的美麗倩影跨進門來。

常玉嵐魂不守舍的道：「藍姑娘！」

「噫！你怎麼知道我姓南？」

說話的語氣爽朗嬌憨，這與藍秀的冷艷完全不同，常三公子揉揉眼睛，暗道了聲：「慚愧！」

原來是適才在鋤藥草堂外，對丁定一撒嬌的蕙姑娘。

這時，她一雙滴溜溜轉動不停的大眼睛，正盯著常三公子的臉上，等著常三公子回答她的話。

常三公子忙放下酒杯，笑道：「哦！原來是蕙姑娘，恕我冒失！」

蕙姑娘咬著下唇，露出上面一排白牙，揚揚眉頭，追問道：「你還沒有回答我剛才的話呢？」

「因為蕙姑娘很像一個人……」

「是她像我，還是我像她？」

「這並沒什麼不同。」

「她也姓南？」

「是！藍顏色的藍，因為藍是一種沉靜的美。」

「那就不對了，我是姓東西南北的南，我們就不一樣了！」

「沒什麼不對呀，我是說你們的外貌像極了……」

「要是真的，我想見見她，她很美嗎？」

「美，同蕙姑娘一樣美。」

「我不信！」蕙姑娘嬌嗔的道：「既然知道我姓南，為什麼還叫我蕙姑娘，蕙兒是我的閨名，是給我爹同丁二伯叫的。」

常三公子忙改口道：「哦！是，該叫南姑娘！」

蕙姑娘喜道：「你是第一個叫我南姑娘的人，別忘了啊！」

「忘不了！忘不了！」

「走！我爹要我來叫你呢！我差點忘了……」

「你爹？」

「是呀！還有丁二伯，叫你去吃鯉魚，喝竹葉青。」

她不容分說，拉起常三公子就向外走。

出了鋤藥草堂，南蕙一面走，一面道：「聽丁二伯說，你是金陵常家這一代的高手，料必功力不錯？」

常三公子心中好笑，但口中卻道：「這是他老人家誇獎，我小輩後學，哪當得起高手二字。」

南蕙似乎不以為然，氣鼓鼓的道：「是就是，不是就不是，有什麼好謙虛的。」

忽然，她又道：「這樣，我跑你追，就知道誰快誰慢！」

也不等常玉嵐回話，展顏一笑道：「快啊……」

真的一騰，衣袂震動，人已在五七丈外。

即使常玉嵐不想施展輕功，已不可能，故也毫不怠慢追了上去。

一紅一白的身影，在夜幕初起，山色迷濛中風馳電掣，直向谷底深處射去，流星趕月一般，全是上乘身法，絕世輕功。

常玉嵐是武林世家，加上江湖歷練，輕身功夫雖非登峰造極，但也非一般泛泛之輩所能望其項背，稱得上一流高手。

先前尚以為南蕙是童心未泯，出於嬉戲的比比快慢，一心想逗她歡喜，存著不超過她的念頭，故意落後兩三丈。

不料，三、兩個起縱，他才看出南蕙不但身法輕巧，而且借勢用力竟然是玄妙莫測，舉手投足之間，更是紋風不驚。

像一縷輕煙，穿梭在林蔭草叢，轉眼間，將常玉嵐拋在十餘丈外。

常玉嵐大出意外，哪敢怠慢，施展全力追蹤不捨。

饒是如此，兩下相距，也有三四丈之遙。

此時，一陣如同萬馬奔騰的雷鳴之聲震耳響起。

南蕙突然一收勢子，俏立在一塊碩大的巨石之上，向常三公子招招手，壓低嗓門道：「不行了！我爹不准我施展功夫，還好，我沒敢用全力，所以既沒出汗，也沒氣喘，不然呀！又得挨罵。」

對於南蕙，在常玉嵐的心目中，先前以為她是個十分受寵愛而又任性的小姑娘。

雖然，意料之中，她必然也是個江湖武林人女兒，住在崇山峻嶺，幽谷深山之中，諒會隨著家人練武，不料她的武功竟不在一般高手之下。

所以，他將大拇指一豎道：「南姑娘，你這身功夫實在了不起！」

南蕙喜形於色道：「真的？等下見了我爹，可別提我會武功的事。」

轉過山角。

轟雷之聲更大！

三面斷崖，中間的松柏掩映之處，垂落丈餘寬一道飛瀑，從望不見水源的濃蔭中傾瀉而下，勢如萬馬奔騰。

瀑布瀉落處，拋珠濺玉，形成一道碧綠的深潭。

潭的四周蒼苔如洗，藤蘿散布，一片翠綠，沁人心脾，如鏡的水面，也像一片透明的翡翠，被瀑布沖濺的水花，引起陣陣漣漪。

距潭水約莫丈餘遠近，一塊其大無比的巨石，就著巨石的形狀，搭著一座小屋，說它是小屋，也是數丈寬廣，而且還隔成前後兩進，十分精緻。

左首，坐的正是「妙手回春」丁定一。

右首，坐著一位白髮披肩，身披古銅大氅的老者，那老者面如枯木，落腮滲花短鬚，手持丈餘長的釣竿，正在垂釣。

南蕙伸出一個指頭，向紅唇上一比，對常玉嵐道：「噓！不要動，我爹在釣魚，他最恨別人驚跑了上鉤的魚兒！」

常三公子暗暗覺得好笑，但他知道一些江湖異人，大都有特殊性格，連忙放輕腳步，躡足靜聲。

不料，垂釣老者已徐徐道：「蕙兒，客人來了還不快請！」

常三公子聞言，緊走幾步，恭身垂手道：「晚輩常玉嵐，見過前輩！」

那白髮老者收起魚竿，冷漠的道：「免了吧！」

常玉嵐這才轉向丁定一道：「侄兒見過丁世伯。」

丁定一含笑道：「賢侄免禮，來！我替你引見，這位是南天雷前輩，我的好友，你也叫他伯伯吧！」

常玉嵐又拱手齊額道：「南老伯！」

這時，面對面，常玉嵐不由心中一凜。

因為，先前那白髮老者眼睛似睜還閉，此時，但見他雙目炯炯發光如同電射，枯木似的臉上，好像浮出一層金紅光彩，令人不敢逼視。

白髮老者凝視著常玉嵐，半晌，才道：「坐吧！」

丁定一撫鬚笑著道：「老兄弟，我這位常賢侄不但是武林世家，而且少年英俊，算得人中之龍吧！」

白髮老者依然十分冷漠，臉上的奇異光彩，也已收斂起來，恢復了平靜之態，道：「人品一等，功力只怕未必！」

南蕙聞言插嘴道：「爹！人家的輕功可好得很呀！」

南天雷仰天一笑道：「哈哈！哦！你是怎麼知道的？」

南蕙自知說漏了嘴，忙道：「人家！人家是從他走路的時候看出來的嘛！」

「不是你找他比腳程試出來的吧！」

南蕙小嘴一噘，突然撲向南天雷懷中，撒嬌的叫道：「人家怕你跟丁二伯等急了，才加快腳步的嘛！」

就在他們父女一問一答之間，常玉嵐也在沉思。

然而，任常三公子搜盡枯腸，也想不起來，武林中有這麼一個人叫南天雷。

按說，從南蕙一身功夫看來，一定是家學淵源，推斷南天雷的功力修為，也必是頂尖人物，為何從沒聽說，也沒記載呢？

這時，南天雷道：「聽丁兄說，常少俠你是從司馬山莊來，又聽說你親眼看到司馬長風身中血魔掌，可是真的？」

常三公子忙道：「正是如此！」

南天雷淡淡一笑，臉上有一層不屑的意味，口中道：「你相信血魔掌含有劇毒？」

「這……」他望望身旁的丁定一，只好道：「司馬老莊主是這麼說的，他還託我來向丁世伯討一帖解毒藥，希望暫時止住毒性，讓他多活十天半月。」

「哼！」南天雷冷哼道：「既然要死，何在乎那十天半月？」

「因為江湖傳說，血魔重現，為了挽救武林浩劫，司馬老莊主要在臨死之前結合武林同道，防止血魔帶來的腥風血雨。」

「啊——」

南天雷似乎滿腔怒火，啊了一聲，頓時目露寒光，臉泛異彩，先前初見常玉嵐的神情，又重現出來。

丁定一也看在眼內，忙道：「酒菜都冷了，魚恐怕要有腥味！老兄弟，咱們來乾一杯吧！」說著，暗暗向常玉嵐施了個眼色，笑道：「常賢侄，你還沒敬南伯伯酒呢！」

常玉嵐知道丁定一這是要把話岔開，可能是這位南天雷遇見了喜、怒、哀、樂的激動，都會有異樣的神色。

生恐不歡而散，常玉嵐聞言忙舉起面前已斟滿了的酒杯，離座站起道：「晚輩敬南老伯！」

南天雷也不答話，抓起面前的酒杯，一飲而盡，又道：「常少俠，你可知道司馬山莊有一項秘密，就是以密室為中心的地下機關？」

常玉嵐心中暗暗奇怪。

因為司馬山莊的地下機關，據司馬長風說乃是天大的秘密，南天雷是怎麼會知道的？

他在想，既然他知道，就不必瞞了，便道：「不但知道，而且晚輩蒙老莊主不棄，還帶著從秘道進出一趟！」

這一次奇怪的該是南天雷了。

他閉目凝神，好像老僧入定。

片刻之後南天雷忽然雙目暴睜，臉上的金紅光彩，比前兩次更加明顯，沉聲道：「常玉嵐，你剛才所說的，都是實情嗎？」

常三公子見他神色有異，似乎憤怒異常，一面暗自戒備，一面也大聲回答道：「在下不必撒謊！」

所料果然不錯，自己的話還沒落音，南天雷順手抓起身畔的釣竿，猛的向常三公子點過去。

常三公子仰面從座位彈起，快如閃電避開。

然而已遲了一步，迎面九大要穴，除中庭之外，已全罩在釣竿尖端之下，措手不及之時，左右肩井一陣痠麻，通身無力，像一堆爛泥，跌坐在地。

南蕙一見，哇的一聲，竟然哭了起來，雙手抓住她爹手上的釣魚竿，嚷著道：「爹！你這是怎麼了嗎？常大哥好好，我好喜歡他！」

南天雷雙目好像要噴出火焰，咬牙切齒的道：「他是你爹的對頭派來的人！」

常玉嵐人雖軟弱無力，心智並未喪失，口中也能言語，因此既氣又惱，冷冷地道：「用這種手法，並不高明！」

丁定一十分尷尬，口中道：「南兄弟，你……」

南天雷怒氣未消，頭上披肩長髮無風自飄，整個人的臉，也像被扭曲了，樣子可怕至極，目光盯在潭水中。

「丁二哥，假如你的腿像我一樣，你會如何？」

說著，一伸手，用力撩起覆蓋在腿上的長衫下擺，露出形同枯木的一雙腿來。

說它是腿，不過是因為它生長的地方是腿的部位而已。

原來，南天雷的一雙腿，除了皮包骨如同朽木枯枝之外，幾乎像黑炭一般，黑漆漆的，十分怕人。

南蕙放聲大哭，叫道：「爹，這跟常大哥有什麼關係？」

丁定一搖頭嘆息道：「老兄弟，常玉嵐可能是被人騙了！」
常玉嵐不明所以，轉向丁定一道：「這究竟怎麼回事？」
「江湖恩怨！」
南天雷探手抓起桌上的筷子，用力敲著自己雙腿，大聲道：「這不是恩怨，是我南天雷的血肉，是我十九年動彈不得的血債，是我失去一切幸福的大仇！」
丁定一忙道：「要冷靜，只有冷靜才能把事情弄清楚！」
常玉嵐見南天雷那副樣子，也不禁為這老人感到一陣悲哀。
以南天雷的功力，分明是一等一的頂尖高手。
一位武林高手，硬生生的坐在一個地方，一坐就是十九個年頭，這滋味是夠痛苦，也夠令人同情的了。
假若是天生如此，或災禍所造成，卻也只有嘆命運捉弄人。
但是，從南天雷的話中，分明他是被人計算的，這種事發生在任何一個人身上，也不免要認為是天大的血仇。
常玉嵐一念及此，不但忘記了南天雷制住自己穴道的怨氣，反而道：「丁老伯說得對，南老伯既然十九年都忍下了，何必突然動起肝火，有傷身子呢！」
南天雷的神情黯然，一雙本來寒芒四射充滿煞氣的眼睛，竟然滴下幾滴清淚，垂頭不語。
南蕙更加傷心的伏在他胸前，抽泣不已。
丁定一低聲道：「都怪我無能，醫道不精，十九年來沒辦法研究出能醫好你雙腿的藥來，不然，唉！」

常三公子雖然一面與他們說話，一面早已暗暗行功自解被點的穴道，覺得南天雷出手雖快速，力道卻不是想像的沉重。

因此，漸覺已有化解之勢。

誰知，南蕙忽然抬起頭來，含淚的望著南天雷道：「爹，常大哥的穴道可以解開了吧？」

南天雷聞言，冷冷的道：「不用你管，人家自己會解。」

常玉嵐自行運功解穴，想不到早已被人看在眼內。

心知在他動手之時，必然已有分寸，若是全力而為，恐怕縱然不受內傷，最少要一個對時，才有自解的可能。

南蕙的雙眼一轉，抹去了腮邊的淚水，嬌聲說道：「何必那麼費事，我替他幫個忙不更快嗎！」

說著，果然過來，雙手並指，十分熟練的點向常玉嵐，頓時穴道解開。

丁定一恐常玉嵐穴道解開後，會出手報復，因此笑道：「常賢侄，我這老世兄他是一肚子怨氣壓在心中十九年……」

常玉嵐淡淡一笑道：「侄兒理會得，丁老伯，你也該回鋤藥草堂了吧？小侄這就陪你回去。」

南蕙一聽說常玉嵐要走，臉都急紅了，剛剛抹去的淚水，又在眼眶裡打滾，纏著南天雷叫道：

「爹！不要讓常大哥走……」

南天雷嘆口氣道：「孩子，人家遲早要走的！」

南蕙聞言，竟大哭起來。

丁定一微微一笑道：「蕙姑娘自到盤龍谷，我還沒見她哭過，今晚竟哭了兩次，老朽算開了眼界了！」

常三公子有些不好意思，忙道：「南姑娘，不要孩子氣，要是你不討厭，明天我會再來的。」

「真的？」

「一定。」

南天雷再一次打量常玉嵐，回頭對女兒道：「蕙兒，你喜歡姓常的？」

南蕙毫不做作的道：「呃！喜歡。」

南天雷苦笑道：「好，等爹死了，你就跟他離開盤龍谷。」

「不！爹，你不會死！」

「哪有人不會死的！」南天雷說著，忽然想起了什麼，迫不及待的對常三公子道：「你能留在盤龍谷七天嗎？」

常玉嵐反問道：「前輩有事？」

南天雷的個性十分火爆，大聲道：「不管能不能，從明天起，一連七天我不准你離開洗翠潭。」

沒等常玉嵐開口，一旁的丁定一卻一口答應道：「能！能！賢侄，我們踏月回去，你明天一大早再來，走！」

他拉起了常玉嵐，口中連珠砲似的：「再見！告辭！」

出了洗翠潭，常三公子急於知道是怎麼一回事，便問道：「老伯，南老前輩他是什麼意思？」

丁定一也在暗暗的思索著，緩緩答道：「南天雷的個性古怪，說實在的，我也猜不透他的心思。」

「既然如此，老伯為何答應他要我留下來？」

「反正不是壞事，你留下來有益無害就是了！」

「君子除死無大災，謎底且看明天吧！」

請續看《劍氣桃花》之二

臥龍生精品集 57

劍氣桃花（一）

作者：臥龍生
發行人：陳曉林
出版所：風雲時代出版股份有限公司
地址：10576台北市民生東路五段178號7樓之3
電話：(02) 2756-0949
傳真：(02) 2765-3799
執行主編：劉宇青
美術設計：許惠芳
行銷企劃：林安莉
業務總監：張瑋鳳
封面原圖：明人入蹕圖（原圖為國立故宮博物館典藏）

出版日期：2020年1月
ISBN ：978-986-352-782-4
風雲書網：http://www.eastbooks.com.tw
官方部落格：http://eastbooks.pixnet.net/blog
Facebook：http://www.facebook.com/h7560949
E-mail：h7560949@ms15.hinet.net
劃撥帳號：12043291
戶名：風雲時代出版股份有限公司
風雲發行所：33373桃園市龜山區公西村2鄰復興街304巷96號
電話：(03) 318-1378
傳真：(03) 318-1378
法律顧問：永然法律事務所 李永然律師
北辰著作權事務所 蕭雄淋律師

行政院新聞局局版台業字第3595號 營利事業統一編號22759935

定價：240元

國家圖書館出版品預行編目資料

劍氣桃花（一）／臥龍生著. --初版. 臺北市：風雲時代，2019.12-　冊；公分

ISBN 978-986-352-782-4 （平裝）

863.57　　108019068